EUKALYPTUS

Unverkäufliches, unkorrigiertes Leseexemplar
Gebunden, ca. DM 39,80 · sFr 38,– · öS 291,–
Wir bitten Sie, Rezensionen nicht vor dem
10. August 1998 zu veröffentlichen.
Wir danken für Ihr Verständnis.

Murray Bail
Eukalyptus

Roman

Deutsch von Susanne Höbel

Berlin Verlag

Die Originalausgabe erschien 1997 unter dem Titel
Eucalyptus
bei Text Publishing, Melbourne

Umschlaggestaltung:
Nina Rothfos und Patrick Gabler, Hamburg
Gesetzt aus der Garamond 3
Druck & Bindung:
Druckerei Friedrich Pustet, Regensburg
Printed in Germany 1998
ISBN 3-8270-0294-X

Gedruckt auf chlor- und säurefreiem Papier

1 2 3 4 5 02 01 00 99 98

I
Obliqua

Wir könnten mit dem *Eucalyptus desertorum* anfangen, gemeinhin als Hakenblättriger Zwerggummibaum bekannt. Seine Blätter verjüngen sich zu schlanken Haken, und gewöhnlich wächst er in den halbtrockenen Regionen des Landesinneren.

Doch der *desertorum* (um damit anzufangen) ist nur einer von Hunderten von Eukalyptusbäumen; eine genaue Zahl gibt es nicht. Und außerdem beschwört schon der Name *desert-or-um* eine schale Version der typischen australischen Landschaft herauf, von der man auf mehr oder weniger geradem Weg zum Nationalcharakter und den Beschichtungen der Seele und des Kehlkopfes gelangt, die, wie es heißt, ihren Ursprung im Busch haben, und zu der poetischen Tugend (man glaubt es kaum), die angeblich darin besteht, daß die Menschen sich mit Dürreperioden, Buschfeuern, stinkenden Schafen und so weiter herumschlagen müssen; vergessen wir auch nicht die Abgeschiedenheit, die ausgelaugten, formlosen Frauen, die krude Sprache, die allzeit weiten Horizonte und die Fliegen.

Diese Umstände sind es, die für all die extrem trockenen (stumpffarbenen – kann man das so sagen?) Geschichten von Schicksalsschlägen verantwortlich sind, die an Lagerfeuern oder in Büchern erzählt worden sind. All das war einmal und war eine Zeitlang interessant, aber hier ist es größtenteils ohne Bedeutung.

Außerdem hat der *Eucalyptus desertorum* etwas Unattraktives, ja Ungesundes. Er ist eher ein Busch als ein Baum, er hat kaum einen Stamm, es sind eher dünne Stämmchen, die direkt aus dem Erdboden wachsen, er ist von verkümmertem Wuchs und kränklichem Aussehen.

Genausogut könnten wir uns dem seltenen *Eucalyptus pulverulenta* zuwenden, der einen kraftvollen Namen und merkwürdig herzförmige Blätter hat und nur auf zwei schmalen Felsbänken in den Blue Mountains wächst. Und wie steht es mit dem *diversifolia* oder dem *transcontinentalis?* Wenigstens lassen sie ausladende Formen und vielseitige Verwendungszwecke vermuten. Desgleichen der *E. globulus*, der normalerweise als Windbrecher gepflanzt wird. Ein einzelnes Exemplar konnte man um zwei Uhr mittags von Hollands Veranda aus sehen, eine filigrane, graugrüne Nadel, verwegen in den Filzhut einer Frau gesteckt, die dem ausgebleichten und welligen Ausblick Stabilität verlieh.

Jeder einzelne Eukalyptusbaum ist aus ganz eigenen Gründen interessant. Manche von ihnen weisen auf eine eindeutig weibliche Welt hin (Gelbmantel, Rose des Westens, Trauereukalyptus). Der *E. maidenii* hat Hollywood-Stars seinen photogenen Schatten gespendet. Der Dscharrahbaum liefert das Holz, das alle zu lieben beteuern. *Eucalyptus camaldulensis?* Wir nennen ihn Rotgummibaum. Viel zu männlich, viel zu aufdringlich-männlich, bedeckt mit Alterswarzen und roten Flecken. Und was den Geistergummibaum angeht (*E. papuana*), so gibt es Menschen, die mit tränenerstickter Stimme behaupten, es sei der schönste Baum auf Erden, was erklärt, warum er bis zum Erbrechen auf unseren Kalendern, Briefmarken und Geschirrtüchern abgebildet wird. Holland besaß einen, der die nordöstliche Ecke seines Landes, zur Stadt hin, markierte und dort seine weißen Arme im Dunkeln schwenkte: ein wild gewordener Vermessungsstab.

Wir könnten immer so weitermachen, könnten unsere Lieblinge vorstellen oder die botanischen Namen angeben, die fast den richtigen Klang haben oder gewissermaßen eine Zusammenfassung liefern, wenn so etwas überhaupt möglich ist, oder aber weit davon entfernt sind, den Baum zu beschreiben, jedoch aufgrund ihrer linguistischen Besonderheit ins Auge fallen, wie *platypodos*; dabei würde es doch reichen – abgesehen davon, daß man einen Anfang braucht –, einen Eukalyptusbaum zu nehmen, der einzigartig ist, und dennoch ... na, ist auch nicht so wichtig.

Es war einmal ein Mann – warum eigentlich nicht? Kein besonders origineller Anfang, aber doch einer, der sich im Laufe der Zeit bewährt hat, was ja auf eine gewisse Qualität schließen läßt, auf einen tiefen Impuls, der eine Reaktion auslöst, auf eine Reihe von Möglichkeiten, die sogleich ausgebreitet werden.

Es war einmal ein Mann, der lebte auf seinem Besitz außerhalb einer kleinen Ortschaft in New South Wales. Er tat sich sehr schwer, hinsichtlich seiner Tochter einen Entschluß zu fassen. Dann traf er eine unerwartete Entscheidung. Unfaßbar! Eine Weile sprachen und träumten die Menschen von kaum etwas anderem, bis sie begriffen, daß es durchaus im Einklang mit seiner Person stand – es hätte sie nicht überraschen dürfen. Bis zum heutigen Tage wird darüber geredet, der Widerhall ist in der Stadt und der Umgebung immer noch nicht verklungen.

Er hieß Holland. Mit seiner Tochter, seinem einzigen Kind,

lebte Holland auf einem Anwesen, das an einer Seite von einem ockerfarbenen Fluß begrenzt wurde.

Es war westlich von Sydney gelegen, jenseits der Hügel und in Richtung Sonne, ungefähr vier Stunden Fahrt mit einem japanischen Auto.

Rundherum hatte das Land geologisch gesehen ein kamelartiges Aussehen: träge Erhebungen in Braun, mit Flecken und Klecksen von Schatten, die in der Hitze zu zittern schienen, und dazu eine überwältigende Atmosphäre von Geduld.

Manche Menschen behaupten, sie könnten sich noch an den Tag erinnern, als er ankam.

Es war unglaublich heiß, ein schweißtreibender Tag. Er stieg aus dem Zug, allein, nicht in Begleitung einer Frau, damals noch nicht. Ohne sich in der Stadt aufzuhalten, ohne auch nur für ein Glas Wasser haltzumachen, ging er zu seinem Land, das er aus einem Nachlaß erworben hatte, und fing an, es zu Fuß abzuschreiten.

Mit jedem Schritt entrollte sich die Landschaft und gab sich selbst Namen. Man konnte hören, wie der Mann Melodien falsch vor sich hin sang. All dies gehörte ihm.

Es gab Dämme in der Farbe von Tee mit Milch, Wellblechschuppen, die sich trapezförmig neigten, Höfe mit Holzstapeln, Rost. Und über trockene Weiden wachten einzelne mächtige Eukalyptusbäume, deren Stämme in der Dämmerung wie Aluminium glänzten.

Ein dünner Mann und seine drei Söhne waren die ursprünglichen Siedler gewesen. Eine unbefestigte Straße ist nach ihnen benannt. Am Anfang schliefen sie in ihren Kleidern, gewärmt von ihrem Collie oder von Getreidesäcken; für die Komplikationen, die Frauen mit sich brachten, hatten sie keine Zeit – es waren behaarte Männer mit hageren Gesichtern. Sie heirateten nicht. Sie waren verschlossen. In geschäftlichen Dingen behielten sie ihre wahren Absichten für sich. Sie lebten, um zu erwerben, hinzuzufügen, anzuhäufen. Immer wieder erweiterten sie ihren Besitz, eine Weide hier, eine dort, in alle Richtungen, über mehrere Morgen, und verschuldeten sich dafür; sie erwarben sogar das karge Land auf der anderen Seite der Hügel, wo die Abhänge in ewigem Schatten lagen und mit Kletten überwuchert waren – bis schließlich der steinige Boden des ursprünglichen Grundstücks inmitten des welligen, weitläufigen Geländes in der Form eines Gabelknochens oder eines gebrochenen Beckenknochens ganz und gar aufgegangen war.

Die vier Männer rodeten unablässig. Sie benutzten dazu Äxte, Feuer und die unterschiedlichsten Arten von Gift und Ketten. Auf den gewellten Wiesen hinter dem Haus blichen die mächtigen Gummibäume langsam aus und krümmten sich vor dem Hintergrund der Hügel wie abgeschnittene Fingernägel. Hier und dort lagen lange, kahle Stämme wild herum wie entgleiste Waggons nach einem Eisenbahnunglück. Doch die Männer hatten sich schon dem nächsten Stück Land zugewandt, das es zu roden galt.

Als endlich die Zeit kam, da sie ein richtiges Haus bauen konnten, bauten sie es aus düsterem grauem Stein, der unsinnigerweise Bluestone heißt und aus einem Steinbruch in einem nebligen und ziemlich feuchten Teil von Victoria stammte. Irgendwann später sah man einen der Brüder, wie er eine schwankende Linie entlang der Fugen zwischen den Steinen zog und seine Zunge vor Konzentration aus dem Mundwinkel streckte.

Wie ihr Land, so erweiterten sie auch ständig ihr Haus mit Veranden und Schuppen. Um ihrer Herrschaft, wenn man so will, ein Denkmal zu setzen, errichteten sie 1923 einen Turm, auf dem sie alle vier in der Abenddämmerung saßen und tranken und auf alles schossen, was sich bewegte. Es gab Känguruhs, Emus, Adler. Als der Vater starb, war der Besitz einer der größten und hätte einer der schönsten in der Region (die Lage am Fluß) sein können, aber die drei Söhne gerieten in Streit, und einige der Weiden wurden verkauft.

An einem Spätnachmittag – es war in den vierziger Jahren – fiel der letzte Überlebende der Brüder in den Fluß. Niemand konnte sich auch nur an ein Wort erinnern, das er zu Lebzeiten gesprochen hatte. Er war für seine Langsamkeit bekannt. Er war es gewesen, der die unmöglichen Gatter mit den umständlichen, phallischen Riegeln aufgestellt hatte. Und er war es auch, der eigenhändig die Hängebrücke über den Fluß gebaut hatte, teils als Denkmal für den Weltkrieg in weiter Ferne, dem er aus reinem Zufall entgangen war, aber doch eher, damit die Merinoschafe mit ihren lächerlichen gelockten Mittelscheiteln trockenen Fußes den Fluß überqueren konnten, wenn sich das ruhig fließende Gewässer unterhalb des Hauses alle sieben Jahre in ein tosendes Wildwasser verwandelte. Eine Zeitlang war die Brücke das Gesprächsthema der Region, war ihr Leitmotiv, bis die nächste Generation darin eine Peinlichkeit sah. Jetzt ist sie in Hochglanzbänden abgebildet, die in der fernen Stadt veröffentlicht werden, als Beispiel für erfindungsreiche und zweckgerichtete Volkskunst: Vier Kabel, zwischen zwei Bäumen gespannt; mit Zaundraht zusammengebundene Zypressenstämme bildeten den Brückenboden.

Anfangs sah Holland nicht wie ein Mann vom Lande aus, nicht in den Augen der Männer. Auch ohne einen Blick auf seine eleganten Schuhe zu werfen, wußten sie sofort, daß er aus Sydney kam. Es war nicht nur das eine Detail; alles zeugte davon.

Denjenigen, die die Straße überquerten und sich ihm vorstellten, reichte er seine weiche Hand, der sprichwörtliche Fisch, der sich beim geringsten Druck zu entwinden versuchte. Dann lächelte er schwach, und das Lächeln blieb unentschlossen in seinem Gesicht hängen, als hätte jemand ein Fenster hochgeschoben. Die Leute trauten ihm nicht. Das zweiphasige Lächeln half da nicht. Erst als sie erlebten, wie er bei einer Nichtigkeit die Beherrschung verlor, fingen sie an, ihn ernstzunehmen. Die Männer in der Gegend hatten entweder ein loses Lächeln oder Gesichter wie Weizenkörner. Und jedem zweiten fehlte ein Stück von einem Finger, sie hatten eingerissene Ohrläppchen, eine gebrochene Nase oder ein kaputtes Auge, weil der Zaundraht ihnen von der Trommel ins Gesicht gesprungen war. Sobald sich das Gespräch handfesten Themen wie alten Maschinen zuwandte oder man sich beliebte Geschichten über humorlose Bankmanager und die Hartnäckigkeit mancher Unkrautsorten erzählte, konnte man feststellen, daß Holland zwar nachdenklich dreinsah, sich aber nicht beteiligte.

Ganz am Anfang hatten Kinder ihn dabei überrascht, wie er die Wäsche aufhängte und dabei die Wäscheklammern im Mund hielt, und die Reihe der von den Lippen herabhängenden Klammern verlieh ihm den grinsenden Ausdruck eines Minderbemittelten. Doch in Wahrheit war er helle und an vielen Dingen interessiert. Man erzählte sich, daß er nicht wußte, in welche Richtung sich ein Gatter öffnete. Seine Vorstellung von Felderrotation entlockte den Männern ein Lächeln, gleichzeitig kratzten sie sich die Köpfe. Sie fragten sich, wie er es sich hatte leisten können, das Land zu kaufen. Und was den ständig pissenden Bullen auf der Weide hinter dem Haus anging, um den jeder, Mann und Hund, einen großen Bogen machte, so löste er das Problem, indem er ihn kurzerhand erschoß.

Es dauerte Jahre, in denen er immer wieder, bei jedem Wetter, entweder in nächster Nähe oder auf der anderen Straßenseite auftauchte, bis man sich an sein Gesicht gewöhnt hatte.

Zu der Metzgerfrau sagte er: »Ich habe vor, sieben Jahre hier zu leben. Wer weiß, was danach kommt.« Als er den mißbilligenden Ausdruck in ihrem presbyterianischen Gesicht sah, fügte er hinzu: »Eine schöne Gegend haben Sie hier.«

Die Stadt war sehr klein. Frauen standen in Grüppchen beisammen und sprachen feierlich über ihn, wie sie das bei jedem Neuankömmling taten. In ihren verschränkten Armen drückte sich eine vage Form von Melancholie aus.

Sie kamen zu dem Schluß, daß es, versteckt in seinem Leben irgendwo, eine Frau geben mußte. Man sah es an der Art, wie er sprach, an den Anschauungen, die sich in seiner Miene ausdrückten. Und wenn diese verträumten Frauen ihn sahen, wie er, immer in seinem schwarzen Jackett und immer ohne Hut, die Straße entlangkam oder beim Griechen saß und allein frühstückte, wo niemand, der einigermaßen bei Sinnen war, sich zum Essen in eins der Abteile setzte, dann entstand vor ihren Augen unwillkürlich der langgestreckte Anblick des Hauses aus dunklem Stein mit den vielen kahlen Räumen, wo die Blumen fehlten, mit all dem Land und dem Vieh, um das sich keiner kümmerte – und darin der Mann, halb verloren in der ausgedehnten Leere. Ihnen erschien er als jemand, der zu allen möglichen Aufmerksamkeiten, wenn nicht gar zu einem ordnenden Eingreifen aufforderte.

Eine Witwe mit geschickten Händen machte den Anfang. Viel wurde daraus nicht. Was hatte sie auch erwartet? Jeden Morgen putzte sie die Fassade ihres Hauses mit einem Lappen blank. Ihr schlossen sich in rascher Folge Mütter stämmiger Töchter an, die auf Ländereien in Hollands Nachbarschaft wohnten und ihn zum Essen in ihre nach Norden ausgerichteten Häuser einluden, wo sie Berge von Hammelfleisch auf den Tisch brachten. Die Mahlzeiten wurden an blankgeschrubbten Kiefernholztischen in der Küche eingenommen, wo ein riesiger schwarzer Herd, aus dem kleine Flammen leckten, den Blickfang bildete; in anderen Häusern speiste man im tapezierten Eßzimmer, an einem Tisch mit Eichenfurnier, gedeckt mit Silber, Kristall und Spode-Porzellan – und am Kopfende des Tisches saß der finster blickende, rotgesichtige Ehemann. Und die Mütter und Töchter sahen interessiert zu, wie der Fremde in ihrer Mitte die Bissen in seinen außergewöhnlich breiten Mund schob und den Teller mit einem Stück Weißbrot sauberwischte. Er nickte anerkennend. Er ließ wie sie beim Sprechen das Anfangs-H weg, was eine Beruhigung war.

Am Schluß zog er sein Taschentuch hervor und wischte sich die Hände ab, und den Müttern und Töchtern kam er vor wie ein Zauberer, der ihnen eine seiner ockerfarbenen Weiden zeigte und sie dann wegwischte, so daß nichts blieb.

Fast fünf Monate waren vergangen, als Holland an einem Montagmorgen am Bahnhof gesehen wurde. Die anderen Wartenden nickten ihm auf ortsübliche Weise zu und nahmen an, daß er wie sie Maschinenteile abholen wollte, die er in Sydney bestellt hatte.

Holland steckte sich eine Zigarette an.

Die Schienen verliefen parallel zum Bahnsteig auf den in gleichmäßigen Abständen verlegten Schwellen, die von Schatten und Schmieröl dunkel geworden waren und noch dunkler da wirkten, wo sie sich im Sonnenlicht entfernten und die Schienen sich im silbrigen Gewoge von Busch, Biegung und Morgendunst verloren.

Der Zug hatte Verspätung.

Die dunklen Schwellen, die das enorme Gewicht der Züge bei voller Fahrt trugen: Sie stammten aus den Wäldern, der gebirgigen Gegend von Bunyah, ein paar Stunden Richtung Osten, in denen die Grauen Eisenrindenbäume (*E. paniculata*) wuchsen. Die gleichen dunklen Eukalyptusstämme, von den gleichen Baumfällern geschlagen, waren im Rahmen von Exportaufträgen zum Bau von Eisenbahnstrecken nach China, Indien und den britischen Kolonien in Afrika transportiert worden. Die meisten zum Bau der transsibirischen Eisenbahn verwendeten Schwellen kamen aus den Wäldern um Bunyah und trugen – ist das ausgleichende Gerechtigkeit? – das Gewicht von Tausenden von Russen, die in die Verbannung und Schlimmeres geschickt wurden. Wahrhaftig, das Holz des Grauen Eisenrindenbaums ist eines der härtesten, das dem Menschen zur Verfügung steht.

Fernes Pfeifen und Rauch. Die Schienen fingen an zu knacken. Der Zug erschien, wurde größer und kam schließlich am Bahnsteig zum Stehen, wo er ein paar Seufzer ausstieß, wie ein erschöpfter schwarzer Hund, hechelnd, die Pfoten von sich gestreckt. Einen Moment lang waren alle zu beschäftigt, um auf Holland zu achten.

Holland neigte seinen Kopf zu einem kleinen Mädchen in einem blauen Kleid herunter. Als sie zusammen den Bahnhof verließen, wurde er gesehen, wie er ihren kleinen Weidenkoffer trug und sich Mühe gab, sich mit ihr zu unterhalten. Das Mädchen sah zu ihm auf.

Kurz darauf traten die Frauen auf die sonnenüberflutete Straße und schienen sich zufällig zu treffen. Sie berührten sich an Ellbogen und Schultern. Die Nachricht verbreitete sich rasch über die großen Entfernungen außerhalb der Stadt, teilte sich in verschiedene Richtungen und erreichte die Häuser, in denen Holland zum Essen eingeladen gewesen war, so wie ein Feuer über Zäune, Straßen, kahle Wiesen und Bäche springt und kleine, immer leicht abweichende Versionen seiner selbst hinterläßt.

Sie war seine Tochter. Er konnte mit ihr machen, was er wollte. Ja – aber es vergingen Wochen, bevor er mit ihr in die Stadt kam. Sie sollte sich eingewöhnen, und das nahm er sehr ernst.

Die Frauen wollten sie zu sehen bekommen. Sie wollten die beiden zusammen sehen. Manche hätten gern gewußt, ob er streng mit ihr war, mehr oder minder. Holland hingegen wirkte ungewöhnlich steif und gleichzeitig gelöst.

Seine Züge wiederholten sich in den Augen und dem Kiefer des Kindes. Sie hatte das gleiche zweiphasige Lächeln und krauste die Stirn wie er, wenn sie eine Frage beantwortete. Den Frauen aus der Stadt gegenüber war sie überaus höflich.

Sie hieß Ellen.

Holland hatte eine Frau vom Fluß, die am Murray in der Nähe von Waikerie im Süden Australiens lebte, kennengelernt und geheiratet. Ellen wurde nicht müde, die Geschichte zu hören.

Ihr Vater hatte eine Kontaktanzeige aufgegeben.

»Was ist daran auszusetzen! Das ist für beide Seiten äußerst interessant. Man weiß nie, was auf einen zukommt. Wenn du groß bist, mache ich das für dich auch. Den Text verfasse ich selbst. Ich werde deine anziehendsten Eigenschaften aufzählen, wenn mir welche einfallen. Wahrscheinlich müssen wir die Anzeige in Schottland und Venezuela aufgeben.«

In manchen Regionalzeitungen gibt es solche Anzeigen immer noch, was für einen Mann, der keine Zeit hat, eine passende Frau zu finden, oder für einen, der als Wanderarbeiter von Ort zu Ort zieht, ganz praktisch ist. Auch in anderen Ländern ist das eine übliche Einrichtung, zum Beispiel in Nigeria, wo den Männern Blumennamen verliehen werden, und in Indien, wo eine bestimmte Zeitung in Neu-Delhi gerade wegen dieser Anzeigen, kunstvoll verfaßt und in allen Teilen des Landes aufgegeben, begierig gelesen wird. Dort ist es eine praktische Dienstleistung für die Familie, die, um ihre Kinder angemessen zu verheiraten, das Netz weiter auswerfen muß.

Folgendes ist in diesem Zusammenhang erwähnenswert. Im kreisförmig angelegten Neu-Delhi trifft das Auge, wohin es auch schweift – auch das der Braut, die ihren beschlagenen Spiegelring dreht, um einen ersten Blick auf ihren von anderen ausgewählten Ehemann mit dem bleistiftdünnen Schnurrbart zu erhaschen –, unabänderlich auf einen Blaugummibaum (*E. globulus*) – die stehen dort überall; desgleichen hat der schnell wachsende *E. kirtoni*, gemeinhin als Halbmahagoni bekannt, die staubige Stadt Lucknow praktisch überwuchert.

Von den drei Antworten auf Hollands einzeilige Anzeige war die mit runder Schrift auf liniertem Papier geschriebene die aussichtsreichste. Sie enthielt eine Andeutung von frischer Witwenschaft: ihr Mann hatte, wie so viele andere, mit dem Kopf zuunterst, die Stiefel noch an den Füßen, im Fluß sein Ende gefunden.

Sie war eins von sieben oder acht Kindern. Holland sah vor seinem inneren Auge lauter drapierte Leichen, blasse Schwestern, von Strahlen gleißenden Lichts festgenagelt, als wäre die Wellblechhütte von Pistolenkugeln durchlöchert worden.

»Ich stellte mich vor«, erklärte Holland. »Und deine Mutter wurde ganz still. Sie machte kaum den Mund auf. Wahrscheinlich wurde ihr klar, worauf sie sich eingelassen hatte. Da war ich also und stand vor ihr. Vielleicht wollte sie nach einem Blick auf mein Gesicht möglichst schnell weglaufen?« Die Tochter lächelte. »Eine sehr, sehr nette Frau. Ich war sehr angetan von deiner Mutter.«

Manchmal setzte sich eine Schwester zu ihnen und fing wortlos an, der Ältesten die Haare zu bürsten. Es war strohblond; die anderen Schwestern waren dunkelhaarig. Die Beine des Küchentisches standen in Marmeladendosen mit Kerosin. Der Vater kam und ging. Er nahm Hollands Anwesenheit kaum wahr. Eine Mutter trat nicht in Erscheinung. Holland brachte eine Axt und eine Decke, es war wie bei den Indianern.

Schließlich nahm er sie mit nach Sydney.

Dort, in seiner Wohnung, mehr oder weniger in seiner Welt, erschien sie rundlich oder – anders gesagt – weicher, als er sie sich vorgestellt hatte, und schimmernd, als wäre sie mit Mehl bestäubt. Und sie machte sich zu schaffen. Ganz beiläufig führte sie eine neue Ordnung ein. Wenn sie ihr Haar löste, fiel es wie ein Schwall Sand, und sie bürstete es mit rhythmischen Strichen, eine religiöse Handlung vor dem Spiegel. Verwunderlich war ihr Vertrauen zu ihm: wie sie sich ihm hingab. Seine Hände fühlten sich plump und grob an, wie auch seine Worte manchmal grob klangen. Hier war jemand, der ihm zuhörte.

Was dann geschah, war zunächst ein Witz. Einer plötzlichen Idee folgend, versicherte er seine Flußfrau gegen die Geburt von Zwillingen. Er forderte die Natur heraus. Aber es war auch seine Art zu feiern. Die Buchmacher rechneten eine enorm hohe Rendite aus, und Holland erhöhte sofort die Versicherungssumme. Die auf alt gemachte Urkunde mit dem roten Siegelimitat schwenkte er vor seinen Freunden in der Luft herum. Das war in den Tagen, als er noch trank.

»Ich hatte mein ganzes Geld eingesetzt, bis auf den letzten Penny.«

An der finanziellen Seite war Ellen nicht interessiert.

»Du kamst zuerst auf die Welt«, sagte er. »Wir haben dich Ellen genannt. Ich meine, das war der Wunsch deiner Mutter – Ellen. Dein Bruder hat nur ein paar Tage gelebt. Da ist etwas in deiner Mutter zerbrochen. Nie hat man jemanden mehr weinen sehen, darauf würde ich wetten. Dein Kopf war da oben immer naß. Und Blut, so viel Blut. Sie lag einfach im Bett und weinte leise. Sie konnte nicht aufhören. Sie wurde immer schwächer. Ihr Leben schien aus ihr herauszuströmen, während ich dabeistand. Ich konnte nichts tun. Ich hatte sie noch nicht einmal richtig kennengelernt. Ich weiß nicht, wie das passieren konnte.

Und du, strotzend vor Gesundheit, und kurz darauf kam der fette Scheck. Ich hätte meinen Hut in die Luft werfen sollen. Noch nie hatte ich so viel Geld gesehen, so viele Nullen. Einen Monat lang habe ich den ganzen Zaster als ein Stück Papier in der Hosentasche mit mir rumgetragen, bevor ich den Mut hatte, damit zur Bank zu gehen. Und jetzt sind wir hier. Von der Veranda hat man einen schönen Blick. Darüber kann ich wenigstens bestimmen. Und sieh dich an. Du bist jetzt schon das hübscheste Mädchen im Umkreis von hundert Meilen.«

Und Ellen wurde nie müde, die Geschichte zu hören und Fragen, immer wieder die gleichen, nach ihrer Mutter zu stellen. Oft unterbrach Holland die Erzählung und sagte: »Komm mal her und gib deinem Vater einen dicken Kuß.«

2
Eximia

Manche Menschen, manche Nationen stehen ständig im Schatten. Manche Menschen werfen einen Schatten. Langgestreckte Streifen von Dunkelheit gehen ihnen voraus, selbst in der Kirche oder in Momenten, wenn die Sonne sich gerade hinter einer schmutzigen Wolkenbank versteckt hat. Eine dunkle Pfütze bildet sich um ihre Füße. So ist es auch bei *Kiefern*. Kiefern und Dunkelheit sind eins. In dieser Beziehung sind Eukalyptusbäume ungewöhnlich: Die hängenden Blätter bilden ein lichtdurchlässiges Laubdach, das einen zart gemusterten Schatten wirft, wenn überhaupt. Klarheit, fehlende Dunkelheit – man könnte dies die »Eukalyptuseigenschaften« nennen. Und abgesehen davon – finden Sie nicht auch, daß die willfährige Kiefer mit Zahlen, mit Geometrie, mit der Mehrheit zu tun hat, während der Eukalyptusbaum allein steht, für sich und im wesentlichen undemokratisch?

Der Gummibaum ist von einer blassen, zottigen Schönheit. Ein einzelnes Exemplar kann einen ganzen australischen Hügel beherrschen. Es ist ein egoistischer Baum. Durch seine Einzelstellung zieht er die Aufmerksamkeit auf sich, er saugt Flüssigkeit auf und verhindert in einem Umkreis weit über seine Wurzeln hinaus alles Leben wie harmloses Unkraut und Gras, bietet aber gleichzeitig nur wenig Schatten.

Bäume gestalten die Landschaft.

Eine geraume Zeit verging, bis Holland sich mit der Vorstellung (weniger mit der Tatsache) vertraut gemacht hatte, daß das Land, auf dem er stand, jeder Quarzbrocken, jeder zerbrochene Knüppel und jedes trockene Grasbüschel sowie jeder Baum, ob aufrecht und wachsend oder gestürzt und grau, ihm gehörte, sein war.

Im Überschwang seiner Begeisterung beschloß Holland, daß er alles wissen wollte, angefangen bei den Namen der Dinge – denen der Vögel und Steine und vor allem denen der Bäume. Die Bewohner der Stadt hörten ihm mit einem Fastlächeln und einer gewissen unverbindlichen Höflichkeit zu, doch sie wußten auch nicht alle Antworten; also ließ Holland sich einige Nachschlagewerke aus Sydney kommen.

Als Ellen in ihrem blaukarierten Kleid ankam, hatte Holland schon ein paar Eukalyptusbäume gepflanzt, und danach begleitete sie ihren Vater häufig mit einem Eimer und einem gelben Spaten und hockte auf dem Boden, während er einen neuen Baum setzte.

So war es, daß sie, Ellen, die Saat für ihre eigene Zukunft ausbrachte.

Der erste Eukalyptusbaum – wenn man im Zusammenhang mit einer Leidenschaft so präzise Angaben machen kann – ist der, der unmittelbar vor dem Haus steht. In seiner leicht versetzten Position durchbricht er die Dynamik der horizontalen Struktur der vorderen Veranda und verstellt eher zufällig aus fast jedem Winkel den Blick auf das Zimmer der Tochter.

Holland hätte jeden erdenklichen Baum pflanzen können, eine gespenstische Kiefer zum Beispiel, mit ihrem kriechenden Schatten (eine Schirmkiefer? eine Araucarie?), oder eine Akazie, den trostlosesten aller Bäume; in dieser Gegend wäre die sentimentale Wahl auf eine japanische Mispel gefallen. Und wenn er schon eine besondere Vorliebe für den Eukalyptusbaum hatte, weil es ein sogenannter einheimischer Baum war oder ein alleinstehender oder was auch immer, so wären doch viele verschiedene Setzlinge in rostigen Dosen im Handel zu haben gewesen, auch damals schon.

Holland pflanzte einen Gelben Blutholzbaum (*E. eximia*).

Hier haben wir einen Baum, der so frostempfindlich ist, daß er nur in der Küstenregion wächst, sozusagen in Rufweite von Sydney. Hollands erster Setzling ging sofort ein. Mit der ihm eigenen Hartnäckigkeit pflanzte er weitere, und als nur noch einer übrig war, ein kümmerliches Ding, pflegte er ihn mit Hingabe. Jeden Tag lockerte er die Erde und gab dem Baum aus einer Tasse zu trinken, er verteilte Schafdung und baute für die Nächte eine Frostbarrikade aus Blech und Sackleinen. Der Baum wuchs und gedieh. Und jetzt steht er da.

Der Gelbe Blutholzbaum hat ein für einen Eukalyptusbaum ungewöhnliches, sich herabsenkendes Blätterdach, das fast den Boden berührt, wie eine Trauerweide. In den einschlägigen Zeitschriften findet man folgendes über den Baum: »Der Artname stammt von dem englischen Adjektiv ›eximious – auserlesen, ausgezeichnet‹ und deutet darauf hin, daß der Baum, wenn er in Blüte steht, ganz außergewöhnlich ist.« Im späten Frühling zeigt sich die Blütenpracht. Es sieht aus, als hätte jemand ganz unbekümmert mehrere Handvoll von schmutzigem Schnee in die olivgrünen Blätter geworfen. Schmutziger Schnee – so weit im Landesinneren? Die Farbe von Bierschaum. Oder besser, das Haar einer Blondine. Der ständig austretende rote Gummisaft erklärt das Element »Blut« im ersten Teil des Namens.

Als Ellen heranwuchs, wollte sie mehr über ihre unsichtbare Mutter erfahren. Ihr Vater war verwirrt von ihren unkindlichen Erwartungen und ihrer Ungeduld, wenn er ihr antwortete.

Ein Photo hätte die Sache möglicherweise erleichtert. Doch anscheinend existierte eine solche Erinnerung nicht – obwohl Hollands Frau zu einer Zeit heranwuchs, als sich die Schwarzweiß-Photographie im ganzen Land großer Beliebtheit erfreute und die ungelenke Pose ihre Blütezeit hatte. (Die eingefangene Langeweile von Picknicks mit dämlich dreinschauenden schwarzen Schafen im Hintergrund, der Vetter vom Lande in affektierter Mannequinpose, Babys in Kinderwagen, die wie wütende Motorradfahrer grinsten. Weiß der Himmel, man könnte eine lange Liste von Standardmotiven zusammenstellen und eine angewiderte Fußnote über die Untauglichkeit von Photoecken hinzufügen...) Von dem Augenblick an, da sich die Blende schließt, sind zukünftige Reaktionen des Entsetzens, des Mitleids und der Überraschung in Silber und Gelatine festgehalten. Die Photographie ist die Kunst des Vergleichs. Jeder kann photographieren. Die »Kunst« ist schon da, in dem Objekt, und wenn es bloß eine Ziegelmauer ist – wirklich, das Wort »Kunst« ist in dem Zusammenhang eine riesige Anmaßung, da sie lediglich in der Wahl des Standortes besteht oder in der Entscheidung des Photographen, die Poesie des Schattenspiels einzufangen, ein auffallendes Sujet oder zwei gegensätzliche, die konzentrierte Strenge eines Antlitzes oder aber nur einen gewöhnlichen Schnappschuß zu liefern.

»Sie konnten sich kaum das tägliche Brot leisten«, erklärte Holland, »ganz zu schweigen von einem Photoapparat. Sie hatten Hautausschlag und keine Schuhe. Der Fußboden in dem Haus war gestampfte Erde, wenn ich mich recht erinnere.«

Zudem war bekannt, daß der große Fluß in regelmäßigen

Abständen über seine Ufer trat und die persönliche Habe der Menschen davonschwemmte.

Was auch immer die Gründe, Ellen behielt ein deutliches Gefühl der Unvollständigkeit zurück, sie spürte, daß irgend etwas fehlte.

Holland gab sich alle Mühe. Um ein Bild von Ellens Mutter entstehen zu lassen, mußte er zunächst das mit Tränen verdünnte Blut wegtupfen, das über ihr Kleid geströmt war und ihre Form aufgelöst hatte, also ihre Hüften, ihre Brüste, den ausdrucksvollen Mund, ihre Stimme – nicht, daß sie eine große Rednerin vor dem Herrn gewesen wäre.

Aber dann sah er, daß die Frau, die er kaum kannte, Sanftheit verströmt hatte, ob sie an seiner Seite atmete oder auf einem Stuhl in der Küche saß, daß sie von Sanftheit überfloß; soviel Sanftheit und Heiterkeit obendrein, daß er Mühe hatte, ihr wahres Zentrum zu erkennen. Und als die Zeit verrann, verblaßte auch das.

Er hatte Ellen nicht von ihrem Großvater erzählt. Holland wußte nicht genau, was er über ihn sagen sollte. Er sah das Bild am Stadtrand von Waikerie vor sich: der Vater und sieben oder acht Töchter, die in einem heißen Haus heranwuchsen, eine Mutter gab es nicht, der träge braune Fluß – im Sonnenlicht langsam dahinfließend. Obwohl Holland im Begriff war, dem Vater die älteste Tochter zu nehmen, und deswegen meist mit gescheiteltem und geöltem Haar erschien, nahm der Mann kaum Notiz von ihm. Mit seinen schlenkernden Gliedmaßen war er ein Wrack, eine Niete. Amerikanischen Fachbüchern über die Familie zufolge, die eine breite Leserschaft haben und großen Wert auf Statistiken legen, war er eine gründliche Enttäuschung, ein erbärmliches Beispiel dafür, was ein Vater sein sollte.

Was genau ist ein Vater für seine Tochter?

Der Vater ist ein Mann, aber nicht in den Augen seiner Tochter. Wohin sie auch geht, er ist immer hinter oder schräg neben ihr, ist ihr oft ungelenker Schatten. Nie kann sie ihn abschütteln. Der Vater hat den Vorteil des älteren Mannes. Er ist handfest und in der Nähe, und zugleich auch fern: eine verschwommene Autorität, immer mit dem Versprechen, weicher zu werden. Dieser Vater jedoch, Ellens Großvater, in seinem zerrissenen Unterhemd, dieser schwarze Punkt auf dem statistischen Diagramm, hatte auf seinem Handgelenk eine tätowierte Meerjungfrau (weit weg vom Meer), deren schweißüberströmte Brüste und fischgleiche Hüften er für seine vielen Töchter wackeln ließ, indem er die Hand zur Faust ballte und wieder entspannte. Selbst bei der Beerdigung seiner Tochter soll er das gemacht haben.

Hollands Frau hatte ihm von dem Spiel erzählt, das sie mit ihren vielen Schwestern am Ufer des Flusses gespielt hatte.

Unter Gekreisch, mit fliegenden Zöpfen und aufgeschürften Knien umarmten sie, eine nach der anderen, einen dazu ausgewählten Baum und flüsterten dabei etwas. Der Baum fühlte sich hart wie Eisen an und dennoch lebendig, wie ein mächtiger Pferdehals. Nach den Regeln dieses Spiels würde das Mädchen, das die Finger hinter dem Stamm zusammenbringen konnte, schwanger werden. Mit »schwanger werden« meinten sie »heiraten«. Schließlich waren sie noch Kinder.

Eine der Schwestern, noch jung und ziemlich mollig, stand eines heißen Nachmittags bei dem Baum und wurde geschwängert. Es war ein Stoßen, so wie Männer einen frischen Zaunpfosten aus Eisenrindenholz ins Erdreich rammen. So geschah es. Halb am Boden, halb in der Luft. Sie war kaum sechzehn Jahre alt. Ein paar Monate später wußten es alle.

Hollands per Anzeige gefundene Braut führte ihn zum Wasser und zeigte ihm den Phallusbaum. Beinahe hätte Holland angesichts der Unscheinbarkeit des Baumes und des lächerlich kleinen Stammumfangs laut losgelacht. (Ein junger Sumpfmahagoni – der lüsterne botanische Name lautet *Eucalyptus ovata*.) Er legte beide Arme um den Stamm und schüttelte sich selbst die Hand, und um die Mühelosigkeit zu verdeutlichen, sagte er: »Nett, Sie kennenzulernen.« Aufmerksam, mit einem kleinen Lächeln, sah sie ihm zu.

»Da wußte ich, daß sie mich nehmen würde. Ich denke, in dem Moment hat sie die Entscheidung getroffen. Deine Mutter hatte immer was übrig für einen kleinen Scherz.«

Ihre Sanftmut und Heiterkeit – vielleicht war es auch Gleichgültigkeit. Er war sich nie ganz sicher.

Es war an einem anderen Nachmittag, ganz in der Nähe dieses Baumes, als ihr etwas ins Auge sprang. Ihr Kopf zuckte zurück, sie fuhr sich mit den Fingern an die Lippen und zog an ihnen. Manchmal hatte sie Schafe und Kühe gesehen, die zu Amphibien geworden waren, und einmal ein Pferd, das mit aufgeblasenem Bauch nach oben vorbeischwamm. Aber nie die Leiche eines Mannes in einem karierten Hemd, die, das Gesicht nach unten, langsam mit der Strömung trieb.

Sie suchte nach einem langen Stock oder ähnlichem und wimmerte dabei ununterbrochen.

Ihr Vater packte sie von hinten, die tätowierte Meerjungfrau dürfte einen Bauchtanz vollführt haben. Ein bißchen weiter stromaufwärts lagerte er seinen Biervorrat in einem Getreidesack, zum Kühlen ellbogentief versenkt. Jetzt hielt er sie an den Schultern.

»Laß ihn, den armen Kerl. Bald hängt er irgendwo fest. Hör auf mit dem Gewimmer, hörst du?«

Noch während er sprach, verhakte sich die Leiche, und das Wasser prallte an ihr ab. Das Gesicht war ihnen jetzt zugewandt, und sie wußte sofort, daß es der magere Erntehelfer war, der mit ihrer Schwester gesehen worden war.

Sie fragte sich, ob sie mit einem Stock an ihn herankommen konnte, doch schon wurde die Leiche wieder von der Strömung erfaßt und setzte sich erneut in Bewegung. Schließlich blieb sie, zusammen mit einem Eimer und anderem Unrat, in der Nähe der Brücke in der Stadt an einer Astgabel hängen. Was für ein Ende: Zwischen Dingen von außergewöhnlicher Alltäglichkeit.

Tagelang sprach ihre Schwester, zu Perlmutter geschwollen, mit niemandem. Dann fand man sie, wie sie sich eine Handvoll Erde nach der anderen in den Mund stopfte, was der Vater als Beweis – falls überhaupt noch Beweise nötig waren – für einen ganz anderen Mangel ansah. Selbst sein ruppiger Ellbogen konnte sie nicht von ihrem Tun abbringen.

Die Geschichte weiß von Jungfrauen zu berichten, die sich schwanger wähnten; zudem gibt es viele Legenden darüber. Doch die Schwester fühlte sich schwerfällig in ihrer Fülle. Sie war zwei Wesen und wollte wieder eines sein, oder doch zumindest getrennt von dem lebendigen, belastenden Gewicht in ihr. Die Flüssigkeit zog sie herunter: Sie war wie ein vollgesogener Schwamm. Selbst ihre hübschen Füße waren geschwollen. Sie zählte die Tage nicht mehr. Sie war zu jung. Aus keinem anderen Grund antwortete sie an einem Wochenende – es gab sonst nichts zu tun – auf Hollands Anzeige und fing eine ernsthafte Korrespondenz mit ihm an. Irgendwie wußte sie, daß die Wörter »junge Witwe« einen besonderen Reiz auf einen Mann in der Ferne haben würden, auch wenn die Bezeichnung eigentlich nicht zutraf, nicht offiziell. Als er den Vorschlag machte, daß sie sich gegenseitig Photos schickten, half ihre älteste Schwester ihr, die Antwort zu formulieren: »Kommen Sie und sehen Sie selbst!«

Und ein paar Tage später war er da und stand in der Tür. Keiner hatte ihn erwartet. Keiner wußte, wohin den Blick wenden.

Die geschwollene, entehrte Schwester versuchte, sich auf dem geblümten Sofa unsichtbar zu machen, und zischte: »Ich rede nicht mit ihm, mach du das, mach schon.«

Es war also an ihr, der älteren Schwester, etwas zu sagen oder wenigstens sitzenzubleiben. Die anderen verschmolzen, unterdrückt kichernd, mit den Schatten.

Von der Tür konnte Holland die Älteste deutlich sehen, während sein Gesicht in Schatten gehüllt war. Da sie sich nicht vom Fleck rührte, schien es so, als böte sie sich an. Später fragte sie sich, ob ihre Entscheidung schon da gefallen war.

So war es geschehen. Holland hatte seine Augen nicht von ihr gewendet. Und sie merkte, daß sie ihm zuhörte. Nach einer Weile antwortete sie ihm auch, und irgendwann hob sie den Arm ein wenig, was die Aufmerksamkeit auf ihr außergewöhnliches Haar lenkte.

3
Australiana

Eine kurze Beschreibung der Landschaft ist unumgänglich. Gleichzeitig wird – seien Sie dessen versichert – jede Anstrengung unternommen, um dabei nicht in die rostigen Fallen zu tappen, die uns die Vorstellung der typischen australischen Landschaft in den Weg stellt, einer inneren Landschaft, versteht sich, ausgestattet mit blauem Himmel und dem obligatorischen Prachtexemplar eines Gummibaums, dazu vielleicht im Vordergrund einige Merinos, auf trockenem Gras kauend – jener Landschaft, die man in Anfällen von Heimweh vor sich sieht und die in Farbe auf dem Kalender abgebildet ist, den wir vom Vorstadtmetzger zur Weihnachtszeit mit der Würstchenbestellung überreicht bekommen. Jedes Land hat seine eigene Landschaft; sie lagert sich in Schichten im Bewußtsein der Einheimischen ab und löscht somit die exklusiven Geltungsansprüche anderer nationaler Landschaften aus. Im übrigen sind unzählige Eukalyptusbäume in alle Länder der Erde exportiert worden, wo sie zu kräftigen, luftigen Bäumen herangewachsen sind und die Reinheit jener Landschaften verdorben haben. Sommerliche Ansichten von Italien, Portugal, Nordindien oder Kalifornien, um nur einige der offensichtlichen Beispiele zu nennen, könnten auf den ersten Blick wie klassische australische Landschaften wirken, doch mit der Zeit erscheinen die Eukalyptusbäume merkwürdig fehl am Platze, wie Giraffen in Schottland oder Tasmanien.

Im folgenden also ein paar beschreibende Worte über Hollands Land westlich von Sydney, wo es zu bestimmten Zeiten im Jahr Regen und trockene Winde gibt.

Bemerkenswert an der typisch australischen Landschaft ist übrigens, daß sie ein bestimmtes Verhalten hervorgebracht hat, das dann wiederum im Geschichtenerzählen eine Ausdrucksform findet, in all den lakonischen Geschichten von Schicksalsschlägen, deren es so viele gibt wie Kletten im Fell der Schafe – und ebenso schwer lassen sie sich beseitigen. Ja, wahrhaftig, nichts sonst gibt einem ein so bedrückendes Gefühl des Déjà-vu wie noch eine Geschichte der Enttäuschung, deren Schauplatz der australische Busch ist. Und jetzt, da sich unser Jahrhundert dem Ende zuneigt und man vielleicht denken könnte, sie seien fast versiegt, tauchen genau die gleichen ockerfarbenen Geschichten in den Städten wieder auf, nur verkleidet! Die Gestalten bewegen sich zwischen Asphalt und Maschinen, und ihre feierliche Sentimentalität ist uns bestens vertraut; manche dieser Geschichten sind von einem poetischen Schleier umhüllt und bereiten ein köstliches Lesevergnügen, wie die von dem ehemaligen Kriegsgefangenen, der ein Herz aus Gold hatte, oder aber sie handeln von liebeskranken jungen Frauen am Hafen, oder Frauen, die ihre Meinungen auf der Veranda eines Hauses in den Bergen zum besten geben, und wenn in der Geschichte ein Maler vorkommt, dann lebt er natürlich in der Reinheit von Armut und Elend ... In regelmäßigen Abständen wird die verbohrte Männlichkeit eines ahnungslosen Vaters sozusagen unter das Mikroskop der Großstadt gelegt, das altbekannte Freilegen von Schichten. Ganz abgesehen davon gibt es Hunderte von Geschichten, die im

Bekenntnismodus der ersten Person Singular erzählt werden, und es kommen immer noch neue hinzu. Eine Art angewandter Psychologie hat das Geschichtenerzählen an sich gerissen, legt einen Überzug darüber und verdeckt den Kern.

Was schwach ist, verschwindet; Geschichten, die Wurzeln schlagen, sind mit der Zeit wie *Dinge*, mißgestaltete Dinge mit einem unlogischen Kern, die durch viele Hände gehen, ohne sich abzunutzen oder aus dem Leim zu gehen; sie bleiben im wesentlichen sie selbst, passen sich hier und da an den Rändern ein wenig an, mehr nicht, so wie sich Familien oder Wälder in ständig leicht veränderter Form reproduzieren – die Geologie der Fabel. In Alexandria wurden Eukalyptusbäume vor Wohnhäusern angepflanzt, um böse Geister einschließlich tödlicher Krankheiten abzuwehren.

Von der vorderen Veranda erstreckte sich Hollands Land nach rechts in Richtung der Stadt. Dieser Teil war in seiner Ausdehnung besonders gut zu überschauen, obwohl er in purpurfarbenem Dunst endete, mit einem schwachen Glitzern, als schwenkte jemand einen Spiegel – ein kleines Geheimnis, das Holland nie löste. An der einen Seite ragte eine Reihe von Bäumen auf wie ein Bürstenschnitt, und dort erschien Holland gelegentlich – blasse Haut vor grauem Stein. Dann senkte sich das Land sanft gewellt, als wäre es mit der Hand nicht ganz flach geklopft worden, mit einigen kahlen Flecken dazwischen, bis zum Fluß. Es stieg an und fiel wieder ab, und Felsbrocken ragten aus dem Erdreich. Die Kaninchen hatten Bodenerosion in Form winziger Schluchten hinterlassen. Es gab Schlangen. Die Rotgummibäume, in ihrer üblichen zerfransten Art, saugten alles Wasser auf und erwiesen sich – der Axt sowie fast allem anderen gegenüber – als resistent. Es gibt viele Geschichten über ihr hartes Holz. Dem Flußlauf folgend, stieg Holland vorsichtig über die Ellbogen aus verrottendem Holz und den schwarzen Schlamm und duckte sich dann, um einen Überblick in alle Richtungen zu haben. Und große dunkle Vögel schwebten über ihm, Fetzen, andernorts den Toten entrissen, nur daß die Luft klar war und der Himmel weit und offen. Einen Moment lang schien es, als wäre an diesem Ort alles möglich.

Die Leute auf den benachbarten Gehöften hießen Lomax, Cork, Cronin, Kearney, Gulley, sogar ein Stain (der alte Les) war darunter und die Schwestern Sprunt. Die Sheldrakes, Traills, Woods und Kellys lebten in größerer Entfernung. Ein Mann da draußen nahm den Namen seines besten Freundes an, nachdem der unter einem Pferd erdrückt worden war. Niemand hat größere Liebe denn die, ... In der Stadt gab es einen Long und einen Short. Ein Manifold lebte dort. Mr. Brian Brain führte mit seiner Frau, die ein Pferdegebiß hatte, das einzige Hotel am Platze. Der durchreisende Schildermaler, der pünktlich alle drei Jahre erschien – in seinem grünen, vibrierenden Lieferwagen sah er eher wie ein Klempner aus – und die Schriftzüge an den Ladenfronten ausbesserte, hieß Zoellner, aber der zählt leider nicht. Denn all diese Namen hatten eine lange Geschichte und gingen zurück auf Familien in Irland, Yorkshire und Schottland. Die Vornamen richteten sich nach den krummen Straßen in Sydney: Clarence, Phil, George, Bert, Beth und Gregory. Nie zuvor hatte man von einem Holland gehört.

Oft konnte man Holland sehen, wie er sich irgendwo in geraumer Entfernung auf einer seiner Weiden zu schaffen machte. Die Leute, die auf dem Weg in die Stadt waren, sagten dann: »Hinter dem Fadenrindenbaum da drüben, guck mal.« Oder: »Irgendwann kaufe ich ihm einen Hut.« Und die Männer verrenkten sich die Hälse, um einen Blick auf die Tochter zu erhaschen.

Hollands Vater war in Tasmanien Bäcker gewesen; ein kleiner Mann mit Zahnfüllungen aus Gold. Als halbwegs zum Methodismus Bekehrter konnte er es kaum erwarten, daß der neue Tag begann. Hinter dem Ladentisch der Konditorei in der Stadt bediente ein dünnes Mädchen mit einem sehr schmalen Mund. Mit ermutigender Aufmerksamkeit lauschte sie seinen Ideen und Plänen für die nahe Zukunft; es ging dabei überwiegend um Kuchenbrötchen, von denen er in manche eine Mandel einbacken wollte – nur so ein Gedanke.

Bald darauf erklärte sie deutlich ihren Wunsch, daß sie umziehen sollten – so weit wie möglich fort von dem Dorf, das durch die Hauptstraße geteilt wurde. »Ich bin kein Inselmensch«, erklärte sie.

Und so geschah es, daß Holland in Sydney zur Welt kam, in einem Vorort namens Haberfield. Noch heute hat man in Haberfield das Gefühl, daß sich das Land hier öffnet und in alle Richtungen ausdehnt.

In Haberfield gründeten Hollands Eltern ein kleines Unternehmen: in einem Schuppen im Hof stellten sie Dauerlutscher her. Holland wuchs mit dem Sirupgeruch von karamelisiertem Zucker auf und mit einer Mutter, die immer klebrige Hände hatte, was vielleicht erklärte, warum er sein Leben lang unter keinen Umständen Zucker in den Tee nahm und sich so lange sträubte, bis er schließlich einen Zuckergummibaum, eigentlich Fieberbaum (*E. cladocalyx*), pflanzte – allerdings so, daß er vom Haus aus nicht zu sehen war –, obwohl doch jeder weiß, daß der Zuckergummibaum ganz wesentlich ist, wenn man Eukalyptusbäume, oder wenigstens ihr Erscheinungsbild, verstehen will.

Schwarze Pfefferminzlutscher mit Zebrastreifen, kunstvoll in Zellophanpapier eingedreht – die Idee der Mutter –, wurden die Spezialität der Hollands. Nachmittags zog Hollands Vater sich ein sauberes Hemd an und lieferte die Ware in den Vororten aus.

Eine Zeitlang schien sich ganz Sydney die Zähne mit den schwarzen Pfefferminzlutschern zu ruinieren, die in einem Hinterhofschuppen in Haberfield hergestellt wurden. Drukker, Bankmanager, Versicherungsvertreter, Hersteller von Geschenkkartons, hoffnungsfrohe Zwischenhändler und Inspektoren der Gesundheitsbehörde: sie alle fanden den Weg zur Quelle, auch Schulkinder, und keiner ging ohne eine Tüte mit schwarzen Pfefferminzlutschern davon.

Ein Bauunternehmer, der gleichzeitig auch Bezirksbürgermeister war, fühlte sich von der feuchten, weiblichen Süße des Schuppens und dem betonierten Pfad, der dorthin führte, angezogen. Auf seinen Handrücken wuchsen struppige, orangefarbene Haare. Eines Nachmittags erspähte Holland in einer Ecke des Schuppens die mehlweiße Nacktheit seiner Mutter, gerundet und fließend, den Mund schräg verzogen, die bloßen Schultern des Bürgermeisters verdeckten sie halb.

Indessen sah Hollands Vater keinen Grund, das Lächeln einzustellen. Wenn er schlief, richtete er seinen lächelnden Mund zur Zimmerdecke. Alles, auch fremde Gefühle und Warnzeichen, war für ihn gleichwertig. Und statt ihm Wohlbefinden zu verschaffen, hatte das ständige Lächeln die gegenteilige Wirkung: sein Gesicht war vorzeitig ausgelaugt, wie das eines Jockeys, der sich zu lange bemüht hat, sein Gewicht niedrig zu halten. An dem Morgen, als er mit seinem Koffer davonging, war sein Mund zu dem gleichen Lächeln von Optimismus oder Gleichmut verzogen, obwohl der braune Kamm, den er tapfer neben dem Kugelschreiber in der Brusttasche seines Hemdes trug, auf eine andere Geschichte deutete.

Jetzt saß der Bauunternehmer am Kopfende des Küchentisches, unterschrieb dort seine Papiere und führte Telefongespräche, und überall häuften sich Bleistiftstummel und Quittungsblöcke, Furniermuster und Kacheln.

Abgesehen davon, daß er ganze Straßenzüge von Häusern aus rotem Backstein sowie Geschäfte, Garagen, Motels und lange orangefarbene Backsteinmauern baute, hatte er seine Pflichten als Bürgermeister zu versehen, was bedeutete, daß er sich in seine Amtsrobe werfen und bei den verschiedensten offiziellen Anlässen erscheinen mußte.

Und weil er ein erfolgreicher Bauunternehmer war, oder weil er der Bürgermeister war, oder vielleicht einfach weil er ein Mann war, entwickelte er starke patriotische Überzeugungen. Er spielte sogar mit dem Gedanken, Fahnenmasten herzustellen und sie mehr oder weniger zum Selbstkostenpreis zu verkaufen. Er ließ sich ein Muster anfertigen und stellte es im Vorgarten des Hauses in Haberfield auf, der einzige Fahnenmast im Umkreis von Meilen; doch dort, in der Wohnstraße, hing unsere Nationalflagge schlaff herunter und regte sich nur selten in der nachts aufkommenden Landbrise, wenn kaum einer es sehen konnte.

Er konnte seine Finger nicht stillhalten, auch am Telefon nicht. Geschäftsmann zu sein, so erklärte er dem Jungen, ist gleichbedeutend mit geschäftig sein.

»Wenn du schon nichts tust, kannst du die für mich einlaufen.«

Ein Schuhkarton landete vor Hollands Füßen. Hollands erster Gedanke war, ob er in die Schuhe seines Stiefvaters paßte.

»Ich kann es mir nicht leisten, daß mir die Füße weh tun.

Verstehst du? Du hast keine Ahnung, zu wie vielen Veranstaltungen ich gehen muß.«

Ein Geschäftsmann unterteilt die Welt in überschaubare Einheiten, von denen manche so klein sind wie der Bruchteil einer Sekunde. Diese Einheiten und ihre Möglichkeiten auszuschöpfen, nimmt ihn völlig in Anspruch. Auch wenn man Erfolg hat, bleibt man skeptisch; ja richtig, es geht darum, Skepsis in einem wahrhaft positiven Sinn zu entfalten, weswegen es für einen Mann nicht schwer ist, Geschäftsmann zu sein. Da bleibt kaum noch Zeit für normale Dinge. Für einen Spekulanten und Bauunternehmer, der nebenher auch noch Bürgermeister ist, war selbst der Kleiderkauf ein Problem. Er löste es, indem er alle paar Jahre von allem, was er brauchte, sechs Stück von der Stange kaufte – sechs weiße Hemden, sechs Paar Socken mit Rautenmuster, sechs Paar schwarze Schnürschuhe mit Zehenkappe.

Als Holland anfing, die Schuhe einzulaufen, numerierte er die Sohlen. Dann zog er das erste Paar an und lief damit quietschend im Haus herum. Gleich darauf kam das zweite Paar an die Reihe, bevor er wieder in seine eigenen bequemen Schuhe schlüpfte. In der dritten Woche wagte er sich auf die Straße – bis er in weniger als einem Monat seinem ungeduldigen Stiefvater alle sechs Paar Schuhe eingetragen zurückgab.

Wenn er Ellen diese Episode erzählte, hob sie jedesmal entsetzt die Hand zum Mund. »Wie konntest du nur? Warum hat er das nicht selbst gemacht?«

»Ich habe dafür Geld bekommen«, sagte Holland.

»Das ist schrecklich, so etwas Schreckliches habe ich noch nie gehört. Hoffentlich kriege ich nie einen Stiefvater.«

Holland sah sie aufmerksam an. Eine Tochter, die sich seinetwegen ereiferte, war schmeichelhaft, auch wenn ihre Entrüstung übertrieben war. »Darüber habe ich nie weiter nachgedacht«, sagte er schulterzuckend. »Es ist keine sonderlich interessante Geschichte und nur eine von Dutzenden, verstehst du?«

Dennoch, die Geschichte von den Schuhen war ein frühes Zeichen für sein Bedürfnis nach Vollständigkeit, Klassifizierung und Ordnung; seine Art, ein Thema oder eine Situation methodisch korrekt anzugehen, und die Freude daran, sich ganz darin zu vertiefen!

Sie mochte es gern, wenn er sich in eine Sache vertiefte, aber man konnte bei ihm nie wissen, wo das enden würde. Irgendwie sagte die unterschiedliche Reaktion auf die Geschichte mit den Schuhen etwas über das Trennende zwischen Vater und Tochter aus, obwohl beide sonst ganz und gar gleich empfanden, und Ellen sah darin die ungewisse Distanz, die offenbar zwischen ihr und allen Männern bestand: es war nicht eigentlich eine Distanz als vielmehr ein Bord in Höhe ihres Ellbogens, an dem man sich stoßen konnte.

Auf seinem Besitz nahm Holland in gewissem Rahmen Rücksicht auf die ländlichen Wertvorstellungen, die auch in der nahegelegenen Stadt galten. Schon ganz am Anfang hatte er seine Tochter in die Obhut der Nonnen in Sydney gegeben, bis er sie – ohne einen ersichtlichen Grund – plötzlich wieder zurückholte. Wenigstens wurde ihr in Sydney Nähen und Schwimmen und das Tragen von Handschuhen beigebracht. Im Schlafsaal lernte sie, intensive Gespräche mit Gleichaltrigen zu führen und zu gegebener Zeit zu schweigen; an den Wochenenden, die sie bei entfernten Verwandten verbrachte, hörte sie beim Gemüseputzen den Geschichten der Männer zu und sah genau hin, wie man Lippenstift auftrug. Auf dem Land ihres Vaters streifte sie unbeaufsichtigt umher. Er schien nichts dagegen zu haben. Dann wurde sie still: sie war jetzt ein Teenager. Fast unbewußt beaufsichtigte er sie; er meinte eher, daß er ihr seinen Schutz angedeihen ließ. Er wollte weiß Gott nicht, daß seine Tochter in das schummerige Odeon in der Stadt ging, wo das Dröhnen des Projektors siebzig Prozent der Dialoge übertönte, und daß sie anschließend auf den Stühlen der neonbeleuchteten Milchbar herumrutschte, wie andere in ihrem Alter.

Wenn das Einschränkungen waren, so machten sie Ellen nichts aus.

Ungefähr um diese Zeit hörte sie auf, nackt durchs Haus zu laufen, obwohl ihr Vater, ganz Ellbogen und rote Knie, nach wie vor den Flur zum Bad nackt durchquerte; ebenso sprang er an den meisten Tagen im Jahr mit schwingendem Schwanz von einem Brett in den Fluß, was ein Farmer nie tun würde, und ließ sich im braunen Wasser zur Hängebrücke treiben, den Blick in die Wolken gerichtet: eben noch waren sie, umrahmt von Ästen, wie ein Gehirn geformt, während sie sich im nächsten Moment zum windgezausten Kopf eines Weisen oder Wissenschaftlers – Albert Einstein zum Beispiel – streckten.

Hollands nackter Sprung und sein selbstvergessenes Geplansche hatten etwas unangenehm Gieriges. Falls das Ellens Gedanken waren, so sagte sie nichts. Beinahe über Nacht war sie zu einer Schönheit geworden. Aus dem kleinen herumtollenden Mädchen war eine gleitende, schwebende, vollere Gestalt geworden. Sie war von gesprenkelter Schönheit und über und über mit kleinen schwarzbraunen Muttermalen übersät. Männer, ganz gleich welcher Art, fühlten sich von ihr angezogen. Die überzähligen Muttermale der Erstgeborenen auf Gesicht und Hals gaben den Ausschlag: die Männer fühlten sich berechtigt, ihren Blick über die blasse Haut gleiten zu lassen und zurück zu den schwarzbraunen Malen – so wie ein Punkt einen ausschweifenden Satz beendet. Und sie erlaubte es, ihr Gesicht bot keinen Widerstand, sie schien sie nicht zu bemerken. Folglich fühlten sich die Männer frei und wanderten mit den Augen von einem Mal zum nächsten, auch zu dem unter ihrem Kinn und zurück zu dem auf der Oberlippe, und es war, als ließen sie ihre Blicke über jeden Teil ihrer Nacktheit gleiten.

Allmählich verbreitete sich die Kunde von Ellens Schönheit von der Stadt über die Wiesen und Hügel; sie wurde von den Eisenbahnschienen erfaßt und erreichte andere Städte und sogar die Vororte von Sydney; schwache Ausläufer gelangten sogar in die fernen Hauptstädte anderer Staaten und Länder. Und die Vorstellung von ihrer Schönheit wuchs mit ihrem Seltenheitswert. Das Gesicht und die Gliedmaßen mit den Muttermalen blieben im allgemeinen auf der anderen Seite des Flusses, außer Reichweite gewissermaßen, jenseits der Bäume. Und während ihre gesprenkelte Schönheit zu einer Legende wurde, wuchs der Verdacht, daß ihr Vater sie verstecken wollte.

Ein Absatz unterscheidet sich kaum von einer eingezäunten Weide – ähnliche Formen, ähnliche Funktionen. Und hier ist ein Zusammenhang, über den es sich lohnt nachzudenken: Während heutzutage immer größere Weiden eingezäunt werden, geht in den Städten, wo Geschriebenes gedruckt wird, die Tendenz zu immer kleineren Absätzen. Eine Reihe kleiner Weiden kann ebenso irritierend sein wie eine große ermüdend. Ein Absatz mit nur einer Idee, von denen die Zeitungen voll sind, ist eine Schwierigkeit. Zeitungsleute verbringen ihr Leben damit, Menschen nachzuspüren, die sich irgendwie vom Alltäglichen abheben – die menschlichen Entsprechungen zu

Erdbeben, Zugunglücken, über die Ufer tretenden Flüssen –, und kleine Absätze über sie zu schreiben, obwohl doch jeder weiß, daß eine flüchtige, rechtwinklige Ansicht nicht ausreicht. Die Menschen, von denen in den Zeitungen berichtet wird, haben bereits etwas Sichtbares aus ihrem Leben gemacht, groß oder klein, vergänglich oder dauerhaft, und genau das muß der Grund dafür sein, daß Journalisten ein übermäßiges Interesse für Besitzer von Zeitungsverlagen haben: Hier ist einer von uns, fast wenigstens, aber überlebensgroß. Auch Holland zog Journalisten an, manche mit einem abgerissenen Photographen der Boulevardblätter Sydneys im Schlepptau. Heutzutage ist es üblich, daß man (wie es die Journalisten auch tun mußten) mühsam über eine Weide stapft, die sich endlos erstreckt, bis in alle Ewigkeit, Amen. Andere Weiden sind womöglich ungepflegt und überwuchert, so daß man nur schwer vorankommt. Ebenso leicht kann es einem heutzutage geschehen, daß man mitten in einem Absatz steckenbleibt oder strauchelt! Wie auf einer Weide ist es manchmal nötig, zum Anfang zurückzugehen. Wie leicht verliert man den Mut, wie leicht die Orientierung. In dieser wie in anderen Situationen auch ist die Versuchung groß, eine Abkürzung zu nehmen. »Eine Problemweide« – das ist eine gängige Beschreibung. Wörter, nicht mehr als ein Geplapper, werden innerhalb der Begrenzung der Weide (des Absatzes) gesprochen. Das Rechteck ist ein Zeichen der Zivilisation: Europa aus der Luft betrachtet. Zivilisation? Ein Absatz fängt als Rechteck an und kann per Zufall als Quadrat enden. Wer hat noch mal gesagt, daß das Quadrat in der Natur nicht vorkommt? Das Betreten einer eingezäunten Weide wird durch ein Gatter im Zaun ermöglicht, so wie die Einrückung zu Beginn des Absatzes zum Einstieg ermutigt. Auch eine Weide ist mit Substantiven und lateinischen Namen in Kursivdruck übersät, selbst eine anscheinend kahle Weide. Als Holland anfing, seine Bäume zu pflanzen, tat er das willkürlich, ohne erkennbaren Plan.

Ein Absatz soll schweifende Gedanken ausgrenzen.

4
Diversifolia

Das Wort *eukalyptein* kommt aus dem Griechischen und bedeutet »wohl« und »verhüllt«. Es beschreibt etwas für die Gattung Charakteristisches. Die Blütenknospe des Eukalyptusbaumes ist bis zu dem Moment, da sie sich zur Befruchtung öffnet, verhüllt; es liegt gewissermaßen ein Deckel auf den Fortpflanzungsorganen.

Das alles ist ziemlich prüde. Gleichzeitig – und hier entdecken wir, daß das Paradoxon die herausragende Eigenschaft des Eukalyptus ist – lassen die Blätter um die Blüte herum mit ihrer zur Schau getragenen Verschiedenheit in Dicke, Form, Farbe und Leuchtkraft eine gewisse Promiskuität erkennen: »festgelegte Unregelmäßigkeit« wird das in der Botanik genannt. Ein oder zwei Arten brüsten sich sogar mit gestreiften Blättern. Eine Besonderheit des Eukalyptus besteht darin, daß die Blätter immer kleiner werden, je höher am Baum sie wachsen. Ein weiteres Paradoxon: Die größten Eukalyptusbäume haben die kleinsten Blüten.

Bei der Rinde gibt es eine verwirrende Vielfalt hinsichtlich der Beschaffenheit, Farbe und so weiter, was innerhalb einer einzelnen Gattung ungewöhnlich ist. Oft ist es die Rinde, die beim Spiel der Identifizierung den letzten Ausschlag gibt.

Über die genaue Anzahl der verschiedenen Eukalyptusbäume

streiten die Gelehrten immer noch. Es sind auf jeden Fall mehrere Hundert, aber die Zahlen schwanken. In regelmäßigen Abständen wird aus dunklen Institutsecken aus Karrieregründen ein Vorstoß gewagt, mit dem Ziel, die Gesamtzahl zu verringern. Erst kürzlich wurde die Vermutung geäußert, daß der Geistergummibaum, der lange Zeit als der archetypische Eukalyptusbaum galt, überhaupt kein Eukalyptus ist, sondern zur Familie der Ebensträußler gehört. Der neue Name wäre dann, wenn Sie gestatten, *Corymbia aparrarinja*. Wäre das nicht wie eine Hochzeit von Mafiosi und Aboriginal? Man versucht, sich daran zu gewöhnen. Eine junge Nation hat nur flache Wurzeln, und die leichteste Erschütterung kann, aus patriotischer Sicht gesprochen, alles aus dem Gleichgewicht werfen. Nationalismus ist nichts weiter als der Versuch, sich an einen Strohhalm zu klammern. Man kann nur hoffen, daß die Entscheidung hinsichtlich des Geistergummibaums noch einmal überdacht oder wenigstens verschoben wird. Andererseits ist der unsichtbare Eukalyptusbaum, durch Hörensagen als *E. rameliana* bekannt und bislang von noch keinem maßgeblichen Wissenschaftler gesichtet, laut zuverlässigen Quellen 1992 schließlich entdeckt worden, und zwar in den Wüstengebieten westlich von Uluru, so daß die Gesamtzahl der Eukalyptusbäume wieder um einen angewachsen ist. Monsieur Ramel war übrigens derjenige, der Eukalyptusbäume nach Algerien brachte.

Es ist diese chaotische Mannigfaltigkeit in der Welt des Eukalyptus, die auf viele Menschen einen so großen Reiz ausübt. Hier finden sie ein Labyrinth aus provisorischen Halbwörtern und unvollständigen Beschreibungen, das sich fortwährend ausdehnt und wieder zusammenzieht und so nahezu unüberschaubar ist – eine Welt innerhalb der Welt, aber zu vage umrissen. Ein »System«, irgendeines, schien dringend vonnöten, diesem Bereich ungebändigter Endlosigkeit der Natur eine dnung zu geben.

Der Versuch, die Natur zu »vermenschlichen«, indem man Teile benennt, hat eine lange und edle Geschichte. Wenn Thema erst einmal in seine Teile zerlegt und jeder Teil identifiziert, benannt und einer Gruppe zugeordnet ist – die Phasen der Erdgeschichte, die Lagen der Erze, die Gewichtsklassen im Boxsport –, bekommt das Ganze eine Umgrenzung und wird damit überschaubar und fast verdaubar. Man könnte diesen Versuch auch als den letzten Beweis für die älteste Angst, die Angst vor der Unendlichkeit, betrachten. Jedes Mittel ist recht, wenn man nur dem dunklen Wald entflieht. Man weiß von Männern und Frauen, die ihr ganzes Leben ausschließlich dem Studium der Eukalyptusblätter gewidmet haben und darüber alt geworden sind, ohne des Themas Herr zu werden. Mit der Zeit ähneln sie dann lieben altjüngferlichen Tanten, die auf Anfrage ein ungeheures Wissen über die Familie ausbreiten und alle Vornamen und Geschichten über die verschiedenen Zweige der Familie kennen; sie wissen, wer wen geheiratet hat und wie viele Kinder zur Welt gekommen sind; sie kennen deren Namen und Krankheiten und wissen, woran jeder gestorben ist und so weiter; die Geschichte von Hybriden.

Tatsache ist, daß in der Welt der Bäume nur noch die Akazie eine größere Artenvielfalt hat als der Eukalyptus – aber sehen Sie sich die Akazien doch an: nichts weiter als armseliges Gestrüpp. Wann immer Holland auf seinem Besitz einen »Wattle« sah, wie die Akazien hier genannt werden, rupfte er ihn unverzüglich mitsamt der Wurzel aus.

Der Schwarze Pfefferminzbaum auf dem sanften Abhang zwischen Haus und Fluß wurde bald nach dem Gelben Blutholzbaum gepflanzt. Und als solcher ist er auch in Hollands Pantheon verewigt, wie die schräg in Stein gemeißelten Namen der Soldaten aus Kleinstädten, die einen aussichtslosen Sturmangriff über Niemandsland wagten. Als Holland beim Studium der botanischen Namen las, daß der Schwarze Pfefferminzbaum, der in Tasmanien heimisch ist, auch auf dem Festland bekannt war, und zwar unter dem Namen *E. australiana*, fing der Baum offenbar an, auf sich aufmerksam zu machen, gewissermaßen ein Wink mit dem Zaunpfahl des Unbewußten.

Natürlich ähnelt der Schwarze Pfefferminzbaum aus keinem Blickwinkel einem Zaunpfahl – und Holland hatte nicht das Recht, einen schlichten Eukalyptusbaum mit nutzlosen Assoziationen zu beladen.

Er ist nicht schlank, und schon gar nicht hat er einen weiß gekalkten Stamm. Statt dessen wird auf den Bankul oder Lichtnußbaum verwiesen, oder den Wallangarabaum, alles prächtige Beispiele, die Hollands Land schmückten, ganz abgesehen von dem Geistergummibaum, der weiß wie ein Gespenst ist. Im Fall des Schwarzen Pfefferminzbaumes ist der für die Gattung typische glatte Stamm von vielen Zweigen und Blättern verdeckt, so wie ein Bart auf dem fliehenden Kinn eines Mannes sprießt oder Eisenspäne an einen Magneten fliegen.

Der Anblick von *E. eximia* und *E. australiana*, die mit ihren tapferen kleinen, glänzenden Blättern prunken, muß Hollands Herz erfreut haben. Ohne einen bestimmten Plan pflanzte er noch ein paar davon.

Bäume waren besser als nichts, lehrte das Auge, schließlich war das hier nicht die Sahara.

Schon damals – das heißt, ganz am Anfang – kam es ihm nicht in den Sinn, Exemplare *eingeführter Baumarten* zu pflanzen – Eichen, Weiden, Walnußbäume und was es sonst so gibt, die verschiedenen, Schatten spendenden Ulmen, die Zedern und Zypressen des Mittelmeerraums, ganz zu schweigen von der trübseligen Kiefer – am besten eignet die sich noch zur Herstellung von Zeitungspapier und dem festen Werkdruckpapier, auf dem heutzutage literarische und philosophische Werke gedruckt werden. Seine Affinität zu Eukalyptusbäumen war unbestimmt und zugleich ganz natürlich, und es dauerte nicht lange, da kamen sie in seinen zeitlupenartigen Träumen vor. (Nein, hier folgt keine Beschreibung von Hollands Baumträumen! Das würde nur die Geduld des Lesers auf die Probe stellen oder ihn womöglich zu Deutungsversuchen animieren. Menschen in der Stadt träumen von Wäldern ebenso wie von Blumen, Zähnen und Nasen in Nahansicht, sie haben die bekannten Träume vom langsamen Fliegen und Dahinschweben; wer hingegen auf dem Land schläft, wo es weniger Schatten gibt und mehr Raum zwischen den Dingen und den Menschen ...)

Nachdem Holland ein gutes Dutzend Bäume gepflanzt hatte, betrachtete er sein Werk und sah, daß er hier und da noch einen Baum würde setzen müssen, wollte er vermeiden, daß ein falsches oder schiefes Bild entstand.

Darin folgte er der Tradition der größten englischen Maler und Landschaftsgärtner, die mit der Schwierigkeit rangen, die Zufälligkeit wahrer Harmonie, wie sie in der Natur ganz beiläufig zustande kommt, nachzugestalten.

Natürlich wuchsen schon reichlich Eukalyptusbäume auf dem Land, als Holland es übernahm. Die Brüder hatten sie nicht alle roden können. Hier und da wuchsen Rote Fadenrindenbäume und Rote Eisenrindenbäume – sie waren in der Gegend heimisch; ebenso waren ein paar Fieberbäume, des Imkers Lieblingsbaum, über das Gelände verteilt. Sturzeukalyptus prangte auf dem Hügelkamm, in der Ebene Kritzeleukalyptus, sowie ein paar Rosen-des-Westens, die kaum mannshoch werden. Einige Exemplare des Roten Binnenbuchsbaums waren noch geblieben: Die Farmer fällen sie und machen Zaunpfähle daraus. Andere Arten waren von Wind und Zufall verteilt, und ein jeder Baum war einzigartig. Außer Sichtweite des Wohnhauses gab es auf den Weiden zwischen den gewöhnlichen Eukalyptusbäumen auch ein paar seltene Exempare. Niemand wußte, wie sie dort hingelangt waren. Ein abtrünniger Königseukalyptus beherrschte den Hügel hinter dem Haus und bewirkte eine kleine Ausbuchtung des Zauns. Er war der größte Baum weit und breit und bot Generationen von Keilschwänzen, Krähen und Papageien Unterschlupf, deren luftige Nestbauten aus trockenen Zweigen wie dunkle Ablagerungen in einem Sieb wirkten. Ganz in der Nähe stand ein untersetzter Dickstamm-Eukalyptus *(E. gomphocephala)*. Wieder haben wir es hier mit einem Baum zu tun, der östlich von Nullarbor nur selten zu finden ist. Ein Samenkorn mußte vom Himmel oder einem Mann aus dem Hosenaufschlag gefallen sein. Ja, so ähnlich wird es gewesen sein, dachte Holland bei sich.

Mit einem hartgekochten Ei und den Standardwerken der Botanik im Rucksack, ging Holland im Zickzack über sein Land, damit beschäftigt, jeden einzelnen Baum zu bestimmen. Manchmal mußte er die Frucht und die Blätter eines Baumes an einen Experten nach Sydney schicken und andernorts eine weitere Einschätzung einholen. Kein Experte wußte über sein Thema, den Eukalyptus, alles. Sie waren so blaß und überempfindlich, diese Experten, die man in die hintersten Winkel unbedeutender Institute verwiesen hatte, daß sie umgehend mit hilfreicher Heftigkeit reagierten und eine Überfülle von Details lieferten.

Damals war Holland allen Menschen gegenüber interessiert

und aufgeschlossen. Eines Morgens verließ er gerade sein Hotel, als ein Mann mit verwüstetem Gesicht, wie der Alte Matrose aus Coleridges Gedicht, ihn am Ellbogen packte und die Vorteile des nach wissenschaftlichen Gesichtspunkten angelegten Windbrechers pries. Am selben Abend hörte Holland im Radio einen Vortrag zu eben diesem Thema, diesmal mit nüchterner und insgesamt angemessenerer Stimme vorgetragen.

Parallel zu einer Hausseite pflanzte er in wissenschaftlich erprobter Formation einhundertzehn Setzlinge. Ausgewählt hatte er Arten, deren Qualitäten als Windbrecher gerühmt wurden: den schnell wachsenden Rittergummibaum sowie den Schwarzen Eisenrindenbaum, dessen botanischer Name *E. sideroxylon* eher auf ein Höllenfeuer hindeutet als auf hübsche Blüten und Blätter. Mitten in die langgestreckte geometrische Anordnung pflanzte Holland einen Eindringling, einen einzigen Grauen Eisenrindenbaum. Dieser Baum sollte erst Jahre später sichtbar werden und zu Konsequenzen führen, die für Ellen fast unerträglich waren.

Blaugummibäume und Lachsgummibäume und andere folgten auf dem Fuße. Der Blaugummibaum ist der Baum unterhalb des Hauses, der aus manchem Blickwinkel, inmitten heimischer Gräser – im Sommer golden –, wie eine Nadel in einem Frauenhut aussieht. An seinen unteren Ästen hängte Holland eine Schaukel für Ellen auf. Hier fiel das Land ab und erstreckte sich in sanften Wellen. Es war kahl und staubig wie ein geschorenes Schaf, bis es sich unter Hollands Händen in einen Park verwandelte. Der Blaugummibaum ist leicht zu erkennen. Der Name *E. globolus*, den er der Form seiner Früchte verdankt, weist heute auf die imperialistische Verbreitung dieses majestätischen Baumes hin: im ganzen Mittelmeerraum, in Kalifornien und Südafrika, wo es ganze Wälder davon gibt, und in allen Staaten Australiens.

Was nun den *E. salmonophloia* anging, so hatte Holland ihm einen Ehrenplatz am Eingangstor bestimmt.

Holland mußte gewußt haben, daß die Einheimischen darüber staunen würden. Den Lachsgummibaum findet man gewöhnlich auf der anderen Seite des Kontinents, in der Nähe der Goldfelder im Westen Australiens. Der Name weist auf die rötliche Färbung des Stammes hin. Der Stamm des von Holland verpflanzten Baumes war glatt und weich, fast wie ein Gummiband. »Rosa wie ein Nonnenbauch«, sagte später jemand.

Bäume folgen den großen Wanderungsströmen der Iren, Italiener, Juden, Briten und Griechen, die auf fremdem Boden Wurzeln zu schlagen versuchen. Die ungewohnten Farben und Schatten, der große Feuchtigkeitsbedarf und der Blätterfall der fremden Bäume führen oft zu Mißverständnissen und regelrechter Feindseligkeit – in Portugal reißen die Bauern junge Eukalyptusbäume wieder aus –, bis die Bäume schließlich in die Landschaft hineinwachsen, vor der alle Kulturen sich abspielen.

Für das ebene Stück am Fluß wurden Arten mit glatter Rinde ausgewählt, um – so scheint es – die gleichförmige Stille einer Gummibaumplantage zu schaffen; und langgestreckte Rechtecke von silbrigem Licht fielen schräg zwischen den runden Vertikalen der Stämme ein, wie Suchscheinwerfer, die einen einsamen Ausgang suchen und in deren Strahl sich nur ein paar Motten und sorglose Vögel fangen.

Am liebsten rannte Ellen blindlings mitten hinein, bis die Stille ihre Schritte übertönte und ihre Augen und Gedanken von dem steten, unablässigen Wachstum, der immerwährenden Geduld und der endlosen Vielfalt zugedeckt wurden; und inmitten dieser Unzahl regloser Stämme, alle mit dem gleichen Durchmesser und der gleichen graugrünen Glätte, glaubte sie beinahe, daß sie sich verirrt hatte und den Weg heraus nicht mehr fände, und sie stieß einen kleinen Schrei aus, kaum mehr als einen Kiekser und in Wahrheit Ausdruck für das aufregende Gefühl zu wissen, daß ihr Vater und das Haus nur ein paar Minuten entfernt waren. Am Tag ihrer ersten Menstruation ging sie hierhin, zur Feier des Wachstums und der Verwirrung. Das Blaßrot ihrer Fingerabdrücke, die sie an einem Stamm hinterließ, war die einzige Primärfarbe in dem Wäldchen.

Sie blieb ganz still stehen und bemerkte allerlei verschiedene Insekten und kleine Reptilien, die sich auf unebenen Flächen bewegten, während das ferne Klipp-klopp eines Pferdes in Wahrheit die Axt ihres Vaters war, der einen für seine Bedürfnisse überzähligen Baum fällte.

Stille ist Schönheit, immer.

Einer harmlosen Tradition nach wird in unserem Land auf größeren Anwesen der Blick von der Straße zu dem erhöht liegenden Wohnhaus über eine baumbestandene Auffahrt geführt, eine grüne Arterie von Platanen oder Pappeln, die wie Federn in die Luft ragen. Wie diese Allee jeweils gestaltet wurde, hing sowohl von der Geschichte des Besitzes ab als auch von dem Gefühl der Selbstherrlichkeit der Besitzer und der Bedeutung, die sie sich in der Gegend selbst beimaßen.

Nachdem Holland die verfügbaren Anthographien studiert hatte, entschied er sich aufgrund der Dichte des Blattwerks für bestimmte Eukalyptusarten, die alle unterschiedlich waren, aber angeblich die gleiche Höhe erreichten.

Ellen half ihm, indem sie das Meßband hielt.

»Eines Tages gehört das alles dir.« Holland ruckte heftig an dem Erdausstecher.

Wie immer sprach ihr Vater in kurzen Aussagesätzen. Jetzt schien eine Frage sein Kinn in die Länge zu ziehen: »Gefällt dir das Haus, ich meine, als solches?«

Sie dachte an ihr Zimmer mit ihren Sachen und den blauen Vorhängen, die Veranden, die warme Küche. Es gab viele leere Zimmer. Einige Puppen, die sie im Turm gelassen hatte, waren wenige Monate später, als sie sie wiederfand, verschossen. Hin und wieder fand sie an der Vorstellung, einen Bruder zu haben, einen intensiven Gefallen, obwohl sie nicht wußte, ob er sie dann auch überallhin mitnehmen würde. Und er, dieser Vatermensch, konnte fast wie ein Bruder sein, wenn er – nur als Beispiel – ihr gestattete, daß sie ihm direkt ins Gesicht lachte, sobald er wieder einmal anfing zu erklären, daß Füchse nachts fliederfarbene Augen hatten und Spinnen auf dem Boden wie Sterne glitzerten.

Nach dem Windschutz, der »Gummibaumplantage« und der baumgesäumten Auffahrt wandte Holland sich von Massenpflanzungen ab. Von nun an konzentrierte er sich auf einzelne Exemplare, die er auch einzeln setzte. Davon abgesehen hatte sein Vorgehen keinen Plan. Nach und nach füllte er die Landschaft aus.

Zwischendurch schlief er lange. Tage und Wochen verbrachte er tatenlos im Bett, dann folgte wieder eine Phase intensiver Tätigkeit. Er vermied es, zwei Bäume derselben Art zu pflanzen, doch schon bald ging ihm der Vorrat aus. Je erfolgreicher sein Programm, desto schwieriger gestaltete sich dessen Fortsetzung.

Viele Jahre verbrachte er damit, Bäume auszusondern

und jede Art auf ein einzelnes gesundes Exemplar zu reduzieren.

Zur gleichen Zeit baute er seine Bezugskanäle aus. Dazu mußte er weit über den Staat New South Wales hinausgehen. Aus den ungewöhnlichsten Quellen erhielt er nützliche Informationen. Hollands Land nahm ein anderes Erscheinungsbild an, und die Leute begannen, ihn anders zu betrachten. Wenn sie ihm zuhörten, trat in ihre Gesichter so etwas wie ein zurückhaltendes Grinsen. Es war verständlich, daß die Einheimischen zum Thema Eukalyptusbaum nur ungenaue Auskünfte geben konnten und erschreckende Erinnerungslücken hatten, oder daß sie beiläufig etwas erwähnten, dessen Bedeutung sie gar nicht kannten. Oft kramte Holland, wenn er sich auf der Straße mit jemandem unterhielt, ein Stück Papier hervor und notierte sich etwas, beispielsweise die Adresse einer abgelegenen Baumschule an einer Ausfallstraße im Nordterritorium, deren Besitzer der Vetter zweiten Grades von der Stiefschwester von irgend jemandem war, ein Lette, der von allen bekannten Arten australischer Papageien jeweils ein Exemplar im Käfig hielt und die Kunst, Wüstenszenen mit photographischer Präzision auf Emueier zu malen, zur Perfektion gebracht hatte. Bei ihm erwarb Holland den *E. nesophila*, der das Inselleben liebt und dessen Frucht die Form einer Urne hat, sowie einen Bergeukalyptus (*E. aspersa*) mit seinen rauhen Blättern, der sehr selten ist und sehr schwer zu züchten.

Alle zwei Wochen wurde Holland am Bahnsteig gesehen, wo er neue, in feuchtes Sackleinen eingewickelte Setzlinge abholte, und eine der Schwestern Sprunt beklagte sich bei jedem, der willens war, ihr zuzuhören, daß die staubigen Lastwagen, die immer neue Setzlinge anlieferten, sie nachts um ihren Schlaf brachten. Auch die Postmeisterin berichtete, daß pausenlos braune Umschläge mit Sämlingen bei ihr eingingen, sowie Monatszeitschriften und Rechnungen, die mit einem Zweig verziert waren.

Jedesmal, wenn Holland ein besonders seltenes Exemplar ergattert hatte, fühlte er sich wie ein Perlenfischer, der, den Schatz in der Hand, wieder an die Wasseroberfläche kommt. Einige Eukalyptusbäume waren selten, weil sie gewöhnlich außerhalb eines kleinen Umkreises keine Wurzeln trieben. Sie reagierten empfindlich auf den Feuchtigkeits- und Kalkgehalt des Bodens, auf Frost, Höhenlagen, Regen und weiß der Himmel, was sonst noch. Manche weigerten sich hartnäckig, im März anzugehen, andere in der Woche nach Weihnachten. Der eine Baum gedieh im Schatten eines anderen besonders gut, der andere gar nicht. Sie waren Hypochonder, die esoterische Düngemittel verlangten und mit der Hand gegossen werden wollten.

Wie es ihm gelang, einen Darwinschen Wollybutt (*E. miniata*) oder Arten, die sonst nur in der Sandwüste wuchsen, zu einer gesunden Größe aufzupäppeln, bleibt ein Geheimnis. Der Silberblättrige Fadenrindenbaum (*E. laevopinea*) braucht jedes Jahr tausend Millimeter Niederschlag, und der Schneegummibaum bevorzugt, wie sein Name schon sagt, Höhenlagen, Schneeregen und Eis. Irgendwie schaffte er es, daß Eukalyptusbäume, die gewöhnlich auf Lehm oder Granit oder im Sumpf wuchsen, in normaler Erde Wurzeln schlugen. Nach vielen vergeblichen Versuchen hatte er eine kleine, sogenannte Australische Weißesche zwischen Felsen hervorgelockt. Und immer so weiter.

Von der harten Arbeit mit Axt, Spaten und Eimer wurden seine Hände rauh und seine Fingernägel brüchig, und das hutlose Durchqueren der Wiesen machte sein Gesicht faltig und braun, doch wenn er die Hauptstraße entlangkam, zeigte er immer noch eindeutige Spuren von Zartheit und Teigigkeit, der einzige Sohn eines enttäuschten Bäckers.

Gelang es ihm schließlich, jeden bekannten Eukalyptusbaum auf seinem Land anzusiedeln? Und was würde er danach tun? Er hatte seine Tochter Ellen immer ermutigt, Fragen zu stellen, doch sie schien nicht interessiert. Die ganze Zeit wartete er. Der Vater wartet immer auf die Tochter. Hätte sie nur gefragt, dann hätte er ihr alles, was er wußte, erzählt. Auf einem begrenzten Gebiet war er weltweit eine Autorität. Es lag ihm nicht daran, Bruchstücke seines Wissens weiterzugeben, vielmehr wünschte er sich, sein Interesse mit jemandem zu teilen. Am Anfang war sie seine Gehilfin gewesen. Zusammen hatten sie weit über hundert Bäume gepflanzt, bis sie, wie es schien, plötzlich das Interesse verloren hatte.

Das Land war praktisch ein Freiluftmuseum für Bäume. Man konnte zwischen den verschiedenen Arten umherschlendern und alles Mögliche über sie erfahren, während man gleichzeitig begeistert, in manchen Fällen sogar überwältigt war von ihrer klaren Schönheit. Die Vielfältigkeit der Eukalyptusbäume an sich war schon eine Bereicherung. Bei der kleinsten Kopfbewegung fiel der Blick auf einen weiteren Eukalyptusbaum, der sich durch seine Höhe, seine Belaubung und das Muster seiner Rinde unterschied, und dann war da das seltsame Wohnhaus, dessen dunkle Unausgewogenheit beeindruckend war, und am Fenster oder im Mittelgrund in einem Baumwollkleid, den Ellbogen an einen Baum gelehnt, war die Tochter zu sehen. Holland hatte mit den Gedanken gespielt, an den Bäumen Schilder anzubringen.

Schließlich ließ er sich von derselben Firma, die auch die

Royal Botanic Gardens in Sydney belieferte, Schilder anfertigen: der landläufige Name und die Artenbezeichnung waren sauber auf rechtwinkligen, wetterfesten Aluminiumschildern, ungefähr so groß wie eine Hand, eingraviert. Ein heller junger Kerl – Teilhaber der Firma – hatte sie persönlich gebracht. Gemeinsam prüften sie die Schilder auf der Veranda und sprachen zwischendurch über dies und jenes. Sie brauchten Stunden dazu. Als Ellen ein Tablett mit Tee herausbrachte, waren die Männer so vertieft, daß das Mädchen nur den Nacken des Fremden sah, und Holland machte sie nicht miteinander bekannt. Danach stapelte Holland die Schilder in einer Ecke seines Büros, das auch sein Schlafzimmer war. Schließlich konnte er damals schon jeden einzelnen Eukalyptusbaum, fast ohne hinzusehen, bestimmen.

Ein paar Anmerkungen, nichts Endgültiges, über weibliche Schönheit. Ganz kurz und mit verhaltener, ernster Stimme. Natürlich – wieso auch nicht? Die Kunde von Ellens Schönheit hatte sich weit verbreitet (es hieß sogar, sie habe zwei Ozeane überquert) und war dabei zu einer kleinen Legende geworden.

Hier sollte angemerkt werden, daß Schönheit, die so fein ist wie edles Porzellan, bei Männern eine schwächere Reaktion hervorruft als die »Schönheit«, die sich ihrer selbst bewußt zu sein scheint. Weichheit, Zartheit – das versetzt den Todesstoß. Beim Mann rufen diese Eigenschaften ein dunkles Bild von der Mutter hervor! Und wer will das schon – in sexueller Hinsicht? Ist hingegen ein Hauptbestandteil der Schönheit Unzufriedenheit oder Überdruß, dann werden beim Mann sofort alle Gedanken an die Mutter vertrieben, und er kann eine unmittelbare und ungehinderte Anziehung auf breiter Front zulassen.

All dies wurde bei Ellen durch einen weiteren Faktor multipliziert.

In der kurzen Phase, in der Frauen kleine Hüte mit Schleiern trugen, die ihre Gesichter wie hinter zart zerdrücktem Rechenkästchenpapier verbargen, erschien das Gesicht durch die kleinen, hier und dort ausgefüllten Vierecke, als wäre es von zufällig gesäten orientalischen Muttermalen und Leberflecken bedeckt. Und Ellens gesprenkelte Schönheit hatte eine ähnliche Wirkung wie jene Schleier – beschützt, verschleiert, selbst aus der Nähe; eine gewisse provozierende, unaufrichtige Sittsamkeit.

Zu ihrem eigenen Schutz wurde sie abweisend und mied die Blicke der Männer in der Stadt.

Der erste Mann, der Ellen nackt sah, war der einzige Sohn des Traktorhändlers in der Stadt. Er hieß Molloy. Er war beliebt, ein guter Fußballspieler. Kurz zuvor hatte sein Vater ihm ein Motorrad geschenkt, dessen Tank mit einer fluoreszierenden Farbe lackiert war.

Eine unbefestigte Straße führte an Hollands Besitz vorbei: ihre einzige Funktion war es, die Verbindung zur Stadt herzustellen, während ihr Gegenstück, der Fluß, der eine ganz ähnliche Farbe hatte, sich träge in einer Biegung von der Straße entfernte. Die dort recht dicht stehenden Rotgummibäume zogen jeden Jäger unweigerlich an, und wenn er auf allen vieren durch das Unterholz kriechen mußte. Unter tiefhängenden Ästen, die dem Wasser ein bräunlich getüpfeltes Aussehen wie Schildpatt verliehen, gab es dort eine seichte, sandige Stelle.

An sehr heißen Tagen stürzte Ellen sich hier ins Wasser … und strich sich beim Auftauchen mit beiden Händen das Haar aus dem Gesicht. Eine Weile lang trieb sie mit geschlossenen

Augen auf dem Rücken, und in der bleichen Zusammenstellung von Fleisch und Wasser – beide kann man an die Lippen führen oder mit der Hand berühren – lockten drei dunkle Bereiche.

Wenn sie im flachen Wasser stand, schwangen ihre Brüste leicht hin und her.

Die dicken Gummibäume zu beiden Seiten wirkten wie eine Eskorte kräftiger, älterer Frauen, die im Begriff waren, mit gerafften Röcken ins Wasser zu stapfen.

Ellen ließ sich in die Hocke nieder und pinkelte da, wo sie war.

Der junge Molloy stand hinter einem Baum. Um besser zu sehen, ließ auch er sich in die Hocke hinab. Eine Fliege krabbelte auf seine Nase zu. Schließlich schlug er die Augen nieder – stellte er sich die Zukunft vor?

Als er, den Motor zwischen die Beine gepreßt, davonpreschte und seine tränenden Augen sich immer mehr zu Schlitzen verengten, schrie er laut heraus, was ihm zu sehen vergönnt gewesen war. Ohne jede Vorwarnung merkte er, wie die Maschine plötzlich auf dem Staub unter ihm wegrutschte und der Motor durchdrehte, und er hatte den Mund weit aufgerissen, als sein Gesicht im Stacheldraht landete, der den größten Teil seiner Nase fortriß.

Holland, der Besitzer des Zauns, besuchte den Jungen als einer der ersten.

»Natürlich tat er sich ziemlich leid«, erzählte Holland Ellen. »Beide Eltern waren da, sie nehmen uns den Zaun nicht übel. Sie freuen sich einfach, daß er noch lebt. Sie haben von nichts anderem gesprochen. Ich nehme an, er kommt durch, aber ein schönes Leben wird das nicht. Er kann im Stall die Kühe melken, zu mehr taugt er nicht mehr.«

Zuerst erblindete er auf dem einen Auge, bald darauf auf dem anderen.

Ellen hatte gehört, daß er ein gutaussehender Junge gewesen war. Man erzählte sich, daß er etwas Wildes an sich gehabt hatte.

»Ich will nicht, daß du dich je auf so ein Motorrad setzt«, sagte Holland.

Eines Morgens, es war vor dem Commercial Hotel, lachte Ellen – noch nie hatte man in der Stadt den Klang ihres Lachens gehört. Als ergösse sich ein Wasserfall aus Afrika oder den Anden über die staubige, alte Straße.

Offenbar hatte ihr Vater eine trockene Bemerkung gemacht. Ellen sah ihn von der Seite her an, während er neben ihr trottete, und lachte, und als er sein zweiphasiges Lächeln zeigte, das andernorts auch ein verwaschenes Lächeln genannt wurde, warf sie den Kopf zurück und lachte noch mehr.

Eine Tochter, die sich offen über den Vater lustig machte: andere Frauen sahen darin die Macht ihrer Schönheit.

Alle waren stolz auf sie; daß eine solch rare Schönheit in ihrer Gegend lebte!

Im konventionellen Sinn starke Männer waren um Worte verlegen. Bei ihrem Anblick überfiel manchen eine Art Lähmung. Wenn Ellen in die Stadt kam, konnten sie nur grinsen und mit offenem Mund gaffen. Zum Ausgleich drückten die jungen Männer jedesmal, wenn sie mit dem Auto an dem Besitz vorbeirasten, auf die Hupe, und wenn der Ton, durch den Fluß und Hunderte von Eukalyptusbäumen gefiltert, das Haus erreichte, klang es wie das schwache Brüllen schmachtender Stiere.

Natürlich gab es auch welche, die mutig auf sie zugingen

und sie ansprachen. Aber da mußten sie an dem Vater vorbei. Und der war eher wie ein Tennistrainer als ein Vater und ließ sein Mädchen nie aus den Augen. Wenn ein schlaksiger junger Mann ihnen, scheinbar zufällig, begegnete und schon den Mund aufmachte, um etwas zu sagen, oder wenn Holland aus einem Geschäft kam und sah, wie seine Tochter in der Sonne stand und einem jungen Mann oder mehreren halb zuhörte, stellte er sich mit einem Ausdruck konzentrierter Schlauheit neben sie. Er war der Experte unter ihnen. Schließlich war sie seine Tochter, er kannte sie besser als jeder andere.

Das Problem war, daß keiner der jungen Männer ihn besonders beeindruckte. An jedem hatte er etwas auszusetzen, wenn nicht an der Art zu sprechen, dann an seinem Aussehen; der eine lächelte zu breit, der andere bekam die Zähne nicht auseinander. Am schlimmsten waren diejenigen, die eine gewisse barbarische Unbefangenheit an den Tag legten. In ihrer plump-vertraulichen Art schwollen sie buchstäblich an, und ihr geschniegeltes Haar sah aus wie ein Acker vor der Aussaat.

Sie standen ganz am Anfang, wie das Land selbst; Holland wußte nicht, was er zu ihnen sagen sollte.

Seine Tochter hatte doch keine Ahnung, was Männer sich nahmen und was sie liegenließen, und wie sie es anstellten. Ohne zu überlegen, hatte Holland einen Mann aus der Stadt angeheuert, der ihm helfen sollte, ein paar Bäume zu versetzen, ein verheirateter Mann, zufrieden und als zuverlässig bekannt – bis Holland ihn dabei entdeckte, wie er, auf den Spaten gestützt, Ellen unverwandt beobachtete. Später sah er, wie der Mann ihr eine Zigarette anbot. Holland hatte ein Gefühl, als wäre er selbst entehrt worden. Sie war immer bei ihm gewesen, war neben ihm aufgewachsen – war eine Erweiterung seiner selbst.

Autos und Lastwagen drosselten das Tempo, wenn sie am Tor vorbeifuhren – man konnte ja nie wissen. Aus allen Richtungen kamen Freier. Wenn einer an die Haustür klopfte und nach der Tochter fragte, war Holland sachlich und höflich. Einer kam im Galopp auf einem Pferd angeritten! Als Holland Ellens neugieriges Lächeln bemerkte, machte er sie darauf aufmerksam, daß der Idiot getrunken hatte.

Im Winter verbrachte sie gern den ganzen Vormittag im Turm, wo es warm war und sie die Vögel füttern konnte. Von hier aus konnte man überblicken, was ihr Vater geschaffen hatte. Aber wenn sie die Kleider auszog und das Gefühl hatte, daß sich in der sie umgebenden Wärme die Blütenblätter ihres Körpers wie die einer Orchidee öffneten, wurde ihr bewußt, daß ihre Nacktheit der Mühe zu spotten schien, mit der die verschiedenen Arten eines Baumes über das ganze Land verteilt worden waren. Dann wiederum saß sie in ihrem blauen Zimmer und bürstete ihr wunderschönes Haar, das Holland an ihre Mutter erinnerte. Sie nähte sich ihre Kleider selbst. Sie machte Handarbeiten und die üblichen Hausarbeiten, und man konnte sie in der Küche summen hören. Sie las dieselben Bücher immer wieder. Ungeachtet aller Schönheit schmatzte sie beim Essen.

In sachter Wiederholung gingen abermals, wie damals, nach seiner Ankunft in der Gegend, Einladungen von denselben großen Häusern aus, und in diesen Häusern waren die Tische, die Wände, die englischen Standuhren, die die Stunde schlugen, das Muster auf den Tellern, der Lammbraten und die gekochten Kartoffeln gleich geblieben. Die verlegenen jungen Frauen in geblümten Kleidern aus der ersten Zeit Hollands waren jetzt rundlicher, ausladender, sie waren inzwischen Mütter und hatten ganz und gar andere Sorgen. Und die Aufmerksamkeit galt diesmal nicht wirklich Holland, sondern seiner Tochter, die mit geradem Rücken neben einem breitschultrigen Sohn (beispielsweise) saß, der sich in seinem neuen Hemd räusperte. Ellens Gesicht nahm einen distanzierten Ausdruck an, als hielte sie die Verpflichtungen ihres Vaters ein.

Anschließend konnte es sein, daß der Herr des Hauses, der von Hollands Interesse wußte, seinem Sohn die Autoschlüssel zuwarf, damit der alle über den Besitz fahren konnte, und Holland saß auf der Rückbank und benannte alle Eukalyptusbäume im Licht der Autoscheinwerfer.

»Sie ist ein Juwel, Ihre Kleine«, sagte der Viehzüchter dann und meinte damit Hollands Tochter.

Manchmal wurde direkt, manchmal aber auch stillschweigend oder in Andeutungen, darauf hingewiesen, daß eine Heirat beachtliche landwirtschaftliche Möglichkeiten erschließen würde, worauf sich ein Lächeln in den Gesichtern aller am Tisch Sitzenden zeigte. Holland erweckte den Anschein, als wöge er jedes Angebot sorgfältig ab. Er sah die Männer nachdenklich an und saugte zischend die Luft durch die Zähne, während er nickte oder noch eine Zigarette anbot, ganz nach Art des Landes.

Eine gewisse Unruhe machte sich in Ellens schönem Gesicht bemerkbar.

Die Frauen in der Stadt und auf den umliegenden Farmen sahen abwartend zu. Wenn Holland eins gelernt hatte in den Jahren, seit er die Bäume beobachtete, dann dies: *Dränge nicht, alles hat seine Zeit*. Und Ellen schien sich in der Gesellschaft der unbekümmerten Saisonarbeiter, der verschmierten Automechaniker und der Nachmittagstrinker wohler zu fühlen. Wenigstens sah sie ihnen gedankenverloren zu.

Holland sagte zu seiner Tochter: »Versprich mir bitte eins:

Halt dich fern von den Vertretern. Du siehst sie in der Stadt mit Windsorknoten und ihren schicken Feuerzeugen. Ein paarmal waren auch welche hier, wie du weißt, weil sie uns bunte Bänder und Stoffe verkaufen wollten. In ihren Musterkoffern haben sie Medikamente und Schmuck. Der kleine Kerl, der an die Tür kam – der mit dem Schnurrbart –, er handelt mit Haaröl und Seife und vielem mehr. Ich habe gehört, sie haben jetzt eine neue Masche und zeigen dir einen gedruckten Katalog, wo du mit dem Finger auf ein Produkt, das dir gefällt, zeigst, und kurz darauf wird es geliefert. Ich finde das ziemlich raffiniert.«

Die Handelsreisenden waren ältere Männer, die sich eine staubige Laufbahn aus dem Klang ihrer eigenen Stimmen gebastelt hatten. Sie arbeiteten auf Provisionsbasis. Sie wußten genau, wann ein Vorstoß, wann der Rückzug angeraten war. Holland hatte gesehen, wie die robusten Stadtfrauen bei den Worten der Männer weich und formbar wurden. Konnten die Geschichten erzählen! Als Beispiel führte Holland die buntbedruckten Vorhänge an, die er selber von einem dieser hartnäckigen, zungengewandten Männer gekauft hatte: Sie waren nach einem Sommer verschossen. Doch diese gewitzten Vertreter zeigten auch eine leichte Großzügigkeit. Denn später erbot sich eben der Verkäufer der minderwertigen Vorhänge, zudem ein Spezialist für Wortspiele und schmutzige Witze, aus einer weit entfernten Stadt ein seltenes Exemplar einer Silberprinzessin mit dem musikalisch klingenden Namen *E. symphyomyrtus* für Holland zu besorgen, und Holland gelang es nach vielen Schwierigkeiten, den Baum an einer feuchten Stelle anzusiedeln.

»Nimm dich in acht«, sagte Holland zu seiner Tochter, »nimm dich in acht vor jedem Mann, der mit Vorbedacht Geschichten erzählt. Du wirst solche Männer kennenlernen.

Weißt du, was ich meine?« Er wollte ihre Hände drücken, bis sie ihr weh taten. »Ich möchte, daß du mir zuhörst. Es gibt eigentlich keinen Grund, warum du in die Stadt gehen solltest, aber davon abgesehen, wenn ein Mann anfängt, sich für dich eine Geschichte auszudenken, dann frage dich: Warum erzählt er mir das? Was will er damit erreichen?«

Die Vorstellung, daß Hollands Tochter einer im Turm eines alten, modrigen Schlosses eingesperrten Prinzessin glich, war natürlich falsch. Schließlich lebte sie auf einem Besitz in New South Wales. Es gab dort reichlich Platz, und sie konnte sich frei bewegen. Dennoch schien es, als wäre sie aus dem Blickfeld entfernt worden – es sei denn, sie selbst hatte beschlossen, sich zurückzuziehen. Auch wenn das teilweise zutraf – und die Mutmaßungen schossen ins Kraut –, so weckte doch die winzigste Andeutung von einer eingesperrten Schönheit ein größeres Echo als die von einer Schönheit allein. Das konnte ihren Reiz nur erhöhen, und das war Hollands blinder Fleck.

Andere Arboristen, aber auch Politiker, Spezialisten für Bodenerosion, Delegationen des Farmerverbandes, selbst die seltenen Touristen, alle einst willkommen geheißen, waren jetzt nicht mehr gern gesehen. Holland war sich nicht mehr sicher, ob sie sich für die Bäume oder für seine Tochter interessierten. Ein freundlicher Nachbar, der unangekündigt mit seinem Sohn erschien, wie es in ländlichen Gebieten üblich ist, wurde höflich begrüßt, mehr aber auch nicht. Wenn der schlaksige Sohn Glück hatte, erhaschte er einen Blick auf Ellen hinter einem Fenster, als wäre sie unter Wasser.

Manchmal wurde Ellen vom gegenüberliegenden Ufer des Flusses aus zwischen den Bäumen gesehen, von den Stämmen in senkrechte Scheiben geschnitten; eigentlich waren es Frag-

Weißt du, was ich meine?« Er wollte ihre Hände drücken, bis sie ihr weh taten. »Ich möchte, daß du mir zuhörst. Es gibt eigentlich keinen Grund, warum du in die Stadt gehen solltest, aber davon abgesehen, wenn ein Mann anfängt, sich für dich eine Geschichte auszudenken, dann frage dich: Warum erzählt er mir das? Was will er damit erreichen?«

Die Vorstellung, daß Hollands Tochter einer im Turm eines alten, modrigen Schlosses eingesperrten Prinzessin glich, war natürlich falsch. Schließlich lebte sie auf einem Besitz in New South Wales. Es gab dort reichlich Platz, und sie konnte sich frei bewegen. Dennoch schien es, als wäre sie aus dem Blickfeld entfernt worden – es sei denn, sie selbst hatte beschlossen, sich zurückzuziehen. Auch wenn das teilweise zutraf – und die Mutmaßungen schossen ins Kraut –, so weckte doch die winzigste Andeutung von einer eingesperrten Schönheit ein größeres Echo als die von einer Schönheit allein. Das konnte ihren Reiz nur erhöhen, und das war Hollands blinder Fleck.

Andere Arboristen, aber auch Politiker, Spezialisten für Bodenerosion, Delegationen des Farmerverbandes, selbst die seltenen Touristen, alle einst willkommen geheißen, waren jetzt nicht mehr gern gesehen. Holland war sich nicht mehr sicher, ob sie sich für die Bäume oder für seine Tochter interessierten. Ein freundlicher Nachbar, der unangekündigt mit seinem Sohn erschien, wie es in ländlichen Gebieten üblich ist, wurde höflich begrüßt, mehr aber auch nicht. Wenn der schlaksige Sohn Glück hatte, erhaschte er einen Blick auf Ellen hinter einem Fenster, als wäre sie unter Wasser.

Manchmal wurde Ellen vom gegenüberliegenden Ufer des Flusses aus zwischen den Bäumen gesehen, von den Stämmen in senkrechte Scheiben geschnitten; eigentlich waren es Fraghatte, die auf der betäubenden Wirkung visueller Gleichförmigkeit beruhten, und daß er ihr beim Rasieren in übertriebener Form davon erzählte, um sie zum Lachen zu bringen. Jetzt sah sie den Lichtschimmer unter seiner Tür und hörte die ganze Nacht seine Schritte auf dem knarrenden Boden.

Schließlich kam er aus seinem Büro und betrat ihr Schlafzimmer.

Sie sprachen eine Weile; Ellen weinte.

Am gleichen Tag wurde Hollands Entscheidung bekannt. Sie war ganz einfach. Dem Mann, der jeden Eukalyptusbaum auf Hollands Land richtig benennen könnte, würde er seine Tochter Ellen zur Frau geben.

Zunächst war da eine Art milchiges Schweigen; die Leute trauten ihren Ohren kaum. Als schließlich die Zeitungen eine Geschichte darüber brachten, waren junge hoffnungsvolle Männer und andere nicht so junge schon dabei, sich vorzubereiten.

5
Marginata

Ein paar Worte über die Stadt; ganz kurz, im Andenken an die Hauptstraße.

Die Stadt war klein und gelblich. Woanders würde man sie als Dorf bezeichnen, vielleicht sogar als Weiler, denn es gab nicht einmal eine Kirche.

Ansonsten war es eine Stadt, die *von allem nur eins* hatte: Ein Hotel, eine Bank, ein Postamt, ein Kino, ein paar Geschäfte mit Eimern, Stoffballen, landwirtschaftlichen Produkten in der Auslage und Markisen aus Segeltuch, die im Sommer bis zum Rinnstein heruntergezogen wurden. Es gab in der Stadt eine Blondine, einen Einarmigen (El Alamein), einen Dieb und eine Frau, die möglicherweise eine Hexe war. Es gab jemanden, der von allen anderen gemocht werden wollte, jemanden, der immer das letzte Wort hatte, jemanden, der sich in seiner Ehe gefangen fühlte.

Tibooburra weiter im Westen ist bekannt, weil seine Hauptstraße, die zugleich seine einzige Straße ist, an einem Haufen heißer Findlinge endet. Andere Städte erwerben sich durch auffällige Monumente einen gewissen Ruf, wie zum Beispiel ein Merinohammel in Stein, oder Ananasfrüchte in vierzigfacher Vergrößerung, oder eine handgemalte Tafel am Ortsrand, auf der damit geprahlt wird, daß hier die höchste Temperatur aller Zeiten in ganz Australien gemessen wurde oder daß es die sauberste Stadt im gesamten Staat ist – und deswegen gemieden werden sollte. Mitten durch Mossman im Norden von Queensland fährt fast jeden Tag fauchend und zischend ein Zuckerzug. Hier, in unserer gelblichen Stadt, hat die Hauptstraße eine Krümmung, wie ein gehobenes Hundebein, die so unerwartet ist und sich doch so harmonisch in das Gesamtbild mit den vorgebauten Veranden einfügt, daß sie der sonst ganz gewöhnlichen Stadt eine Qualität verleiht, die zu häufiger Nachahmung inspiriert.

Die meisten von Ellens Verehrern lebten in der Stadt oder auf dem umliegenden Lande, und die Stadt diente als Zwischenstation für die zweite Welle der entschlossenen Optimisten, die aus anderen Gegenden, sogar aus fernen Städten, anreisten, ähnlich wie schwitzende und unbeirrbare britische Forscher im letzten Jahrhundert in Sansibar Station machten, bevor sie sich ins Landesinnere von Afrika aufmachten.

Die Stadt filterte die Freier. Manche kamen nicht über das Hotel hinaus. Die Männer reisten aus sexueller Neugier in die Stadt, sie waren Gelegenheitsplünderer, die sich gute Chancen ausrechneten; schließlich konnten sie auf einen Blick einen Blaugummibaum, einen Fieberbaum und sogar den geduckten *calycogona* erkennen, und dessen lächerlichen Spitznamen, Stachelbeermallee, kannten sie auch. Doch sie alle erlebten einen Schock, als sie mit der verwirrenden Vielfalt so vieler verschiedener Eukalyptusbäume auf einem Fleck konfrontiert wurden, mit einer so großen Anzahl obskurer Arten, sowie mit den Geschichten früherer Bewerber, die allesamt gescheitert waren, darunter sogar einige bestens qualifizierte Holzfäller und der verzagte Lehrer aus dem Ort.

Nach einer Weile zogen diese Männer wieder ab, ohne den

gesprenkelten Preis auch nur zu Gesicht bekommen zu haben. Einer im wollenen Anzug kam mit dem Zug aus Yass, machte sich auf den Weg zu Hollands Besitz und streichelte auf dem Weg jeden Hund; am Tor warf er einen Blick auf die Menge der Bäume, drehte sich um und fuhr wieder nach Hause. Andere, die berechnender waren und die Prüfung nicht unterschätzten, steckten die Nasen in unzulängliche Botanikbücher und begannen, sich die Fakten dieses umfassenden Gebiets einzutrichtern.

Nehmen wir den Dscharrahbaum (*E. marginata*). Gibt es jemanden, der angesichts des Dscharrahbaumes nicht ganz *ratlos* ist – angesichts seiner Härte, seines Schwierigkeitsgrads? In seinem Wesen steckt jede Menge ziviler Ungehorsam. Man sollte jedoch zugeben, daß ein schwieriges Material die Schönheit des Holzes noch erhöhen kann. Ein Stück Dscharrahholz möchte man spontan in die Hand nehmen und bewundern – es wie eine Katze streicheln. Kann man von einem Stück Holz sagen, es sei »stolz«? Im Gegensatz zu solchen, die beim kleinsten Schlag splittern, so wie die magere, spillerige Kiefer oder die rückgratlose Akazie? Das Holz des Dscharrahbaumes war recht bekannt für seine Dauerhaftigkeit unter der Erde und unter Wasser. Im mediterranen Sydney und im wunderbaren Melbourne waren Straßen damit ausgelegt, und das Holz überdauerte die Männer, die es zugesägt hatten, um von den bewährten Fußböden in Ballsälen und großen Hotels ganz zu schweigen.

Ein ansehnlicher Baum, groß und aufrecht, der sich nicht in Plantagen anpflanzen läßt. (Wieder diese Sturheit!) Einst hatte Holland einen Stiefvater, der Jarraby hieß und für sein stolzes, stures Wesen bekannt war.

Außerhalb Westaustraliens würden nur wenige Menschen

einen Dscharrahbaum erkennen, selbst wenn sie plötzlich vor einem stünden.

Es war so, daß der Lehrer der Stadt zu Anfang als aussichtsreichster Bewerber um Ellens Hand galt, weil er aufgrund seiner Bildung und seines ernsten Interesses für Holz doppelt qualifiziert war; in seiner einsamen Freizeit schnitzte er klobige Schalen für zarte Früchte wie Pfirsiche und Trauben. So überraschte es niemanden, daß er bis zum Mittag des ersten Tages siebenundachtzig Eukalyptusbäume korrekt benannt hatte und gute Fortschritte machte, als er plötzlich vor dem ansehnlichen dicken Dscharrah am Zaun hinter dem Haus ratlos innehielt.

»Lassen Sie sich Zeit«, sagte Holland und räusperte sich. »Es hat keinen Zweck, sich abzuhetzen wie eine Ratte im Abflußrohr«, wollte er hinzusetzen.

Der junge Lehrer gefiel ihm. Und Eile war nicht geboten. Wie immer schadet es nur, wenn man in Panik gerät. Aus der gedrängten Vielfalt der Stadt Sydney war der junge Lehrer aufs Land versetzt worden – eine harte Lektion in öder Eintönigkeit. Er hatte Ellen mehrere Male auf der Hauptstraße gesehen. Am späten Nachmittag und sonntags spazierte er oft die unbefestigte Straße entlang, vorbei an dem Lachsgummibaum, in der Hoffnung, sie möge erscheinen. Und der Besitz selbst mit all den Morgen, die sich entlang des Flusses erstreckten, und dem großen alten Haus, kam in der Gleichung des Lehrers kaum vor.

Er war im Begriff: »Dscharrah!« zu sagen, doch da verfing sich sein Blick im Laub des Karri (*E. diversicolor*) ganz in der Nähe.

»So ein Pech«, sagte Holland und drückte seine Zigarette aus. »Sehr bedauerlich. Ich hatte Sie als Favoriten laufen.«

Bevor die Prüfung begann, wurde jeder Bewerber ins Haus – ins Wohnzimmer sogar – zu einer Tasse Tee gebeten. So konnte Holland sie in Ruhe betrachten. Eigentlich begann die Prüfung schon da. Und die den Tee einschenkte, war der Preis persönlich, noch gesprenkelter, noch schöner jedenfalls, als sie sie in ihrer Erinnerung oder Vorstellung gemacht hatten, mit einer Ahnung des Dekolletés und einem Hauch von, so schien es, feiner Verwirrung.

Von dem Tag an, als ihr Vater seine Entscheidung in der Frage des Ehepartners traf, hatte sie sich weder an ihn noch an irgendeinen anderen wenden können. Keine altersweise Großmutter, keine kluge Mutter, auch keine anteilnehmende Schwester stand ihr hilfreich zur Seite. Es war kaum von Bedeutung, daß sich die Bewerber der Eukalyptus-Prüfung unterziehen mußten, wo der Weizen von der Spreu getrennt würde und so weiter, ein Vorgang, der gesund und ungesund zugleich war, wie ihr Vater sagte. »Nur ein Mann mit goldenem Haar, ein goldgelockter Jüngling, der sich von der Masse abhebt, wird alle diese Bäume benennen können – so jemand wie dein alter Vater hier«, sagte er zu ihr.

Am Anfang waren die Bewerber alle aus der näheren Umgebung. Beim Anblick mancher mußte sie lachen, bis ihr Vater sagte: »So, das reicht!«

Einer war ein ehemaliger Schafscherer, alt genug, um ihr Großvater zu sein – und zahnlos. Der einzige Klempner der Stadt, der nur halbtags arbeitete, gab sich auf dem geblümten Sofa betont lässig, streckte entspannt die Beine aus und rief nach einer zweiten Tasse Tee, doch als er vor die Haustür trat, konnte er gleich den ersten Baum, auf den er zeigte, den Schwarzen Pfefferminz, der doch ein Allerweltsbaum ist, nicht benennen. Selbst Holland konnte ein Lachen nicht unterdrücken. Manche, die achtzig Bäume und darüber mühelos benannten, scheiterten an einem gewöhnlichen Straßengummibaum: mangelnde Konzentration, meinte Holland. Ein anderer, der sich mit Holz auskannte, nicht aber mit Bäumen, war der junge Kevin, der einen Arm in der Sägemühle verloren hatte. Erstaunlich, wie vielen das einzelne Exemplar des Eisenrindenbaumes in der Reihe der Windbrecher entging.

Es versteht sich von selbst, daß viele Männer sich durchmogeln wollten, mit einem Lachen oder einem Rückgriff auf eine Verzögerungstaktik. Solche Tricks, die ja etwas über ihren Charakter aussagten, hatten ihnen bisher immer genützt. Der schlechte Verlierer wurde wütend, wenn er verlor! Andere boten Geld. Warum auch nicht? Dies hier war die ganze Welt, in Kleinformat. Einer oder zwei wollten sich gewissermaßen durch die Hintertür Zutritt verschaffen. »Können wir das nicht auf andere Weise regeln? Lassen Sie uns in Ruhe drüber sprechen. Was ich über Gummibäume weiß, paßt auf eine Briefmarke, aber daß ich ein guter Mann für Ihre Tochter wäre, das weiß ich bestimmt.« Der Chef der Bank schickte seinen kurzsichtigen Sohn. Ein dunkelhäutiger Fremder aus einer anderen Stadt behauptete, er habe ein photographisches Gedächtnis; folglich mußte er sich bei dem ersten Eukalyptusbaum, den er noch nie gesehen hatte, geschlagen geben. Meistens lief die Prüfung in tiefem Schweigen ab, nur wenige sprachen unentwegt. Hin und wieder hörte Ellen in ihrem Zimmer laute Stimmen von einer der gewellten Weiden. Artisten von einem vorbeiziehenden Zirkus hatten die Geschichte von der schönen Tochter vernommen und waren über das Loseziehen in Streit geraten. Ein besonders raffinierter der windigen Handelsreisenden meldete sich an; Holland fuhr in die Stadt und redete es ihm aus.

Offenkundig war schon die Vorstellung, daß man eine Prüfung bestehen mußte, um die Hand der Tochter zu erhalten, entweder nervenaufreibend oder insgesamt zu befremdlich: Manche Bewerber, so erzählte man sich, tranken vorher sieben Halbe. Ein Jockey kreuzte auf, begleitet von seinem Stallknecht, der Ellen gegenüber erwähnte, daß der Jockey schon verheiratet sei. »Ich muß ein Blatt befühlen«, sagte einer, »und dafür brauche ich eine Leiter.« Beim Anblick dieser Männer, die sich für ihren Auftritt mit neuem Hemd und frischem Haarschnitt herausgeputzt hatten, spürte Ellen einen Anflug von Traurigkeit, das Flattern eines weißen Vogels im Käfig. Andere kamen, wie sie waren, manche stanken. Ein langer Aufmarsch aller Arten.

Ellen fand an keinem von ihnen rechten Gefallen.

Diese Männer waren bereit, die Tradition der werbenden Worte, das Flüstern und Zögern, das Drängen, die hoffnungsvollen Scherze und das unbeholfene Schulterstreicheln zu umgehen, sie wollten ohne die unglaubliche Aufmerksamkeit, die einem Mann alle Kraft raubt, und ohne die absichtliche Gedankenlosigkeit, die zusammen ein Mosaik der *notwendigen Langsamkeit* ergeben, zum Ziel … Nur so kann eine Frau ihre Wahl treffen, während sie dem Mann das Gefühl vermittelt, er sei es, der sie gewählt hat. Doch außerhalb der gelblichen Stadt konnten die Freier, die sich zu der Prüfung gemeldet hatten, ihr Ziel erreichen, indem sie mit dem Rücken zur Tochter Fakten aufsagten. Es war gar nicht nötig, zu ihr hinzusehen (der Lehrer bildete da die Ausnahme – und das war sein Untergang).

»So ist das mit diesen Kerlen vom Land«, klagte Holland. »Sie tun so, als kennten sie das Land wie ihre Westentasche, aber wenn man sie fragt, können sie nicht einmal die alltäglichsten Dinge vor ihrer Nase benennen. Und das kann ein

Eukalyptusbaum sein, der so gewöhnlich ist wie Fliegendreck.«

Langsam begriff Ellen, daß die Aufgabe so schwierig war, daß nur wenige Männer auf der Welt alle Bäume benennen konnten; außer ihrem Vater natürlich, in seinem dunklen Jackett. Das konnte noch jahrelang so weitergehen, ohne Ergebnis. Langsam fiel die Spannung von ihr ab, jedoch zu früh.

Das Problem war, daß gerade wegen des Schwierigkeitsgrades eines der Gesetze der Neugier in Kraft trat: Mit jedem Mann, der die Prüfung antrat und nicht bestand, und mit dem allmählichen Versiegen des Bewerberstroms wurde der Preis immer unerreichbarer, und das bewirkte, daß Ellen um so begehrenswerter erschien.

Holland und seine Tochter merkten davon anscheinend nichts. Da jetzt die Ehefrage mehr oder weniger geklärt war, fuhren sie auch wieder häufiger in die Stadt, wo Ellen sogleich gemustert, ihr Wert neu erörtert wurde.

Es war Sommer. Die Stämme der Bäume waren heiß. Im Fluß, wo glatte Steine im Wasser lagen wie Birnen im Saft, schwamm Ellen und ließ sich treiben, und wenn sie auf der Brücke saß, ließ sie die Beine baumeln und betrachtete ihre Arme.

In dem Augenblick tauchte ein Neuseeländer auf und kam mit langen Schritten die Auffahrt herauf, um sich vorzustellen. Er hatte einen Schnurrbart von intensivem Schwarz. Auch sein Haar war kohlrabenschwarz. Vor jedem Eukalyptusbaum strich er sich über den Schnurrbart, und sein grundloses Lachen jedesmal, wenn er nach dem Namen einer der seltenen Arten suchte, irritierte Holland zunehmend.

»Aber, bei Gott, der kennt sich aus mit Eukalyptusbäumen«, sagte Holland respektvoll. »Und er ist nicht mal von hier. Ein komischer Kerl. Gestern habe ich ihn dabei ertappt, wie er beim Tor, bevor er anfing, betete.«

Am dritten Tag hatte der Neuseeländer die Hälfte absolviert.

Nachdenklich kaute Holland auf seinem Toast, während Ellen kaum einen Bissen herunterbrachte und sich vorstellte, wie es wohl wäre, jeden Tag mit einem solchen Mann zu leben. Und es mutete sie seltsam an zu wissen, daß die Kunde von ihrer Not bis in ein anderes Land gedrungen war. Ihr Vater konnte sich nicht genug darüber wundern, wie sich jemand von der südlichen Insel zu einem Experten für Eukalyptusbäume hatte ausbilden können; das war ihm unerklärlich. Nur in Australien waren Eukalyptusbäume heimisch, nirgendwo sonst. Es hätte ihn sehr gewundert, wenn mehr als fünfzig Arten nach Neuseeland verpflanzt worden wären. Am Morgen des vierten Tages wollte Holland schon ein paar Fragen stellen, als der Mann vor einem der vielen Fadenrindenbäume stand, einem zerrupft wirkenden *E. youmanii*, der leicht auch einen professionellen Botaniker verwirren konnte, und passen mußte. Und er ging mit einem erleichterten Nicken und wagte zum ersten Mal einen Blick in Ellens Gesicht.

Die Geschichte von Holland und seiner schönen Tochter hatte den Tasman überquert; sie wanderte über den Stuart Highway ins Landesinnere von Australien, und zwischendurch wurde getankt. Sie breitete sich links und rechts vom Highway aus, wie der Stamm und die Äste eines Baumes. Das hatte zur Folge, daß eines Tages ein lächelnder Chinese an die Tür klopfte, der tatsächlich aus Darwin kam. Vor Holland machte er eine kleine Verbeugung und erklärte, daß er einen Obst- und Gemüsehandel habe.

Alles, was er berührte, machte ihn glücklich. Er hatte, was man einen »zuckersüßen Blick« nennt. Als Ellen ihm Tee eingoß, lächelte er. »Eine schöne Hand haben Sie.« Ellen kam zu dem Schluß, daß er steinalt werden würde. (Ein vages Gefühl, keine physiologische Tatsache: daß ein lebhafter Verstand den Körper eine Weile länger erhalten kann. Die Langlebigkeit der Philosophen ist bekannt.)

Gleichzeitig überlegte Ellen, ob dieser glückliche Mensch Neid und Eifersucht und die Verwirrungen der Einsamkeit – die üblichen Tumulte also – kannte, ganz abgesehen von ernsteren Dingen wie plötzlichen Anflügen von Verzweiflung.

Da war er nun; mit einer Miene orientalischer Heiterkeit sichtete er sein inneres Klassifizierungssystem der botanischen Namen und ordnete sie rasch dem Erscheinungsbild eines Baumes zu. Es versteht sich, daß seine Kenntnisse der subtropischen Arten aus der Gegend um Darwin fundierter waren. Vorsichtiger vorgehend als der Neuseeländer vor ihm, trat er hin und wieder einen Schritt zurück und machte »Ahhh ...« beim Anblick eines besonders anmutigen Exemplars, zum Beispiel des Sumpfeukalyptus, der ein zufälliges Dreieck mit dem Silberkelch und dem doppelstämmigen Roten Mallee (*E. socialis*) bildete, und während er unablässig in ein rotes Taschentuch blies, das ihm Glück bringen sollte, geriet er kaum ins Stocken, sondern lächelte nur einen Moment länger, wenn sich die Blätter eines Baumes nur schwer zuordnen ließen.

Neun Tage später lächelte er immer noch. Und sein Mund erinnerte Holland an den seines Vaters.

»Wer will schon jemanden um sich haben, der die ganze Zeit so grinst?« sagte er zu Ellen. »Keine Angst, irgendwo kommt er ins Trudeln, das fühle ich. Ich weiß gar nicht, wie er so weit kommen konnte. Was meinst du wohl, wie alt er ist? Ich kann ihn nicht durchschauen.«

Das Ende kam mit einem Eukalyptusbaum vom südlichsten

Zipfel Tasmaniens, der gar nicht wie ein Eukalyptusbaum aussieht.

Der Chinese stolperte buchstäblich darüber.

Der Lackgummibaum (*E. vernicosa*) ähnelt eher einem Busch oder einem Bodenkriecher. Er reicht einem kaum bis zum Knie. Knospen und Früchte kommen in einer Dreierstellung, die Blätter sind wie lackiert.

Danach kamen nur noch Bewerber, die von Berufs wegen Kenntnisse zu diesem Thema hatten. Die Idee, daß einer die Tochter zur Frau gewinnen könnte, indem er alle Bäume des Vaters korrekt benannte, und die Chancen, daß einer allein das vermochte, wurden unter Professoren und Gelehrten im ganzen Land erörtert. Nachdem ein Jahr vergangen war und dann beinahe ein zweites und es immer noch keinen Sieger gab, wurde mehr als der Preis die Schwierigkeit der Prüfung selbst zur Attraktion. Diese Spezialisten der Botanik und Forstwirtschaft waren wie die großen Hochspringer bei der Olympiade, die sich ihre Kräfte bewahren und ihre Konkurrenten psychisch unter Druck setzen, indem sie warten, bis die Latte extrem hoch liegt, bevor sie überhaupt richtig in den Wettkampf einsteigen.

Ellen stand dabei, als ihr Vater in seinem abgetragenen Jackett die Männer begrüßte. Neben den Baumanbetern und dem rothaarigen Baumchirurgen aus Brisbane kamen die Grundwasserspezialisten, die fanatischen Streiter für einen Nationalbaum, die Patentinhaber für Eukalyptusöl und ein Baumrindenexperte von Weltruf, der schon einmal bei ihnen gewesen war und diesmal eine ganze Delegation mitbrachte.

»Von denen willst du keinen«, räumte ihr Vater ein. »Meiner Erfahrung nach stecken alle Experten den Kopf in den Sand, jeder auf seine Weise. Sie haben sich in eine Ecke manövriert. Und sieh dich an! Du bist eine Prinzessin und viel zu gut für die meisten Männer, zumindest für die, denen ich begegnet bin. Irgendwo muß es doch einen geben, der dir ebenbürtig ist. Niemand ist vollkommen, das weiß ich auch. Doch dir scheint die Lust vergangen zu sein. Was meinst du? Es dauert alles viel länger, als ich gedacht hatte. Gab es denn einen, der deine Aufmerksamkeit, und sei es nur eine Sekunde lang, erregt hat? Ich sehe schon, ich werde nichts dazugelernt haben, wenn man mich zu Grabe trägt.«

Ellen zeigte sich freundlich und distanziert. Der eine Arm wurde allmählich kalt.

Ehrlich gesagt, was sollte das für ein Mann sein, der alle Bäume benennen konnte? Ihr Vater, klar, aber der war auch anders. Allein die Anzahl der Namen, die es in der englischen und lateinischen Sprache gab, nähme in einem Menschen viel Platz ein, Platz, der für andere, natürlichere Dinge verwendet werden konnte. Man konnte es vergleichen mit einem, der erfolglos mit Landwirtschaftsmaschinen handelt und den Platz rings um sein Holzhaus mit ausgedienten, rostigen Modellen vollstellt.

»Der Mann, den wir suchen, kommt aus einer der großen Städte«, sagte ihr Vater voraus. »Das spüre ich.«

Ellen, die ihrem Vater zuhörte und dabei ihren eigenen Gedanken nachhing, konnte sich einen Menschen mit diesem Wissen nicht ausmalen, und schon gar nicht vermochte sie zu sagen, ob sie einen solchen Mann interessant finden würde. Und in der Isolation ihres Bluestone-Hauses, umgeben von den zur Debatte stehenden Bäumen, hatte sie ohnehin das Gefühl, daß die Antwort weit, weit weg war. Das Problem lag immer jenseits des nächsten Hügels. Das nährte eine gleichgültige, fatalistische Haltung.

Holland bekam einen Brief.

»Aha, hier heißt es, daß ein Mister Roy Cave sich der Herausforderung stellt. Seine Sekretärin hat den Brief für ihn getippt. Von dem habe ich schon gehört. Er hat sich einen Namen gemacht in der Eukalyptuswelt. Er ist aus Adelaide«, berichtete er Ellen. »Früher haben die Leute gespottet, daß er persönlich jeden einzelnen Eukalyptusbaum im Staate Südaustralien inspiziert habe. Adelaide, die Stadt der Eukalyptusbäume. So sagt man. Er ist mit Gummibäumen aufgewachsen. Hörst du mir auch zu? Hier heißt es, daß er seinen Jahresurlaub dazu nehmen wird. Ob es uns passen würde, und so weiter. Er hat im Gasthaus ein Zimmer bestellt. Er meint es ernst! Er wird uns wochenlang auf der Pelle sitzen.«

Der Vater trat ans Fenster und nahm, die Hände hinter dem Rücken verschränkt, eine väterliche Haltung ein. Er ließ den Blick über seinen parkähnlichen Besitz schweifen, der ja die Zukunft seiner Tochter darstellte. Er umfaßte sanfte Wellenlinien, blaßbraunes Gras, fließende Formen, Wärme.

»Wirst du all dessen überdrüssig?« Er drehte sich plötzlich um. »Weiß der Himmel, was passieren wird. Deine Mutter und ich, wir waren von dem Unerwarteten ganz überrumpelt. Es war doch alles sehr schwierig, das Ganze war sehr, sehr schwierig. Aber wir haben es gut überstanden; schließlich bin ich noch da, und ich bin bei dir.«

böden, wo die Art oft neben dem Falschen Buchsbaum (*E. moluccana*) und den verschiedenen Arten des Eisenrindenbaums steht.

Der Botaniker J. D. Hooker, der auf dem Forschungsschiff *Erebus* reiste, beschrieb die Art im Jahre 1844 als erster. Seine frühen Schriften beschäftigten sich mit der Flora Tasmaniens. Hooker war einer jener viktorianischen Männer, für die Fakten eine Faszination hatten, sein Hunger nach Klassifizierung und Verifizierung war unstillbar – er war ein Freund und Förderer Darwins. Es gab so viel zu tun, so viel aufzuzeichnen, daß er kaum Zeit hatte, für sein Photo im Studio stillzusitzen: Der kräftige Backenbart, die Hand der ausgelaugten Ehefrau ruht auf seiner Schulter. Er hatte Angst, zu früh zu sterben. Für Hooker lag der Schlüssel zum Verständnis der Welt in der Benennung und Klassifizierung der Dinge; wenigstens gaben sie ihm diese Illusion. Er starb im Alter von vierundneunzig Jahren. Ein weiteres Beispiel dafür – ein zufällig gewähltes –, daß ein hyperaktiver Verstand den Körper am Leben erhält? Wo fand er nur die Zeit, fragt man sich. Joseph Hookers *The Flora of British India* allein umfaßt sieben Bände.

Von seinem Vater übernahm er das Amt des Direktors von Kew Gardens in London. Und wie der Name seines Vaters vor ihm bekam auch seiner einen beschreibenden Zusatz, der eine höhere Klassifizierung anzeigt: Joseph Dalton Hooker wurde zum Sir gemacht, für seine Dienste an den Bäumen.

Mr. Cave hatte Kew Gardens, lange bevor er zu Hollands Besitz kam, einen Besuch abgestattet. Es versteht sich von selbst, daß er schnurstracks zu den Eukalyptusbäumen ging und die Bäume und Büsche und Farne aus aller Herren Länder ignorierte (»Die Eiche gilt als der heilige Baum Litauens«), so wie böden, wo die Art oft neben dem Falschen Buchsbaum (*E. moluccana*) und den verschiedenen Arten des Eisenrindenbaums steht.

Der Botaniker J. D. Hooker, der auf dem Forschungsschiff *Erebus* reiste, beschrieb die Art im Jahre 1844 als erster. Seine frühen Schriften beschäftigten sich mit der Flora Tasmaniens. Hooker war einer jener viktorianischen Männer, für die Fakten eine Faszination hatten, sein Hunger nach Klassifizierung und Verifizierung war unstillbar – er war ein Freund und Förderer Darwins. Es gab so viel zu tun, so viel aufzuzeichnen, daß er kaum Zeit hatte, für sein Photo im Studio stillzusitzen: Der kräftige Backenbart, die Hand der ausgelaugten Ehefrau ruht auf seiner Schulter. Er hatte Angst, zu früh zu sterben. Für Hooker lag der Schlüssel zum Verständnis der Welt in der Benennung und Klassifizierung der Dinge; wenigstens gaben sie ihm diese Illusion. Er starb im Alter von vierundneunzig Jahren. Ein weiteres Beispiel dafür – ein zufällig gewähltes –, daß ein hyperaktiver Verstand den Körper am Leben erhält? Wo fand er nur die Zeit, fragt man sich. Joseph Hookers *The Flora of British India* allein umfaßt sieben Bände.

Von seinem Vater übernahm er das Amt des Direktors von Kew Gardens in London. Und wie der Name seines Vaters vor ihm bekam auch seiner einen beschreibenden Zusatz, der eine höhere Klassifizierung anzeigt: Joseph Dalton Hooker wurde zum Sir gemacht, für seine Dienste an den Bäumen.

Mr. Cave hatte Kew Gardens, lange bevor er zu Hollands Besitz kam, einen Besuch abgestattet. Es versteht sich von selbst, daß er schnurstracks zu den Eukalyptusbäumen ging und die Bäume und Büsche und Farne aus aller Herren Länder ignorierte (»Die Eiche gilt als der heilige Baum Litauens«), so wie ein Mann in einem großen Museum an den Reihen geduldig um Aufmerksamkeit heischender Meisterwerke vorbeieilt, um sich ein ganz bestimmtes Gemälde, das versteckt in einer Ecke hängt, zu betrachten – eine Zielstrebigkeit, die im Zoo praktisch unmöglich ist.

Mr. Cave hatte wie jeder vernunftbegabte Mann angenommen, daß unter den vielen Eukalyptusbäumen in Kew auch ein Gesprenkelter Eukalyptus sein würde, in Gedenken an den Mann, der diese Art als erster beschrieben hatte. Er nahm weiter an, daß der Baum an einer auffälligen Stelle stehen würde. Aber nein: Von den zwei Eukalyptusbäumen – *den einzigen beiden*, die er nach vielem Fragen fand – war einer ein sich redlich mühender, aber doch mutlos wirkender Schneegummibaum (*E. pauciflora*) und der andere, vor den Damentoiletten mit den Schwingtüren, ein Gunns Eukalyptus (*E. gunni*). Zwar stimmt es, daß Hooker auch den *E. gunni* als erster klassifiziert hat, aber der Gesprenkelte Eukalyptus ist viel schöner als der Gunns Eukalyptus. Kenner behaupten, daß er der eindrucksvollste Eukalyptusbaum von allen sei.

Mr. Cave hatte sofort die Schilder überprüft, und obwohl er nicht in den Verdacht geraten wollte, daß er bei den Damentoiletten herumlungerte, lief er vor dem Baum hin und her.

Der Eukalyptusbaum wirkte fehl am Platze, vernachlässigt, ignoriert. Ein Spalt in der Form einer Vagina hatte sich im unteren Teil des Stammes gebildet, als wäre dies der patriotische Protest gegen die Verpflanzung und die Isolation. Frauen kamen und gingen. Manche waren hübsch und hatten Kinder bei sich. Mr. Cave ging weiter auf und ab, hielt Abstand von dem Baum, konnte sich aber nicht trennen.

An diesem Punkt der Geschichte setzte er sich auf eine Bank und fing an, Däumchen zu drehen. Er wußte nicht, was er sonst in England tun sollte. Wenn man ihn sah, mochte man denken, er bedauere irgend etwas.

Er war eigentlich kein vager Mensch. Jetzt aber wurde er vage auf eine Frau in der Nähe des Baumes aufmerksam. Sie hatte sich in auffälliger Weise wiederholt umgesehen. Sie war ein bißchen mollig und hatte ein Tuch um den Kopf geschlungen. Dann ließ sie ihr Kind im Kinderwagen stehen, lief zurück und steckte mit einer schnellen Bewegung einen Umschlag in den Schlitz des Baumstammes.

Wenigstens kam es ihm so vor, als hätte er das gesehen. Auf der Bank hatte er daran gedacht, daß seine Jahre in Bäumen gemessen waren, und manche waren gebeugt und andere verkümmert. Es waren rhythmische, fast musikalische Intervalle. Seine Geschichte war gestopft voll mit Bäumen. Jetzt blickte er unverwandt auf den *E. gunni*, der eigentlich ein *maculata* hätte sein müssen.

Er überlegte gerade, ob er aufstehen und sich den Baum noch einmal ansehen oder ob er einfach weggehen sollte, als ein junger Gärtner erschien. Er stellte seine Schubkarre ab und steckte, für alle sichtbar, seinen Arm bis zum Ellbogen in den vaginaartigen Schlitz des Gunns Eukalyptus – etwas, das er in Australien besser unterlassen sollte. Mr. Cave sah ihm zu, wie er den Umschlag aufriß. Der Mann stopfte den Brief in seine Gesäßtasche und nahm ihn gleich wieder heraus. Mit einem Seufzer sah er sich um und lächelte, als er Cave bemerkte.

Diese private Szene in zwei Teilen, die Mr. Cave beobachtet hatte, sollte er zeit seines Lebens nicht vergessen. Das lag vielleicht an dem Grün der Umgebung, das grüner war als jeder Rasen. Die Schatten bildeten ein Gittermuster aus Speeren. Sie waren ungewöhnlich dunkel. Und der Eifer, zuerst der der Frau, der sodann den des jungen Gärtners weckte. Die lehmverkrusteten Stiefel des Mannes. Der Intervall zwischen ihren Handlungen; der Unterschied im Alter. Ein gemusterter, rosafarbener Schal.

Und trotz alledem nicht zu wissen, was in dem Brief stand, wer die beiden waren; die Unbestimmtheit von allem, wie der Spätnachmittag selbst.

Nicht lange darauf beschloß Mr. Cave in seiner wohlüberlegten Art, daß er Hollands gesprenkelte Tochter zur Frau gewinnen wollte.

7
Regnans

»Langholz« war der Begriff, den die Schwestern Sprunt unisono benutzten, um den männlichen Körper im Abstrakten zu belassen. Auf dem den Bewerbern vorbehaltenen Sofa ragte Mr. Cave aus einem Meer hauchroter Rosen empor, und seine Schultern reichten fast bis zu Ellens errötenden Wangen. Für jemanden, der so groß und aufrecht war, konnte man sich kaum einen unpassenderen Namen denken als Cave. Die Leute vergaßen denn auch seinen Vornamen, Roy, und stellten ihm ein Mister voran. »Cave«, Höhle, läßt eher an etwas Waagerechtes denken, doch dieser Mann war senkrecht – ein Telegraphenmast, aus einem Baumstamm gezimmert.

Ellen war besonders von seinem Haar fasziniert. Zu Beginn dachte sie, es sei schwarz wie Krähenfedern. Dann mußte sie an ein Paar Schuhe denken, die ihr in Sydney gefallen hatten: klein, schwarzblau gelackt und seitlich geteilt, wie Mr. Caves Haare, und deswegen war sie ihm gewogen.

Dem Alter nach hätte er fast ihr Vater sein können, aber während sich das Gesicht ihres Vaters in eine rötliche Landschaft aus Felsbrocken, Schluchten, Schwemmland und Stachelkopfgras verwandelt hatte, war Mr. Caves Gesicht wunderbar glatt. Es warf keinerlei Falten, selbst dann nicht, wenn er sprach. Das schwarze Haar gehörte in diesen Zusammenhang:

Es war Bestandteil, ein gesundes Nebenprodukt seiner Selbstdisziplin. Die einzigen Falten an seiner Person waren die in seinem gestärkten Safari-Anzug, ein nach paramilitärischem Muster geschnittenes, khakifarbenes Gebilde, wie ein mit Bleistift skizziertes Jackett. Die Falten liefen auf sein Gesicht zu, wo es, von dem sorgfältig gezogenen Scheitel abgesehen, keine Linien gab.

Diese senkrechten Falten in seinem unvorteilhaften Safari-Anzug ließen ihn noch größer erscheinen.

Im Gespräch mit Mr. Cave nickte Holland mehr als sonst; zugleich zeigte er einen Funken Geduld – für ihn eher ungewöhnlich –, und daraus wurde helle Wachsamkeit. Nicht, daß Holland ihm Respekt gezeigt hätte. Wohl kaum. In der Welt der Eukalyptusbäume war Mr. Cave gut bekannt, aber jeder wußte auch von Holland und seinen Bäumen.

In Mr. Caves Adelaide war die Unterscheidung zwischen Stadt und Land, wie die alten Griechen sie beschrieben, verschwommen. Das Land dringt in die Stadt ein und erreicht fast die Stufen des Rathauses, und auf dem Weg dorthin verteilt es Gummibäume und breitet große Rechtecke von trockenem Gras aus. Folglich kann man sagen, daß die Menschen in Adelaide die physische Klarheit von Landbewohnern haben, während sie zugleich eine innere Verschwommenheit besitzen und vorsichtige Gesichter, weil sie mehrmals täglich die Grenzen zwischen Stadt und Land überschreiten müssen.

Unterdessen hätte Ellen gern die Hand ausgestreckt und die Schwärze von Mr. Caves Haaren berührt. So stark war der Wunsch, daß sie ein Lachen unterdrücken mußte.

»Haben Sie gute Zähne?« rief ihr Vater. »Sie müssen eins von den Plätzchen, diesen Rockcakes, probieren, die meine Tochter gebacken hat.«

Die Bedeutung der Nahrung als Friedensangebot zwischen Fremden ist nie zufriedenstellend erklärt worden. Es sieht wie eine ganz gewöhnliche Handlung aus, geht aber viel tiefer als bloße Gastfreundschaft. Indem eine Frau Nahrung zubereitet und davon vor aller Augen dem Fremden gibt, bietet sie eine Erweiterung von sich selbst dar. Man kann es genießen, es sind aber keine fleischlichen Freuden. Alles, was dem Fremden zugestanden wird, ist ein Bissen, der stellvertretend für die Frau steht. Ein Bruchstück nur. Sie ist die Geberin, aber sie ist entrückt.

Dieser Gebrauch von Nahrung als Medium – man gibt, während man verweigert, und ohne einen bitteren Nachgeschmack – hat seinen rauhen Ursprung ganz offenkundig bei den Nomaden. Essen als Begütigung, als *Ablenkung*! Man könnte sagen, diese Funktion hat es im Eheleben bis zum heutigen Tage.

Und Mr. Cave demonstrierte nun den tief im Bewußtsein ruhenden Vorgang, indem er eins von Ellens leicht verbrannten Plätzchen ganz sachlich entgegennahm und sie dabei kaum eines Blickes würdigte, so wie die mürrischen Dattelesser in der arabischen Wüste. Dann pickte er sorgfältig die Krümel von den Falten seiner Kleidung auf und steckte sie sich einen nach dem anderen in den Mund.

»Ich bin nichts weiter als ein Amateur«, erinnerte Holland den Besucher, »und dazu ein ziemlich laienhafter.«

Sie sprachen über andere ihres Fachs.

»Kennen Sie ...« Mr. Cave klickte mit seinem Kugelschreiber – zu ärgerlich. »Er hieß ... wie hieß er doch gleich? Sein Name war der einer englischen Stadt.«

Ellen lächelte. Das gefiel ihr.

Ihr Vater versuchte, sich an den Nachnamen des Mannes zu

erinnern, dessen Spezialgebiet angeblich die Arten im Nordterritorium waren, und verzog dabei das Gesicht wie ein Hund, während ihr schwarzhaariger Besucher ebenso entschlossen ganz still da saß, das Gesicht vor Konzentration glatt wie ein Ellbogen.

»Hungerford meinen Sie nicht?«

»Nein, der befaßt sich mit Trauben. Der, den ich meine, hat das Zeitliche gesegnet. Ein Trecker hat ihn überrollt. Wahrscheinlich haben Sie im Zuge Ihrer Forschung mal mit ihm korrespondiert.«

»Ich habe seit Jahren keinen Kontakt mehr mit Experten«, sagte Holland. »Seit ich mein Land in Ordnung gebracht habe, brauche ich keine Experten mehr.« Holland lachte auf. »Heute nehmen die schon eher Kontakt mit mir auf, jetzt bekomme ich die Anfragen. Sogar aus dem Ausland schreiben sie mir. Als ob ich alle Antworten wüßte.«

Es war schon halb elf durch, und Mr. Cave machte keine Anstalten. Er wirkte auch nicht nervös. Auf der Veranda streckte er seine langen Beine auf einem Liegestuhl aus. Obwohl er noch keinen einzigen Baum identifiziert hatte, erweckte er den Anschein, daß es leicht sei.

Ellen konnte sich nicht erinnern, wann ihr Vater zuletzt mit jemandem außer ihr länger als drei Minuten auf der Veranda gesprochen hatte. »Ich bin doch hier der Enzyklopäde!« hatte er einmal bei guter Laune auftrumpfend gesagt. Ihr fiel auf, daß ihr Vater ein Mann war, der keine engen Freunde hatte. Doch da stand er, an den Verandapfosten gelehnt, und Ellen wußte, daß sie immer Zigarettenrauch mit ihm verbinden würde und den Stoff seiner Kleidung.

Auch Mr. Cave rauchte.

»Eukalyptusbäume beherrschen die Straßenzüge in Adelaide

mehr als in jeder anderen Stadt. Die Dinger wachsen überall.« (Ein deutliches Zeichen seiner Selbstsicherheit: Eukalyptusbäume »Dinger« zu nennen.) »Bei uns im Garten standen ein *fasciculosa* und ein *cosmophylla*, unsere Nachbarn hatten den prächtigsten Lichtnußbaum, den es je gab, und auf dem Weg wuchs ungewöhnlich schöner *megacarpa*. Verstehen Sie, was ich sagen will? In der Schule brachte man uns bei, Holzarten an der Maserung zu erkennen, und wer sich vertat, bekam mit dem blanken Holzlineal eins übergezogen, und zwar kräftig. Das methodische Denken wurde mir früh eingebleut. Haben Sie sich in der Schule auch zum Zeitvertreib mit Eukalyptusnüssen beworfen? Auf dem Schulhof standen Eukalyptusbäume, *cladocalyx*, wenn ich mich nicht irre. Uns kamen die Eukalyptusbäume schon aus den Ohren.«

»Ich weiß nicht genau, wie es mir erging«, sagte Holland mehr oder weniger als Antwort. »Ich kam hierher und pflanzte einen Baum, und dann noch einen. Überall auf meinem Land fehlten Bäume. Also pflanzte ich weiter. Ab einem gewissen Punkt hatte ich eine Schwelle überschritten: Ich konnte nicht mehr zurück, aber die Pflanzung sich selbst überlassen, das konnte ich auch nicht. Das Ganze war ... wie könnte man das sagen? Es war sich selbst genug. Alles an den Eukalyptusbäumen war interessant. Bevor ich mich mit den Bäumen abgab, hatte ich von nichts eine Ahnung. Die Eukalyptusbäume haben mein Interesse geweckt.«

»Sie verwachsen mit einem.« Mr. Caves Miene war betont ausdruckslos bei dem Witz. »Mir ist noch etwas anderes passiert, und ich glaube, das hat mir die Richtung gewiesen.« Sein Blick schweifte über die Bäume. »Meine Mutter hatte ein Abonnement für das Symphonieorchester in Adelaide. Immer für dieselben Plätze. Sie wissen doch noch, wie früher regelmäßige Kirchgänger ihre Namen in ihre Bank eingravieren ließen? Und vor uns saß immer eine Dame in malvenfarbenem Kleid, Miss Dora Heron, die nie den Mund aufmachte. Um die Bazillen der anderen Zuhörer abzuwehren, betupfte sie während des ganzen Konzerts, ganz gleich, was gespielt wurde, ihr Taschentuch aus einem Fläschchen mit Eukalyptusöl. Wer in ihrer Nähe saß – meine Mutter und ich –, konnte nicht umhin, den Duft einzuatmen. Das kam zu allem anderen, kein Wunder also, daß die Eukalyptusbäume mich fest im Griff hatten.« Mr. Cave rutschte auf seinem Sitz hin und her. »Sie haben meinem Leben eine Richtung gegeben, mehr oder weniger.« Er nickte. »Alles ist ein Gleichnis«, sagte er ohne ersichtlichen Grund.

Ellen hatte am Fenster gestanden. Es war schon seltsam, wie zwei Männer immer wieder einen Packen von Fakten hinstellten und es dabei beließen. Ihr Ton und Gleichmaß erinnerte Ellen an zwei Lastwagen, mit der schweren Ladung festgezurrt unter der Plane, die hin und wieder in einen anderen Gang schalteten, aber kein bißchen an zwei leichte, lebhafte Vögel, die von einem farbigen Fleck zum anderen hüpften.

Mr. Cave erhob sich. »Lassen sie uns ein paar von Ihren Dingern da ansehen, ja?« sagte er mit einer Lockerheit, die nichts Gutes verhieß.

Und Holland ließ den konischen Verandapfosten los, während Mr. Cave zu dem Schwarzen Pfefferminzbaum hinüberschritt, der den Teilzeitklempner aus der Stadt zu Fall gebracht hatte, der aber für einen Roy Cave so gewöhnlich war, daß er ihn kaum eines Blickes würdigte, dann weiter zu dem Blaugummibaum, den man auch auf den staubigen Hügeln Algeriens, Südafrikas und Kaliforniens sehen kann, und dem Silbernen Fadenrindenbaum beim Gatter, durch das man die langgestreckte Wiese neben dem Haus erreichte, die zu der

Baumreihe der Windbrecher abfiel. Dort standen überall Eukalyptusbäume, anscheinend nach einem Zufallsprinzip verteilt.

Ellen schien es, als schritte Mr. Cave voran, ihren Vater im Schlepptau – eine optische Täuschung, die sich mit der Entfernung verstärkte. Der Bewerber war so groß, daß ihr Vater neben ihm wie ein alter Jockey aussah, der hinter dem Besitzer oder dem Trainer hereilte, um Anweisungen entgegenzunehmen. In Wahrheit aber war es Holland, der die Anweisungen gab und jeden richtig erkannten Baum abhakte.

Konnte Mr. Cave eine Art nicht gleich benennen, sagte er: »Was haben wir denn *hier*?«

Im übrigen aber ging er gemächlichen Schrittes über das Land, eine Weide nach der anderen, ein Baum nach dem anderen, systematisch, ganz systematisch. Mit welcher Stetigkeit er voranschritt, war insgesamt schockierend. Er zeigte sich auch weiterhin gelöst und blieb zwischendurch häufig stehen, um etwas ganz anderes zu erzählen.

Um halb zwei verkündete er, daß er für den Tag Schluß machen wolle.

Ungewöhnliche Bäume bringen noch ungewöhnlichere Geschichten hervor. Es war einmal eine Frau, die hieß Thistle. Wenn ein Mann sie berührte, lief seine Haut blau an, und das Blau blieb für immer, so daß die Leute sehen konnten, daß er Thistle berührt hatte. Später sollte Ellen die Geschichte von einem Mann aus Schottland (aus den Highlands?) zu hören bekommen, der mit keinem sprach, der unter einsachtzig groß war. Ihr Vater hatte ihr vor nicht allzu langer Zeit aus der Zeitung von einer dreiundsechzigjährigen Frau aus Brasilien vorgelesen, die über Bauchschmerzen geklagt hatte, woraufhin man in ihrem Leib mittels einer Röntgenaufnahme das Skelett eines Fötus entdeckte, der vor fünfzehn Jahren außerhalb der Gebärmutter gewachsen war. Und nun stelle man sich einen Mann auf einem Landbesitz im westlichen New South Wales vor, der sich vornimmt, ganz allein jeden bekannten Eukalyptusbaum zu pflanzen, wodurch das Anwesen und das Leben des Mannes von Grund auf umgewälzt werden. Eines Tages hörte Ellen, wie die Postmeisterin sagte: »Sie hat aus der Kette von der Klospülung eine Halskette gemacht, sie war sehr geschickt.« Ein Mann hatte sich im Murray ertränkt, indem er sich mit deutschen Wörterbüchern und Lexika beschwerte. Vor kurzem schwamm ein anderer Mann, soeben Rentner geworden, den Murray auf seiner ganzen Länge ab – von der Quelle bis zur Mündung – und erlitt dabei schwere Krämpfe, Schürfwunden und Sonnenbrände, aber am Ende freute er sich, daß er etwas getan hatte, was noch kein anderer je zuvor getan hatte und wovon (so sagte er) »auch noch keiner geträumt hatte«. Alle Menschen in einer Kleinstadt – es muß in Osteuropa gewesen sein – waren taub, bis auf einen. Was dann geschah, war ... »Meine Mutter hat mir erzählt«, hörte Ellen von einer kleinen Frau in der Stadt, »daß ich unter einem Gummibaum gezeugt wurde.« Sie hatte eng zusammenstehende Augen wie Handschuhknöpfe. In Island verbrachte ein junger Mann die Nacht vor seiner Abreise nach Amerika damit, die Runzeln im Gesicht seiner Großmutter zu zählen. Glauben Sie an Gespenster? Da ist die Geschichte von einer tapferen Frau, die sich Zauberhosen anzog und eine Stunde lang zum »Mann« wurde. Geschichten von immerwährender Rätselhaftigkeit werden nachts erzählt. Was ist mit der Dame, die die Stadt Coventry rettete, indem sie nackt auf einem weißen Pferd durch die Straßen ritt? Es muß eine Geschichte sein, denn das Pferd ist weiß. Ein Mann verliebt sich in einen *Fluß*. Ein junger Mann, der sich ausgezeichneter Gesundheit erfreut, verbringt eine Nacht mit einer Frau und hinterläßt einen Zahn.

Die größten Bäume haben den kleinsten Samen. »Aus kleinen Eicheln wachsen mächtige Eichen.« Die Europäer, die diesen Spruch geprägt haben, können die viel größeren Eukalyptusbäume nicht gesehen haben. Ein herrschaftlicher Baum wie der *E. regnans*, der die Erde zum Beben bringt, wenn er umstürzt, und der so viel Holz liefert, daß man daraus ein Haus mit vier Zimmern bauen kann, wächst aus einem Samen, der kaum größer ist als der hier folgende Punkt.

Zu Zeiten, als die Holzfäller in Victoria und Tasmanien dabei photographiert wurden, wie sie den Umfang der Baumriesen maßen, wurde bekannt gegeben – und wiederholt im Ausland herumtrompetet, so wie die Körpermaße eines Filmstars früher veröffentlicht wurden –, daß der *Eukalyptus regnans*, besser bekannt als Königseukalyptus der größte Baum der Welt sei – so wie Salzburg angeblich die höchste Selbstmordrate in der Welt hat – und alles, was die USA zu bieten haben, in den Schatten stelle. Nach Messungen, die in den dichten Wäldern so präzise wie möglich durchgeführt wurden, hatten mindestens zwei Exemplare des Königseukalyptus eine Höhe von über einhundert Metern erreicht. Berichten zufolge erreichte ein Baum einhundertvierzig Meter.

Es versteht sich, daß es den Menschen in den ländlichen Teilen Australiens eine stille Befriedigung verschaffte, wenn etwas in ihrem Land Heimisches das beste der Welt war oder doch zumindest an Größe nicht übertroffen werden konnte. Die Sorgen der Jugend werden in der Neuen Welt anschaulich gemacht: Phallussymbole, wie man einst sagte, werden, ebenso wie militärische Siege, aufgegriffen und triumphierend geschwungen.

Die Amerikaner ihrerseits konnten das Urteil nicht hinnehmen. In ihren Augen war die kalifornische Sequoia der König der Bäume. Sie brauchten nicht lange zu warten, bis ihnen der erste Platz wieder eingeräumt wurde. Es dauerte kaum eine Generation, da wurden die Kronen der größten *E. regnans* durch Stürme oder Blitzeinschlag zerstört! Entweder das, oder einige der ursprünglichen Messungen waren falsch. Was ist der Grund – die Motivation – für eine Übertreibung? Am häufigsten kann man sie kurz vor und kurz nach dem Tode eines Menschen beobachten.

8
Signata

Es gibt fünf verschiedene Kritzeleukalyptusarten, wie fünf Brüder aus einem Märchen, jeder mit einem bedeutungsvollen Namen: *sclerophylla*, *signata*, *rossii*, *racemosa* und – ich sehe den roten Rand seiner Frucht – *haemastoma*.

Am häufigsten kommt der Kritzeleukalyptus in Sydney und Umgebung vor. Nur der *E. signata*, zum Beispiel, tritt auch an einem schmalen Küstenstreifen im Norden von New South Wales auf und dringt – da Staatsgrenzen für Bäume und Kräuter keine Bedeutung haben – bis ins südliche Queensland vor.

Nach einiger Zeit waren alle fünf Arten erfolgreich auf Hollands Anwesen verpflanzt worden, obwohl der kleinste, *E. rossii*, zum Zeichen jugendlichen Protests, schief wuchs.

Die charakteristischen kalligraphischen Markierungen auf den Stämmen, die von den Tunnelgrabungen von Insektenlarven stammen, sehen aus wie eingeritzte Wörter, hastige Namenszüge. Es ist das fast Menschliche dieser »Kritzeleien« – planlos geschaffen und ausnahmslos elegant –, was unser Auge anzieht: Es könnte ja eine geheime Botschaft auf diesem Stamm geschrieben stehen.

Der *E. signata* kann hier alle fünf Kritzeleukalyptusarten vertreten.

Lange Zeit hatte Ellen voller Staunen zugeschaut, wenn ihr Vater seine Unterschrift leistete. Es fing so an, daß der Zeigefinger bebend über einer Stelle schwebte, als wollte er eine Fliege zerdrücken, bevor er plötzlich mit einem kreisrunden Schwung ausbrach. Einmal, als die Feder seines Füllers ein Loch in das linierte Schreibpapier riß, entfuhr ihr gar ein erschrecktes Lachen. Die Unterschrift selbst war knotig und knorpelig wie eine Gruppe von Mallees – minderwertige Eukalyptusbäume mit flachen Wurzeln. Als er anfing, aus ganz Australien Dutzende von ausgewählten Setzlingen anzufordern, wurden seine Schecks häufig zur Beglaubigung zurückgeschickt.

Als sich das Baumpflanzungsprogramm über den Besitz ausdehnte, erschien es Holland nötig, eine Anthographie zu erstellen.

Das kleine schwarze Buch begleitete ihn überall. Er bewahrte es unter seinem Kissen auf, wie eine schmuddelig gewordene Bibel. Auf jeder Seite verzeichnete er einen bestimmten Eukalyptusbaum, seinen Standort und das Datum, an dem er ihn gepflanzt hatte, die besonderen Merkmale und den Namen des Lieferanten. Nachdem der Metzger ihn falsch zitiert hatte, gefiel es Holland, seine Dokumentation als »Doktormentation« zu bezeichnen. Ein kleiner Scherz hin und wieder.

Es war keine gewöhnliche Dokumentation. Wenn man von Weide zu Weide trottete, konnte man seinen Gedanken nachhängen. Mit Bleistift notierte Holland alles mögliche. Leider fielen seine Bemerkungen in die Kategorie von frommen Sprüchen. *Wer rastet, der rostet* – das verrät uns nicht sehr viel.

Doch auf einer anderen Seite hatte er etwas viel Interessanteres gekritzelt: *Nichts ist eins.* Hier wird eine vielschichtige Wahrheit angeboten, etwas, wonach man leben kann oder woran man sogar glauben kann; ein Versuch, Struktur herzustellen. *Nichts ist eins*, dieser Satz steht auf mehreren Seiten, und indem Holland ihn wiederholte, schien er ihn zu bekräftigen. Doch abgesehen von der Vervielfältigung der Eukalyptusbäume – seinem Glauben an Vielfalt – stellte er es kaum als Lebensprinzip unter Beweis.

Die Kritzeleien auf Hollands Besitz vermehrten sich, als Ellen das heiratsfähige Alter erreichte.

In dieser ganzen Zeit schrieb Ellen mehr, als sie sprach. In ihrem Tagebuch zeichnete sie Selbstgespräche auf sowie wirkliche und eingebildete Gespräche mit ihrem Vater; sie verfaßte Beschreibungen von verschiedenen großen Vögeln, vom Meer und von den Schultoren in Sydney; außerdem notierte sie ungewöhnliche Träume und ihre Eindrücke von vielen der vorsprechenden Bewerber, von denen der letzte Mr. Cave war. Das Tagebuch hatte einen silberfarbenen Einband mit bunten Sternen. Auf seinen Seiten konnte sie ihren Gefühlen Ausdruck verleihen. Das Tagebuch war ihr bester Freund. Ihm vertraute sie sich an, hier ließ sie sich fallen. Es war voller Zartheit in seiner Intimität, eine flatternde, sie umfangende Welt. Am liebsten mochte Ellen den Moment, wenn sie eine neue Seite aufschlug und die Sonnenstrahlen weiß gebündelt auf ihr Bett fielen. Dann fühlte sie sich warm und beschützt, geborgen in ihren Gedanken, und das trockene Geraschel des Eukalyptuslaubs und das gewellte Land da draußen existierten nicht mehr.

Einige der ausgeschiedenen Bewerber wandten sich direkt an sie. Ellen las ihre Briefe mit Interesse und sogar Mitleid. Manche schrieben mit einem stumpfen Bleistift, einer benutzte das Einwickelpapier aus einer Metzgerei. Und sie machten so lustige Schreibfehler! Manchmal taten die Männer ihr leid. Von einem, der Thomas Leigh hieß, kam ein großes Blatt, und

Ellen erinnerte sich daran, daß er jahrelang irgendwo in Italien gelebt hatte. Der Brief war nahezu unverständlich, er hätte ebensogut in einer Geheimsprache sein können. Eigentlich war es eine Komposition aus gekritzelten Wörtern, Verbesserungen, neuen Anfängen, ausradierten Versuchen und Zwischenräumen. Sein Zartgefühl insgesamt rührte sie jedoch, und in eine Ecke unten hatte er etwas gezeichnet, das wohl ein Baum sein sollte. Was den Lehrer anging, so hatte sein Ausscheiden einen sanften Fluß zärtlicher Briefe hervorgebracht, eloquent, aufrichtig und schicksalsergeben im Ton, als auch zwei Obstschalen, die er aus Karri oder Dscharrah geschnitzt hatte, eigens für sie. Bisher hatte Ellen geglaubt, daß ihr Vater alles Wissenswerte über ein bestimmtes Gebiet kannte. Es reichte, wenn man die Spuren der Jahre in seinem Gesicht sah und seine knappen Antworten hörte, wenn es um sachliche Fragen ging – denn auch das deutete auf angehäuftes Wissen hin. Und seine Stimme hatte immer einen wichtigen Tonfall. Tatsächlich konnte sie sich keinen anderen Mann vorstellen, der alle Eukalyptusarten beim Namen nennen konnte; wenn es einem gelang, mußte er wie ihr Vater sein, nur noch mehr.

Ihr anfänglicher Schock darüber, daß die Ehe praktisch von ihrem Vater in die Wege geleitet würde, war eine hysterische Reaktion gewesen, mehr nicht. Jetzt betrachtete sie das Ganze mit kaum mehr als einer gewissen Neugier. Jeder einzelne Bewerber war durchgefallen. Die wenigsten hatten auch nur die Hälfte geschafft.

Bisher machte Mr. Cave den besten Eindruck: Die Art, wie er sich Zeit ließ und die Hände in die Taschen versenkte, hätte sie warnen sollen. Statt seine Fortschritte zu verfolgen, fragte Ellen sich auf den Seiten ihres Tagebuchs, warum er es absichtlich vermied, in ihre Richtung zu sehen. »Mag er mich?« Vielleicht nahm er an dem Wettbewerb nur teil, weil er darin eine intellektuelle Herausforderung sah, einen Zeitvertreib für seinen Jahresurlaub.

Ihr Vater betrat das Haus, windzerzaust und verblüfft.

»Er ist gut, er ist besser als gut. Das liegt wohl daran, daß seine Mutter geistig verwirrt ist. Sie erkennt ihn nicht mehr. Sie hat ihn verstoßen. Sein Leben hat seinen Sinn verloren. Etwas anderes kann ich mir nicht vorstellen.«

Und dann nickte er heftig. »Mr. Roy Cave ist ein interessanter Mann, in vielerlei Hinsicht.«

Armer Mann, ein Junggeselle. Ellen versuchte, sich die Mutter vorzustellen.

»Erinnerst du dich, daß ich dir – viele Male – den verkrüppelten Mallee hinter dem Damm gezeigt habe, den, von dem ich dachte, er würde eingehen, doch dann hat er sich berappelt? Der Mount-Imlay-Mallee, einer der seltensten Eukalyptusbäume überhaupt. Ich habe Jahre gebraucht, bis ich einen gefunden hatte, und noch länger, bis er hier Wurzeln schlug. Außer dir und mir haben nur wenige Menschen je einen mit eigenen Augen gesehen. Als wir also heute darauf zukamen, dachte ich: Na, der wird ihn zu Fall bringen, und dann muß ich einen anderen guten Mann für meine Tochter auftreiben. Doch nein, er ließ den richtigen Namen einfach so einfließen, *imlayensis*, während er von den Möbeln seiner Mutter sprach. Um ein Haar hätte ich gesagt: ›He, immer mit der Ruhe!‹ Er wollte sich den Baum gar nicht näher ansehen. Ziemlich seltsam, finde ich. Übrigens, wir haben dich beim Wäscheaufhängen gesehen. Und stell dir vor, er erzählt – ganz beiläufig, du weißt, was ich meine –, daß unser Dscharrah eine Unterart ist. Er heißt *marginata* – das wußte ich –, aber er wird auch unter einem zweiten Namen geführt, *thalassica*.«

Holland lachte voller Bewunderung.

»All diese Eukalyptusbäume auf einem Fleck – das muß ja das Paradies für ihn sein.«

Doch immer, wenn von Eukalyptusbäumen die Rede war, ging das Gesprochene bei Ellen in ein Ohr hinein und aus dem anderen wieder hinaus. Außerdem verstand sie nicht, da sie mit ihren eigenen Gedanken beschäftigt war, was ihr Vater damit sagen wollte.

Die Tatsache, daß Mr. Cave wahrhaftig die Hälfte der Prüfung hinter sich gebracht hatte, drang erst am fünften Tag in ihr Bewußtsein. Vom Turm aus sah sie, wie die beiden Gestalten eine ferne Weide überquerten. Der eine groß, der andere dicht neben ihm, ihr in seiner nachlässigen Art wohlvertraut.

Und sie sah – nun bewußt – die vielen Weiden, die schon absolviert worden waren, mit *Hunderten von Eukalyptusbäumen* auf ihrer gesamten Fläche. Und noch während sie die beiden beobachtete, benannte der Mann ein weiteres Exemplar, ging zum nächsten und weiter zum folgenden. Dieser Mann schritt beharrlich voran, ohne Hast. Nichts würde ihn aufhalten können!

In ihrem Kopf ging alles durcheinander.

Sie tastete sich die Treppen hinunter, gelangte in die Halle, wo sie gegen die Wand stieß, öffnete sinnlos die Türen und schloß sie wieder.

Sie setzte sich und stand wieder auf.

In ihrem Zimmer setzte sie sich hin. Sie wußte nicht, was tun, wohin sich wenden.

Wie konnte das geschehen? wollte sie wissen. Und warum hatte sie es vorher nicht bemerkt? Was kann ich nur tun? fragte sie sich. Bisher war keiner der Bewerber ernst genommen worden; ihr Vater hielt sie alle für Trottel. Es sah ihm ähnlich, sich so eine Prüfung auszudenken, in dem Glauben, kein Mann auf der Welt könnte sie bestehen.

Im Bad drehte sie die Wasserhähne voll auf – das hätte ihr Vater niemals erlaubt. Schon sah sie, wie freundlich ihr Vater Mr. Cave behandelte. Es war mehr als Freundlichkeit. Es war gegenseitiger Respekt. Offenbar hatten sie viel gemeinsam, zunächst die Bäume und jetzt auch sie. Trotzdem war Mr. Cave ganz anders als ihr Vater, ganz anders.

Es gab niemanden sonst. Mr. Cave war sich seiner Sache so sicher, daß er sich Zeit ließ. Gegen zwei kehrte er gewöhnlich in sein Hotel zurück. Und am ersten Wochenende schlug er vor, eine Pause zu machen.

Ellen fing an, Briefe an ihren Vater zu schreiben. Die meisten zerknüllte sie, oder sie klebte sie in ihr Tagebuch. Einige schickte Ellen ihm *mit der Post*, obwohl sie ihn in seinem Zimmer herumlaufen hörte. Den ersten an ihn adressierten Brief stellte sie beim Frühstück an seine Teetasse, wo der Mann doch in Ruhe seine Zeitung lesen wollte.

»Was ist denn das?« Holland hielt die Seiten mit ausgestrecktem Arm hoch. »Früher hattest du eine so schöne Schrift. Davon kann ich kein Wort entziffern.«

»Ich möchte, daß du das liest.«

So mußte er sich mit ihren Gefühlen befassen, obwohl sie, während sie am Tisch saß, nichts als Verwirrung empfand.

»Am liebsten würde ich wegziehen«, sagte sie.

»Was würde dir das nützen?« Er las mit zusammengekniffenen Augen. »Und würdest du wirklich deinen alten Vater allein lassen, in diesem dunklen Haus – nur die Bäume und ich? Mit wem würde ich mich dann abends unterhalten?«

»Ich weiß nicht, was ich tun soll.«

Nach dem dritten oder vierten Brief schob er seinen Stuhl zurück.

»Was du schreibst, ist immer wieder das gleiche. Jetzt hör mir mal zu. Gut, dir gefällt es also nicht, wie sich die Dinge entwickeln. Es ist nicht hundertprozentig perfekt, das weiß ich auch. Heißt das aber, daß es ein Fehler war? Ich weiß es nicht. Ich entschuldige mich. Ich will nicht, daß meine Tochter den Kopf hängen läßt, als wäre dies der Weltuntergang. Aber was willst du? Ich vermute, du weißt es selber nicht. Habe ich recht? Dieser Mr. Cave – Roy – du kennst den Mann doch kaum –, so schlecht ist der gar nicht. Ich dachte sogar, er gefiele dir. Zumindest hast du nicht die Nase gerümpft. Hast du dich mal mit ihm unterhalten? Ich schon – ziemlich viel sogar. Ich glaube, er ist ein kluger Mann. Ganz abgesehen davon, daß er anständig ist, da gibst du mir doch recht. Er ist ein ordentlicher Mensch, kein Liederjan. Fest steht, daß er jede Menge über Bäume weiß.«

»Das habe ich bemerkt.«

Ihr Vater legte ihr die Hand auf die Schulter. »Wir können nur abwarten.«

Draußen schlug sie den Weg zum Fluß ein. »Was hast du vor?« hörte sie die Stimme ihres Vaters. Sie wußte nicht, was ihr geschah. Sie ging schnell, und als sie die Bäume erreichte, hielt sie inne, und in der Stille berührte sie unwillkürlich, wenn auch nur einen Augenblick lang, den nächsten der gleichmäßig verteilten Stämme. Die Eukalyptusbäume, die ja an allem schuld waren, schenkten ihr einen Moment der Ruhe.

9
Maidenii

Das ist der Baum, den Holland seiner Tochter zum Geburtstag schenkte. Als sie dreizehn wurde.

Sie kam früh in unverhohlener Vorfreude in sein Zimmer. Holland konnte nicht umhin, ihre Aufregung zu bewundern. Um den Augenblick in die Länge zu ziehen, spielte er auf grausam-väterliche Art den Ahnungslosen und tat überrascht, als wüßte er nicht, welcher Tag es war. Dann, als Zweifel Ellens Gesicht umwölkten, zeigte er auf den Schrank.

Weder die Unmengen von blauem Geschenkband um den Terrakottatopf noch die Erklärung, was der botanische Name genau bedeutete, konnten ihre Enttäuschung verbergen. Statt sich beschenkt zu fühlen, fühlte sie sich beraubt. Es war, als machte er sich selbst ein Geschenk, und dazu noch ein ganz gewöhnliches. Was sollte sie mit einem Baum? Auch die Zeremonie des gemeinsamen Pflanzens, auf dem nördlichen Hügel in Richtung Stadt, machte sie nicht glücklicher.

Die Jahre vergingen im unauffälligen Gleichmaß. Nach und nach war eine Unzufriedenheit in ihr gewachsen, sie wußte nicht, warum. Als die Zeit der Freier begann, die mit ihren Lastwagen, Autos, Motorrädern, mit dem Zug oder zu Fuß kamen, hatte Ellen wieder die schöne Gewohnheit aufgenommen, zwischen den vielen unterschiedlichen Eukalyptusbäumen umherzuschlendern oder einfach zu verweilen. Dort war sie eines Morgens, als sie sich an ihren Baum, den *E. maidenii*, erinnerte, und nach etlichen Stunden fand sie ihn endlich ganz am Rand des Besitzes, wo der Boden feucht und schwer war, weit entfernt vom Haus.

Ellen trat zurück und lächelte bei dem Anblick, der sich ihr bot.

Auch er war, wie sie, gewachsen: ein schlanker, aufrechter, blasser Baum. So zart war die Schönheit seiner sich spreizenden Äste; in Ellens Augen war er weiblich.

Spontan hatte sie den Wunsch, mit einem Besen die übliche Unordnung auf dem Boden zu beseitigen und die Erde um den Baum sauberzufegen. Von allen Eukalyptusbäumen auf dem Anwesen gehörte dieser ihr. Und sie wollte, daß er herausragte, rein gefegt – so wie ein Kriegerdenkmal in der Kleinstadt mit Wasser und Seife abgewaschen wird.

In dem Moment fiel Ellens Blick auf einen langen, rostigen Nagel, der in den Stamm gehämmert war. Das konnte nur ihr Vater gewesen sein – wer sonst? Es gab ihr ein seltsames Gefühl. Weniger, als wäre der Nagel in sie selber eingedrungen, sondern vielmehr ein vages Staunen darüber, einen stählernen Gegenstand in die Weichheit der Natur gebettet zu sehen. Auf dem Boden rundherum fanden sich keine anderen Zeichen menschlicher Anwesenheit, keine Maschendrahttrommel, keine zerbeulte Bierdose, keine verblichene Zigarettenpackung, auch keine Patronenhülsen bei den Kaninchenhöhlen.

Der Zweck des Nagels blieb für den Moment ungeklärt.

Der Tag war heiß, die Hitze sirrte. Vor dem Baum, wie vor einem langen Spiegel, nahm sie ihre Brüste und hob sie, entgegen der Schwerkraft, sanft an. Sie hatte den undeutlichen Wunsch, sich selbst zu küssen. Wären die rötliche Erde, die toten Blätter, die trockenen Zweige und Gräser, die Ameisen und die unnahbaren und stacheligen Eukalyptusbäume nicht so abweisend, so wenig anteilnehmend gewesen, hätte sie die Kleider abgelegt; sie hätte alles ausgezogen und sich der allgegenwärtigen Wärme und Weite der Landschaft gezeigt. Sie war in dem Alter.

E. maidenii ist mit tasmanischen und den Blaugummibäumen (*E. globulus*) des Südens verwandt, ein sehr kräftiger Baum.

Der Stamm hat an der Basis einen kurzen Stutzen grauer Rinde, der obere Teil ist glatt und gepunktet. Sein frisches Laub ist auffällig und hübsch im Unterholz.

10
Torquata

Immer noch drängt sich die Landschaft auf (doch nicht mehr lange). Auf einer der Weiden treibt ein Scherschuppen aus blankem Holz auf seinem Schatten, die durchhängende Linie eines Zauns vertäut ihn mit dem Wohnhaus. Eigentlich versteht es sich von selbst, daß das Land mit Drähten durchzogen ist. Die schnurgerade Linie ist sofort als ein eindeutig menschlicher Eingriff erkennbar.

Ozeane wogender Gräser – golden im Sommer, wie schon erwähnt. Oft wird davon geschrieben, daß es auf unseren Feldern und Wiesen ein Wogen und Peitschen ist wie auf den großen Ozeanen des Erdballs; dann wieder können sich einzeln stehende Stiele in einer leichten Brise wie goldene Haare auf dem Arm eines Seemanns biegen. Nachmittags auf einer Weide: Eukalyptusbäume hier und dort wiederholen sich im rechten Winkel auf dem Boden, zusammengepreßt wie Tintenkleckse oder Daumenabdrücke auf einem Löschblatt. Und überall die scheinbar planlose Anordnung in der Natur. Diese zufällige Unvermeidbarkeit ist es – die schräge Linie des gestürzten Baumes, die Senkrechte der anderen durchbrechend –, die dem Auge Ruhe gönnt.

Am liebsten hielt sich Ellen in der Nähe der alten Brücke auf, wo die heitere Geometrie der Eukalyptusbäume ein wenig der

Möglichkeit Vorschub leistete, daß auch sie elegant war – es war so etwas wie Eleganz. Und das Plätschern des nahen Flusses in der Biegung war ein Trost, auch eine Alternative.

Nachdem sie jetzt ihren eigenen Baum wiederentdeckt hatte, nahm sie sich vor, ihn gelegentlich zu besuchen, auf der anderen Seite des Hügels.

An einem frühen Nachmittag hörte sie dort Stimmen, Männerstimmen, obwohl niemand erwartet wurde. Die von Holland festgelegten Regeln sagten, daß ein Bewerber seine Prüfung an jedem beliebigen Punkt auf dem Anwesen beginnen und beenden konnte, und Mr. Cave hatte vorgeschlagen, daß sie zur Abwechslung einmal am unteren Ende anfangen sollten. Die Vögel auf den Zweigen lärmten, einige sandten Warnsignale aus; ein Kaninchen, dann zwei, liefen im Zickzackkurs, der den Jäger anlockt, und ganz in der Nähe sah Ellen die Sprünge eines Wallaby.

Sie blieb hinter dem blassen Baum stehen, wo es doch besser gewesen wäre, vorzutreten.

Dieser Mann, mit Namen Mr. Cave, hatte den halben Kontinent durchquert und kam jetzt beharrlich auf sie zu, um sie wegzuholen. Er war es. Die Eukalyptusbäume standen hier ziemlich dicht. Er ließ sich davon nicht aufhalten. Mit gleichbleibender Stimme benannte er einen jeden im Vorübergehen, während Holland ihm murmelnd zustimmte, bis sie schließlich ganz nah waren.

An diesem Tag trug Mr. Cave ein Hemd mit Krawatte, und auf seinem Rücken hatte sich ein Schweißfleck von der Form Papua Neuguineas ausgebreitet, während Hollands Gesicht eine blaßrote Farbe hatte – ein Korallenfisch, der sich durch die Bäume bewegte. Sie sprachen über Schlangen, ihre verschiedenen Größen, wo man sie gesichtet hatte, wie man beinahe auf eine getreten war, und so weiter. Die Geschichten, die Männer über Schlangen erzählen, unterscheiden sich nur in ihrer Länge.

»Sie kriechen einem in den Schlafsack, der Wärme wegen«, sagte Cave. »So etwas ist schon passiert.«

»Nicht nur haben wir alle Eukalyptusbäume hier, sondern auch die giftigsten Schlangen!«

»Das habe ich bereits gehört.«

Sie waren auf der anderen Seite des Baumes. Es blieb Ellen keine Zeit mehr, plötzlich hervorzutreten.

»Seeschlangen. Ich hoffe bloß, daß ich nie einer begegne. Ein Seifenrindenbaum, und der große da ist ein *kirtoni*. Das ist doch wenigstens ein richtiger Eukalyptusbaum! Der würde sich gut als Postkartenmotiv machen. *Maidenii*, hab ich recht? Den mochte ich schon immer besonders gern.«

Der Schatten ihres Vaters nickte.

»Und Sie müßten schon ziemlich weit reisen, wenn Sie ein schöneres Exemplar sehen wollten. Auch wenn ich es bin, der das sagt.«

In diesem Moment beobachtete Ellen – fast vergaß sie, wo sie war – das lässige Gehabe der Männer. Diese beiden kramten jetzt in ihren Hosen, und Mr. Caves Hand, die näher war und besser zu sehen, kam wieder heraus und hielt ein weiches Ding, dessen halb geschlossenes Auge Ellen musterte. Sie pißten, Mr. Cave, ihr Vater, und richteten den Strahl gegen den Stamm.

Sie kam zu dem Schluß, daß beider Verhalten auf gleichgültige Weise ganz anders war als ihres, und das verwirrte sie. Da standen sie nebeneinander, und sahen an sich hinab und an den Bäumen hinauf. Für Ellen paßte das irgendwie zu der Art, wie Mr. Cave über die Landschaft schweifte, ähnlich dem Kegel eines Suchlichts, und alles verschlang. Irgendwann würde er auch sie verschlingen.

Im Schutz des Stammes wurde Ellen schlecht. Außerdem war sie verärgert. Als die Männer fertig waren, hörte sie einen der beiden atmen.

In der Erwartung, entdeckt zu werden, schloß Ellen die Augen. Aber soweit war es nicht, noch nicht.

II
Nubilis

Ein neuer Bewerber mit beeindruckenden Empfehlungsschreiben stellte sich vor. Ihm wurde bedeutet, daß er warten müsse, bis Mr. Cave fertig sei.

Er hatte einen roten Bart, und sein Name war Swingle. Seine Stelle in der Verwaltung des Botanischen Gartens in Melbourne hatte er verloren, weil er Forschungsreisen unternommen hatte, die nicht genehmigt waren. Es war nämlich sein Ehrgeiz, eine unbekannte Eukalyptusart zu entdecken, oder wenigstens eine Unterart, damit sie nach ihm benannt würde, so wie andere eine Spur von sich in den Namen von Schmetterlingen, Rosen, Farnen – und natürlich in denen von Eukalyptusbäumen – hinterlassen haben. Wenn Miss Mary Merrick für ihre langjährigen Dienste in der Bücherei der Royal Botanic Gardens in Sydney mit einem *E. merrickiae*, besser bekannt unter dem Namen Kelchmallee, belohnt wurde, warum dann nicht er? Eine Art war nach einem gewissen Mr. H. S. Bloxsome benannt worden, bloß weil sie zufällig auf seinem Land im Südosten von Queensland entdeckt wurde …

Swingles schlichter Wunsch nach Unsterblichkeit hatte ihn auf entlegenes und schwieriges Terrain geführt. Auf einer seiner einsamen Reisen hatte er sich den Arm gebrochen. Erst kürzlich war er auf einer Felsbank in den Grampians auf das einzige Exemplar eines bislang unbekannten Zwergeukalyptusbaums mit extrem schmalen Blättern getreten und hatte es zerstört. Es war passiert, und er hatte es nicht einmal gemerkt.

Seltsamerweise war er ein bescheidener Mann. Und als die Verwirklichung seines sehnlichsten Wunsches immer unwahrscheinlicher wurde, nahm Swingle, wie man so sagt, eine *philosophische Haltung* ein – das heißt eine bedauernde, keine verbitterte.

Die wissenschaftlichen Namen der Bäume folgen keinem Muster. In gewisser Weise liegt darin eine anziehende, amateurhafte Zufälligkeit, so wie auch die Verteilung der Bäume etwas Zufälliges hat. Manche Namen beschreiben die Rinde, die Blätter und so weiter; die Namen von Städten oder Gebirgen in der Nähe des natürlichen Standorts einer Art werden verlängert und *latinisiert*; einige Forscher und ein paar an Bäumen interessierte Politiker haben ebenfalls ihre Spuren hinterlassen; viele professionelle Pflanzensammler sowie einige, die aus Liebhaberei sammeln, und ein paar Aquarellmaler sind auch geehrt worden. Der Reverend E. N. McKie, ein Pfarrer der presbyterianischen Gemeinde in Guyra, war ein Fanatiker, der sich auf Fadenrindenbäume spezialisierte – McKies Fadenrindenbaum (*E. mckieana*).

Oftmals gibt der gemeine Name eine sehr bildhafte Beschreibung: Lederjackenbaum, Trauereukalyptus, Geistergummibaum, Coolibah, um nur einige zu nennen.

Wie hat der *E. nubilis* seinen Namen bekommen? Nubilis bedeutet heiratsfähig.

12
Baxteri

Die Geschichte ist keineswegs ungewöhnlich oder auffallend.

Sie wurde Ellen von einem Mann erzählt, den sie wenige Tage zuvor kennengelernt hatte (der also praktisch ein Fremder war). Er hatte eine umständliche Art, Geschichten zu erzählen, es war als erfände er sie gerade erst. Hinzu kam, daß er sie unter einem Baum erzählte, in dem Krähen lärmten. Außerdem fügte er einige sachliche Informationen hinzu, die zu überprüfen sie außerstande war und die nur wenig mit dem Hauptstrang der Geschichte zu tun zu haben schienen. Trotz all dieser Abschweifungen fand Ellen die Geschichte sehr eindrucksvoll, mehr was ihre mögliche Bedeutung betraf – mit anderen Worten, aufgrund dessen, was unausgesprochen blieb.

Ein junger Mann, so erzählte er, sei von Großbritannien nach Bombay gereist, wo er sich ein Zimmer in dem berühmtesten Hotel in Indien nahm, dem Taj Mahal, das Ende des letzten Jahrhunderts von seinem Urgroßvater entworfen worden war. Er wollte sich mit eigenen Augen überzeugen, ob das Gebäude tatsächlich in seiner Positionierung zur Meeresküste »tragisch« angelegt worden war. Es steht oder scheint dem »Tor nach Indien« gegenüberzustehen, und das Meer ist hier an jedem Tag des Jahres so braun wie die Menschen, die es vom

Strand aus betrachten. In seiner Familie erzählte man die Geschichte, der Urgroßvater habe die Entwürfe für das Hotel, bis hin zum letzten Türknauf und der Breite der Fußleisten, gezeichnet und jede Einzelheit seiner Pläne verteidigt, als hinge sein Leben davon ab. Irgendwie gelang es ihm, das unglaublich extravagante Treppenhaus durchzusetzen sowie die alles beherrschende Kuppel, die keine andere Funktion hatte als die, dem Hotel Ähnlichkeit mit einem Opernhaus oder mit der Börse zu verleihen. Das Genie eines Architekten äußert sich zum großen Teil darin, daß er aus Streitigkeiten als Sieger hervorgeht. Zufrieden schiffte sich der Architekt zu einem Heimaturlaub im Mutterland ein.

Keiner weiß, was ihm in London widerfuhr. Etwas geschah. Wie nicht anders zu erwarten, war die Rede von einer Frau.

Statt der vorgesehenen vier Monate blieb er anderthalb Jahre fort. Als er nach Bombay zurückkehrte, näherte sich sein grosses Projekt der Vollendung. Mit einem einzigen Blick sah er, daß die Baumeister das riesige Gebäude falsch herum gebaut hatten: Es blickte nicht aufs Meer! Der Überlieferung nach riß er sich daraufhin buchstäblich die Haare aus und stürzte sich in einem Akt des Protests und unermeßlicher Enttäuschung vom obersten Punkt des halbkreisförmigen Treppenhauses zu Tode.

Der Urenkel des Architekten stellte sich der Hotelleitung vor. Zwar wollte man die Gerüchte um den Tod des Architekten weder bestätigen noch leugnen, doch gab man ihm zu einem günstigen Preis ein Zimmer mit Blick aufs Meer. Sodann ging er auf die Straßen hinaus. Was seine eigene berufliche Laufbahn anging, war er unentschlossen. Ein paar Tage lang war er krank. Im übrigen war sein Besuch … folgenlos.

Jetzt nehmen wir den Faden an unserer eigenen Tür wieder auf. Statt nach Großbritannien zurückzufliegen, kam der junge

Mann nach Sydney und machte sich, nachdem er dort ein paar Tage am Strand verbracht hatte, auf den Weg nach Bathurst.

Bathurst? Die kälteste Stadt von New South Wales? Er war jedoch ein Mensch mit Geschichtsbewußtsein, er war die Personifizierung des Englischen. Und Bathurst war der westlichste Punkt, den Charles Darwin achtzehnhundertsoundso erreichte. Im Stadtpark gibt es eine Tafel, auf der das steht.

Jetzt ist er also in Bathurst, unser Reisender aus Großbritannien.

In Bathurst aber, beziehungsweise am Stadtrand von Bathurst, erfährt die Geschichte eine jähe Wendung. Am zweiten Tag spazierte er am Fluß entlang, als er zwei braune Schlangen sah – die eine war im Begriff, sich zu häuten. Er tötete die falsche und wurde in eine Frau verwandelt. So war es offenbar passiert.

Das letzte, was man von ihm hörte, war, daß er in Seattle lebte – oder war es San Francisco? – als Frau.

Das Gerichtsgebäude in Bathurst ist so grandios, daß es fehl am Platze wirkt. Zu Beginn der Kolonialzeit wurden die Pläne für Verwaltungsgebäude in Whitehall erstellt. Es heißt, daß die Pläne für das Gerichtsgebäude in einer indischen Stadt irrtümlicherweise nach Bathurst geschickt wurden, während die Stadt in Indien das viel bescheidenere Gerichtsgebäude erhielt, das für Bathurst völlig ausreichend gewesen wäre.

Aber das ist eine andere Geschichte.

13
Microtheca

Ellen war Zeuge, als Mr. Cave ins Stolpern geriet. Einen Moment lang schien er am Ende, doch wie es sich für einen Monarchen geziemt, bewahrte er die Ruhe. Fast gleichgültig wandte er den Blick von dem fraglichen Baum ab, einem empörend unauffälligen und verteufelt unscheinbaren Mallee, der sich gerade so am Leben hielt – dem buschigen *E. fruiticosa*, leicht zu verwechseln mit dem *E. foecunda*.

Er schnitt ein Thema an, das nichts mit dem hier zu tun hatte, nämlich wie man auf diesem, dem trockensten aller Kontinente, das Problem der Flüsse in den Griff bekommen könnte, die alle viel zu hastig dem Meer zufließen – ein Versehen der Natur, das ein riesiges, unfruchtbares Zentrum zur Folge hat, ein Gebiet absurder Leere, nutzlos für alles Leben, außer daß es zu Millionen schlechter Photos anstiftet und die Phantasie von Politikern, Journalisten und anderen erfindungsreichen Denkern beflügelt. Ellen, die gerade eine Thermoskanne Tee brachte, bemerkte, daß seine Sätze schleppend kamen und er immer wieder verstohlen zu dem Laub des Baumes hinüberblickte.

Dann brach er ab und schwieg. Für Mr. Cave – und für Ellen, die wartete – dehnte sich das Schweigen zu einer bedeutungsschweren Minute und mehr aus.

Ellen war es, die unruhig wurde. Sie wollte die Augen

schließen, wollte irgend etwas tun, um die Möglichkeit ihres Davonkommens zu fördern.

Er riß ein Blatt ab.

»Ein Eukalyptusbaum, der keinen gemeinen Namen hat«, sagte er, das Gesicht immer noch abgewandt. Und in einem Ton unterdrückten Eifers, wie man ihn ursprünglich aus den Quizshows des staatlichen Fernsehens kennt, sagte er den korrekten Namen, auf lateinisch.

Danach mochte Ellen nicht länger zuschauen, und ohne ein Wort ging sie zum Fluß hinunter. Die Gedanken schossen ihr wild durch den Kopf, als liefe sie zwischen den Bäumen hin und her: eine von ihrem Vater eingefädelte Ehe; mehr für ihn als für sie selbst; eine Ehe auf Distanz, in die sie nicht einwilligte, die ohne ihr Zutun zustande kam; ihre ganze Freiheit ihm, dem Mann aus Adelaide, geopfert; eine Pflichtehe, mehr nicht. Und ihr Vater, so schien es, sprach mit ihr in einem betont leichten, oft neckenden Ton.

Die Stille der Bäume hatte eine beruhigende Wirkung. Dennoch hätte sie in ihrer Verzweiflung beinahe eine Art Tierlaut ausgestoßen.

Und als die Anzahl der in regelmäßigen Abständen stehenden Bäume neben ihr und hinter ihr immer größer wurde, empfand sie eine vage Freude bei dem Gedanken, daß sie vor ihnen, den beiden Männern, »weglief«.

Silbriges Licht fiel schräg zwischen den reglosen Stämmen hindurch, als käme es durch schmale Fenster. Der Schlüssel zu den Kathedralen liegt im Wald. Das gewölbte, dem Himmel zustrebende Dach, die Säulen in glatter Nachahmung der Bäume, selbst das obligatorische Echo – alles ist so berechnet, daß der Mensch sich klein fühlt und in ihm ein unerklärliches Gefühl des Staunens ausgelöst wird. In einer Kathedrale wie im

Wald würde jedes kleinste Scharren zarte Gefühle zertrampeln. Aus diesem Grund ging Ellen unwillkürlich auf Zehenspitzen.

Wo die mathematische Ordnung endete und sich zum Licht und in den Raum öffnete, beschloß Ellen umzukehren, als etwas auf dem Boden unter einem Baum plötzlich ihren Blick anzog. Einen Augenblick lang dachte sie, es wäre ein Bündel Kleider, das ihr Vater dort hatte liegenlassen. Weiche Körperformen heben sich gegen das Unterholz ab, die Bäume und das Gebüsch bilden plötzlich den Hintergrund.

Es war ein Mann, der im Schatten lag, ein Fremdkörper auf ihrem Land.

Sie dachte: Noch ein Freier!

Schon wollte sie zum Haus zurückkehren, als sie statt dessen ein, zwei Schritte nach vorn machte. Ein paar Minuten lang blieb sie ganz still stehen, und nichts um sie herum bewegte sich. Und wenn er tot war? Sie ging noch ein paar Schritte auf ihn zu. Falls er schlief, würde sie ihn sich genauer ansehen. Sie wollte sein Gesicht sehen.

Doch sein Kopf war halb vergraben in seiner Armbeuge, beides lag in tiefem Schatten. Um sein Gesicht sehen zu können, hockte sie sich zögernd hin.

Sie war so nah, sie hätte ihn berühren können.

Er war unrasiert. Die Haut sonnengebräunt. Er mußte viel draußen gewesen sein. Ein Wandersmann. Was zunächst wie ein Knüppel ausgesehen hatte, hart und schmal an seiner Seite, erwies sich als abgeschabter schwarzer Kasten für wissenschaftliche Instrumente, keine Musikinstrumente. Hierzulande würde man sein Haar als lang bezeichnen. Für Ellen war es Sydney-Haar. Auch seine Kleider waren unbekümmert abgetragen, von guter Qualität.

Während Ellen ihn betrachtete, bewegten sich seine Lippen. »Er träumt«, dachte sie, und: »Was ein Mann hier draußen, unter einem Baum, wohl träumt? Woran würde jemand wie er denken?«

Den männlichen Körper betreffend, und zwar die sichtbaren Teile: sie tragen Narben. Männer ziehen sie sich wohl unwillkürlich zu. Sie *tragen* ihre Narben, so wie Frauen Schmuck tragen. Eine Narbe zu tragen, bedeutet, eine Geschichte zu haben. Allein die Ahnung davon erhöht die Ausstrahlung eines Menschen. Unter jeder Narbe verbirgt sich also – eine Geschichte, leider.

Ellen betrachtete den kleinen, durchsichtigen Fleck unter dem Auge, eindeutig eine Träne; in dem Moment öffnete sich das Auge und sah sie an.

Ockergrün war das Auge. Unter den gegebenen Umständen, durchwirkt von unzähligen Zufällen – bei dem grellen Licht und dem gefilterten Schatten –, war es die Augenfarbe, die Ellen erwartet hatte.

Doch er blieb regungslos liegen, bewegte nicht einmal den Ellbogen. Es war, als läge er – auf ihrem Land – im Bett.

Sie war überrascht, als sie als erste sprach: »Was wollen Sie?«

»Wer sind Sie denn?«

»Das tut nichts zur Sache!« Ellen stand auf. Er war frech. Ellen tat so, als müßte sie Blätter und Zweige von ihrem lose fallenden Baumwollkleid bürsten, und wollte schon gehen. Da setzte er sich auf. Er war älter als sie, wenn auch längst nicht so alt wie ihr Vater oder Mr. Cave. Dreiunddreißig vielleicht, nicht mehr.

»Als ich gerade meine Augen öffnete, sah ich anstelle von Sternen … lauter Punkte vor mir.«

Ellen wußte nicht recht, wovon er sprach. Sie machte Anstalten zu gehen. »Sie haben im Schlaf gesprochen.«

»Das ist nicht so interessant, wie es klingt. Was habe ich gesagt?«

»Irgendeinen Namen.«

Er lachte und blieb so liegen, auf die Ellbogen gestützt, in einem Winkel zu den Ästen und den herabhängenden Blättern über ihm.

»Wie heißt dieser tragisch aussehende Baum? Ich hätte mir einen besseren aussuchen sollen. Wenn ich mich nicht irre, ist es ein –«

Wie der Zufall es wollte, war der *E. microtheca*, bekannt als Coolibah, einer der wenigen Eukalyptusbäume, die Ellen kannte, und zwar nur weil ihr Vater sich oft über dessen schockierende historische Bedeutung lustig gemacht hat, die »Geschichte der flachen Gräber«, wie er sie nannte.

Aber der Mann nannte den Namen des Baumes gar nicht.

Vielleicht war er doch kein weiterer Freier, der sich auf dem Anwesen herumtrieb. Mit einem Stirnrunzeln fiel ihr ein, daß ihr Vater sie fast täglich vor Männern und deren Worten warnte. Dieser hier hatte bisher kaum etwas gesagt. Sie sah ihn verstohlen an, aber er blickte nicht einmal in ihre Richtung. Sein gebräuntes Gesicht war von ihr abgewandt, von etwas anderem gefangengenommen.

Das ging nicht an, daß er hier saß, wie es ihm gefiel! Gleichzeitig spürte Ellen ein schwaches, sich ausbreitendes Wohlgefühl, weil sie beide es ohne weiteres zulassen konnten, daß sich ein Schweigen zwischen ihnen öffnete. Doch sobald ihr das bewußt wurde, ärgerte sie sich und wollte ihm das zeigen, sie wußte nicht, warum.

»Warum setzen Sie sich nicht? Oder ich stelle mich hin. Ich

mag das nicht, daß Sie mich turmhoch überragen. Das macht keinen Sinn.«

Er wartete nicht, sondern stand auf, worauf Ellen leise lächelte.

Wieder wandte er den Blick ab. »Wissen Sie ...« Er ging umher, die Hände in den Taschen. Einfach nur so tanzte er eine Art irischer Gigue, was Ellen beinahe zum Lachen gebracht hätte – als wäre er, ein Fremder, erfreut, sie zu sehen.

Das reichte nun, und sie wollte gehen, aber jetzt sprach er mit ihr, obwohl er ihr den Rücken zuwandte.

Dann zog er einen Streifen Rinde ab. Als er sich umdrehte, glitten die Schatten zitternd über sein Gesicht wie Federn oder Wasser.

»Wissen Sie ...«, fing er an, »in Melbourne lebt eine Frau, nicht weit vom Fluß, dem Dscharrah. Viele Jahre lang arbeitete sie in der Bourke Street für eine Anwaltskanzlei, die sich auf Erbschaftsangelegenheiten spezialisiert hatte.«

Er räusperte sich und warf Ellen einen Blick zu, ein paar Schritte entfernt.

»Sie war in Osteuropa zur Welt gekommen, in einer Stadt mit vielen Brücken. Ihr Vater hatte einen dunklen Schnurrbart und sehr krauses graues Haar. Sein Haar muß wie ein Sturzbach gewesen sein oder wie der Fluß hier bei einer Überschwemmung. Er trug den Mantel über die Schulter geworfen, wie es die Männer in jener Stadt heute noch tun ... Das ist eine merkwürdige Gewohnheit, fast etwas feminin, finden Sie nicht auch? Die Frau erfuhr zum ersten Mal, daß ihr Vater ein berühmter Tenor war, als er bei einem Picknick in einem Kiefernwald – sie war damals noch ein Kind – laut lossang. Auch ihre Mutter war Sängerin. Sie kam aus einer wohlhabenden alten Kaufmannsfamilie.

Ja, in dem Land gab es ein tyrannisches politisches System. Es war die Regierung der *Betonköpfe*. Keiner konnte das Land ohne Erlaubnis verlassen. Und selbst wenn man eine Erlaubnis bekam, durfte man kein Geld mitnehmen. Deshalb dachten sich die Menschen alle möglichen Schliche aus.

Unter einem Baum im Garten hatten die Eltern der Frau eine wertvolle Briefmarkensammlung aus dem neunzehnten Jahrhundert vergraben, mit seltenen Stücken vom Kap der Guten Hoffnung, aus Mauritius und Tasmanien. Sie hatten sie von jemandem aus der Familie der Mutter geerbt. Einmal im Jahr ging der Tenor mit dem Schnurrbart zu dem Baum im Garten, grub die in Wachstuch eingeschlagene Emailledose aus und entnahm ihr mit einer Pinzette« – hier starrte der Mann Ellen aus einem Auge an – »eine einzige wertvolle Briefmarke, die sie dann einfach in einen Umschlag steckten und in Genf für harte Währung verkauften. So führten sie ihre Konzerttourneen in Europa durch.

Der Vater hatte die Tochter immer verwöhnt. Von seinen Reisen brachte er ihr jedesmal teure Geschenke mit. Wenn er sich mit seinen Freunden im Café traf, nahm er sie manchmal mit. Mit ihnen war er laut und lärmend. Manchmal schlief sie ein, die Hand in seiner Tasche. Einige Male machte er sie mit Frauen in schönen Kleidern bekannt, die anscheinend nie aufhörten zu lachen – manche trugen Hüte mit Schleiern, und an ihrem Teekuchen und ihren Gläsern hinterließen sie Spuren von Lippenstift.

Inzwischen war sie zu einer jungen Frau herangewachsen. Ja, man konnte durchaus sagen, daß sie von schwermütiger Schönheit war. Ein rothaariger Jurastudent hegte keinerlei Zweifel daran. Aber sie konnten sich auf der Straße oder im Café nur flüsternd unterhalten. Ihr Vater duldete es nicht, daß er in ihr

Haus kam oder sie gar besuchte. Wenn nur sein Name erwähnt wurde, brauste der Vater auf. In seinen Augen hatte der junge Mann nichts, was ihn empfahl. Daß der Student wegen politischer Aktivitäten observiert wurde, verschlimmerte die Sache noch.

Man sagte ihm, es habe gar keinen Sinn zu schreiben. Jeder Brief würde vom Vater abgefangen und verbrannt.«

Ellen betrachtete prüfend sein Gesicht, das halb in der Sonne war, um zu sehen, ob er sich das alles, während er sprach, ausdachte.

Er ließ sich Zeit, dann erzählte er weiter.

»Ein paar Briefmarken waren noch übrig. Um die Tochter von dem Studenten abzulenken, der sich, wie der Vater entdeckte, heimlich mit ihr traf, nahm er sie auf eine Reise mit – nur sie zwei allein. Zuerst fuhren sie in die Schweiz, um eine Briefmarke zu Geld zu machen. In Genf lernte er eine italienische *Diva* kennen. Was für eine *Primadonna* – wie im Bilderbuch! Die Tochter sah zu, wie ihr Vater ihr verfiel. Er umwarb sie, bis sie sein wurde. Die Tochter war dabei, als der Vater der *Diva* durch ganz Europa nachreiste. Endlich, in einem Fünf-Sterne-Hotel in Madrid, gelangte er ans Ziel. Fast zur selben Zeit ging ihnen das Geld aus! Sie mußten nach Hause zurück. Schluchzend, den Kopf an die Brust der Tochter gelehnt, sang er im Zug traurige Lieder.

Seine stämmige Frau wartete auf ihn, die Arme verschränkt. Ein Blick genügte, und sie wußte alles. Es war immer die gleiche Geschichte. Immer gab es irgendwo eine andere Frau. Diesmal beschloß sie, nichts zu unternehmen.

Aber er hatte seiner Frau nichts mehr zu sagen. Seine Gedanken kreisten ausschließlich um die italienische *Primadonna*. Er verlor den Appetit. Er konnte nicht schlafen. Er beschloß, noch einmal in die Schweiz zu reisen, diesmal allein. Plötzlich wollte seine Frau ihn mit aller Macht daran hindern. Sie kämpfte, sie weinte. Sie bat ihre Tochter um Hilfe. Die Tochter, die jetzt in Melbourne lebt – er hatte immer auf sie gehört. Und sie waren sich doch so ähnlich. Inzwischen war der rothaarige Student verhaftet worden. Er hatte die Wahl, ins Gefängnis oder außer Landes zu gehen.

Die Tochter schloß mit ihrem Vater einen Handel ab: Sie würden sich die restlichen Briefmarken teilen. Sie würde mit dem Studenten das Land verlassen, und er konnte zu seiner *Primadonna* gehen.

Der Vater schlug sofort ein.«

Beim Sprechen war dem Fremden anscheinend etwas am Himmel aufgefallen. Er kniff die Augen zusammen.

»Sie einigten sich auf den Tag der Abreise.«

Seine Stimme klang, als wäre er an der Hitze interessiert.

»Die Tochter gab sich Mühe, besonders nett zu ihrer Mutter zu sein, aber die Mutter wollte nichts davon wissen. Diese eingeschlossenen Länder, es ist nur verständlich, daß es da zu Verzerrungen kommt. Bei dem Baum im Garten kniete sie sich neben dem Vater hin, der nach der Dose mit den Briefmarken tastete. Sein Optimismus hatte etwas Kindliches – er summte eine fröhliche Arie vor sich hin. Sich vorzustellen, daß ein paar Bildchen auf Papier mit perforiertem Rand, die er in der Hand halten konnte, eine Lösung für ihr Leben bot!

Sie wußte noch, wie er ihr zugezwinkert hatte. Sie mußten Verschwiegenheit wahren.

Weniger als eine Stunde zuvor hatte sie die Briefmarkenpinzette noch benutzt, um sich die Augenbrauen zu zupfen. Jetzt hielt sie sie bereit, während er den Deckel der Dose öffnete. Der Mantel glitt ihm von den Schultern.

Die Briefmarken waren alle verbrannt worden. In der Dose war nur Asche, sonst nichts.

Jahre darauf gelang es ihr, das Land zu verlassen, und sie wählte ein Land, das so weit weg wie möglich war. Die anderen in der Geschichte, auch der Student, blieben und begegneten einander gelegentlich.«

Die arme, arme Frau, dachte Ellen. Und sie versuchte, sie sich vorzustellen, die Tochter, die jetzt als erwachsene Frau in Melbourne lebte – weit, weit weg von ihrem Heimatland. Wie konnte der Vater weiterleben? Zusammen unter einem Dach mit der Mutter? Eine Geschichte hört nie auf, das sah sie. In keinem Leben gibt es ein klares Ende. Es ist immer nur ein Anfang.

Sie wollte mehr erfahren. Aber den Fremden, den interessierte das nicht. Augenscheinlich waren seine Gedanken mit etwas anderem beschäftigt. So wie er sich wegdrehte, sie stehenließ, als wäre sie bloß ein Baum, weiter nichts ... das war unglaublich grob. Im Umkreis von einer Meile war sonst kein Mensch. Sein auffallend langes Haar und auch seine ruhigen Augen waren hier, in dem gleißenden Licht, ziemlich fehl am Platze.

Sie wollte ihm das zeigen, indem sie sich entfernte, doch da sah sie zu ihrem Erstaunen, daß er selbst in aller Ruhe davonschlenderte und sie unter dem Coolibahbaum stehenließ. Beide kehrten dem Baum den Rücken. Ellen hatte keine Lust, ihn wiederzusehen.

14
Camaldulensis

Manche Eukalyptusbäume waren so gewöhnlich, daß sie Mr. Caves Aufmerksamkeit kaum verdienten. Hin und wieder mußte Holland ihn zurückrufen und an die Grundregeln erinnern, die ihm am Anfang sorgfältig erklärt worden waren – so ähnlich wie ein Ringrichter bei einem Boxkampf die Kontrahenten in die Ringmitte holt und seinen Blick von einem zum anderen wandern läßt, während die Trainer mit leerem Gesichtsausdruck ihren Schützlingen den Nacken massieren –, und die Regeln besagten, daß jeder Bewerber jeden einzelnen Eukalyptusbaum benennen mußte, wenn er die Tochter zur Frau gewinnen wollte. Jetzt aber weiter.

Dennoch muß man zugeben, daß man fast alles auch als gegeben hinnehmen kann. Und es ist wahr, daß bestimmte Eukalyptusbäume in so üppiger Zahl vor unseren Augen vorbeiziehen, daß sie in ihrer Unauffälligkeit optisch in den Hintergrund treten und unsichtbar werden, wie es das Schicksal von Unkraut oder Telegrafenmasten ist.

Ellen hatte gelernt, wach zu sein für das Unerwartete hinter dem Gewöhnlichen. Alles und jedes in dieser Welt hat seine eigene Geschichte – das ist selbstverständlich –, die sich aus einer anderen Geschichte ergibt, und so weiter, in endloser Fortsetzung. Das Unerwartete kann, so hatte Ellen gelernt, durch einen Namen ausgelöst werden. Und es kann klein oder groß sein.

Der gewöhnlichste Eukalyptusbaum der Welt ist der Rotgummibaum. Hunderte von dieser Art säumten den Fluß auf Hollands Land. Dennoch – ein kleines Beispiel für das Unerwartete –, trotz seiner weiten Verbreitung hat man in Tasmanien keine Exemplare davon gefunden.

Im Laufe der Zeit haben sich viele Legenden um den Rotgummibaum (*E. camaldulensis*) gerankt. Das war nicht anders zu erwarten. Aufgrund seiner Häufigkeit gibt es hier und dort in der weiten Welt immer einen kräftigen Rotgummibaum, der gewissermaßen ins Auge springt; und wenn man den Flußläufen speziell auf unserem Kontinent folgt, prägen sie mit ihrer fransigen Form nicht nur die Landschaft, sondern sie schleichen sich grünlich in unser Bewußtsein hinein und lassen eine Hoffnung wider die kollektive, krähenkrächzende Trockenheit aufkeimen. Und als wäre das nicht genug, erhalten diese uralten Bäume durch ihre gewaltige, untersetzte Form und die Flecken und Warzen der Stämme ein großväterliches Aussehen und erwecken den Eindruck von einem langen Leben voller Erlebnisse, Eindrücke und Geschichten.

Seltsamerweise geht die erste Beschreibung des Rotgummibaums in der Literatur, trotz seiner weiten Verbreitung in Australien, auf ein Exemplar in einem ummauerten Garten des Kamaldulenserordens in Neapel zurück. Wie ist das möglich?

Ellen hörte ein paar Teile der Geschichte (fast wie der Kiel eines unfertigen Schiffes): Sie konnte sich darin zurechtfinden und sich Stimmen und Gesichter vorstellen. In ihrem Tagebuch notierte sie mögliche Erklärungen.

Gegen Ende des neunzehnten Jahrhunderts gelobte der

Kapitän eines Schaufelraddampfers – ein verwitweter Ire mit Wohnsitz in Wentworth –, seine Tochter zu töten!

Der Mann war in der Flußschiffahrt sehr gefragt. Er zeigte ein fast übernatürliches Navigationsgeschick und steuerte sein Schiff bis weit in die Sommermonate den Darling hinauf und hinab. Vielen war er ein vertrauter Anblick, wie er am Ruder stand, ohne ein Lächeln, und neben ihm, lächelnd und winkend, seine Tochter. Eines Tages bemerkten die Leute, daß sie da nicht mehr stand. Unmittelbar darauf wurde er langsamer und lief manchmal auf Grund, einmal mit einer Ladung Wollballen. Während er weiterhin den Fluß hinauf- und hinunterfuhr, war es nicht der Verlust an Aufträgen, was ihm Sorge bereitete, sondern sein Mißtrauen angesichts des Verhaltens seiner Tochter, und dieses Mißtrauen verstärkte sich jedesmal in Wentworth, wo der Darling mit dem größeren Murray zusammenfloß und sich mit ihm vereinte. Wenn er sich nicht sehr täuschte, dann hatte sich die Gestalt seiner Tochter ganz leicht verändert.

Es ergab sich, daß sein Verdacht begründet war. Seine Tochter, noch nicht ganz zwanzig, traf sich mit dem Sohn eines Viehzüchters. Die ganze Stadt wußte davon. Sie war schwanger. Das Paar floh einen Tag, bevor er von seiner wöchentlichen Flußfahrt zurückkehrte. Er machte sich auf und folgte ihnen. Dabei hatte er gar nicht die Absicht, seine Tochter zurückzuholen.

Jahre später – er hatte inzwischen einen großen roten Schnurrbart – spürte er sie bei den Kamaldulensern in Sizilien auf. Die Kamaldulenser sind ein kontemplativer Orden, dessen Mitglieder sich dem Schweigen, Fasten und der körperlichen Arbeit verpflichten.

Er wurde zu einer breiten Frau geführt, die mit einer Egge

den Boden bearbeitete. Nachdem der arme Mann um die Welt gesegelt war, rieb er sich verdutzt die Augen. Es war ihr grobes Gewand und der Ausdruck von Gleichmut; sie schien wie in einem Traum zu leben. Das Kind hatte man ihr weggenommen. Er stellte ihr Fragen.

Was dann geschah, war beinahe zu schnell vorbei, um aufgezeichnet werden zu können. Entweder im Zorn oder aus Erleichterung, oder um sie zum Sprechen zu bringen – niemand weiß es genau –, packte er sie bei den Schultern. Sie rangen miteinander im Garten und wirbelten Staub auf, sie schwankten und verhakten sich ineinander. So hatte Ellen es gehört.

In dem Moment, *so heißt es in der Geschichte*, fiel dem Schiffer ein schlafendes Samenkorn des Rotgummibaums aus dem Hosenaufschlag auf den Boden.

Es könnte sogar sein – und eigentlich wäre das die einzige Erklärung –, daß das Samenkorn bei dem zeremoniellen Kampf von Vater und Tochter an ebendieser Stelle mit den Absätzen in das karge Erdreich gestampft und getreten wurde. Denn bald nachdem er, ausgelaugt und erschöpft, verschwand, sproß ein grüner Trieb hervor.

Den pflegte die Tochter, bis er zu einem gesunden Schößling gewachsen war, und sie lebte so lange bei den Kamaldulensern, daß sie sah, wie sich der Schößling zu einem Baum, einem ausgewachsenen Rotgummibaum, entwickelte, zu einem Baum mit enormem Umfang, der den Garten beherrschte, während seine wassersuchenden Wurzeln Risse in den Mauern verursachten und die Gemüsebeete austrockneten. Es war der gleiche Baum, der den Darling, den sie nie wieder sehen würde, auf seiner ganzen Länge säumte.

15
Planchoniana

Ellen blieb im Haus. Um halb zehn morgens machte sie Tee für ihren Vater und Mr. Cave, der eine mit Rändern unter den Fingernägeln, der andere sauber und gepflegt. Und wenn sie losgegangen waren und ihre Stimmen, aus denen sie latinisierte Namen, Ortsnamen und gelegentlich einen Nachnamen heraushörte, verklungen waren, senkte sich jedesmal eine unermeßliche Stille über das Land und das Wohnhaus und drang in alle Winkel und jeden Raum – gewiß ist, daß nicht nur Wasser seinen Pegel findet.

Wenn Ellen wieder in ihr Zimmer kam, hatte sie immer viel in ihrem Tagebuch aufzuschreiben und zu erörtern. Hier ließ sie auch noch einmal ihre Begegnung mit dem schlafenden Mann an sich vorüberziehen. Es war in den heißen Tagen, als sie ihre Nacktheit im Spiegel betrachtete. Und sie wanderte davon, in Richtung Osten, nach Sydney, zum Rand der Stadt – Menschen, grelles Licht, das Blaugrün. In Sydney konnte sie einfach unter Menschen sein, unter Frauen, konnte sich (ohne unbedingt jemanden zu kennen) in die ständig überlappenden, ineinandergleitenden Bewegungen einfügen. Später am Vormittag kam die Hausarbeit an die Reihe. Während sie umherging und ihre Aufgaben erledigte, ließ sie ihren Gedanken freien Lauf. So, im langsamen Wechsel, verbrachte sie ihre Tage.

Im Wohnzimmer, wo sie die Socken ihres Vaters stopfte, stach sie sich in den kleinen Finger. Sie warf den Kopf zurück wie ein scheuendes Pferd.

Sie lutschte das Blut ab, dann wickelte sie den Finger in ein Taschentuch. Bald nahm sie ein frisches, der Finger blutete immer noch.

Mr. Cave stand vor ihr – diese Falten, seine Körperwärme. Er konnte also einen weiteren erfolgreichen Tag mit den Bäumen verzeichnen.

Er hielt ihr eine Eukalyptuskapsel hin.

»Für Sie«, sagte er. »Ich habe sie auf dem Weg gefunden. Das ist ein idealer Fingerhut.«

Ellen lächelte. Zum ersten Mal hatte er beschlossen, sie anzusehen. Mit gesenktem Kopf stülpte sie die Eukalyptuskapsel über. Sie paßte. »Hab ich's mir doch gedacht«, sagte er. Dicke Männer sind die besten Tänzer, hatte man ihr gesagt. Behutsam entfernte er das Taschentuch.

»Haben Sie Melasse in der Küche? Stecken Sie den Finger in den Topf. Es brennt wie Feuer, aber es stillt das Blut. Meine Mutter kannte den Trick. Sie kam vom Lande.«

Im Nebenzimmer rief ihr Vater nach ihm.

»Ihr Vater möchte mir etwas zeigen.«

Gedankenverloren steckte Ellen die Eukalyptuskapsel auf den blutenden Finger und begriff, daß Mr. Caves plötzliche Annäherung ein Zeichen seiner praktischen Einstellung war. Er wußte, daß er sie zur Frau bekommen würde, jeden Tag konnte es soweit sein. Er konnte sie ja nicht gut einfach so mit sich nehmen. Inzwischen hatte der Finger aufgehört zu bluten. Das lag an der Eukalyptuskapsel. Ellen wollte es Mr. Cave erzählen. Zu dem Zeitpunkt war sie mehr als bereit, zufälligen Ereignissen eine Bedeutung beizumessen.

»Fragen Sie doch Ihren Vater«, sagte er und brachte fast ein Lächeln zustande, »wie der gemeine Name des *planchoniana* lautet.«

16
Approximans

Und dann gibt es Geschichten (so die Erklärung), deren Substanz so mager ist, daß es Wunder nimmt, wenn sie überhaupt Geschichten genannt werden. Man kann sie in ein oder zwei Zeilen umreißen: Fragmente, ohne ein Ende – allzu sachlich. Sie sind Annäherungen an eine Geschichte oder bergen die Möglichkeit einer Geschichte. Sie sind mehr wie eine Rechenaufgabe. Die Kürze geht gegen das eherne Gesetz, das der gefeierte deutsche Koloß verkündete: »Alle guten Geschichten sind langsame Geschichten.«

Dennoch läßt es sich nicht leugnen, daß auch die kürzeste Anekdote (na bitte, wir sagen ja gar nicht »Geschichte«) eine sehr denkwürdige und nachhaltige Wirkung haben kann. Aus ähnlichen Gründen messen Künstler, wie wir wissen, Zeichnungen und flüchtigen Skizzen großen Wert bei.

In Rangoon stand nach dem Krieg in einem ehemals prachtvollen Hotel, das heute noch für Gäste geöffnet ist, ein Flügel der Marke Beale im Speisesaal. Beale ist ein australischer Klavierhersteller. Der Deckel war aus *Eukalyptusholz*. Und inmitten des Geschirrklapperns und Stimmengewirrs, unter dem Surren der Deckenventilatoren – vielleicht, weil es in Restaurants so üblich war – stand der Flügel immer offen. Es machte kaum etwas, daß der Beale, *made in Sydney*, schrecklich verstimmt war.

Ehefrauen von Plantagenbesitzern, Händler und Regierungsbeamte fanden Gefallen daran, sich in Gala zu werfen und in der ungeheuer feuchten Luft zu Walzer- und Foxtrottrhythmen, die auf dem Beale gespielt und von einer Geige oder zweien begleitet wurden, das Tanzbein zu schwingen. Klavier, Geigen und Feuchtigkeit: unendliche Melancholie.

Die fließenden Klänge, die bei hochgestelltem Deckel des Flügels durch den Raum schwebten, erzeugten gewiß bei nicht wenigen Paaren ein untergeordnetes, doch nachhaltiges Echo – die Komplikationen, die deutlichen Möglichkeiten; so viele verschiedene Geschichten müssen sich zwischen ausgewählten Menschen ergeben und wie Töne in der Luft gehangen haben, dank dem Beale mit dem hochgestellten Deckel. Der einsame Flügel in Rangoon oder vielleicht sogar der Deckel selbst wäre zur Quelle oder zum Kern einer Geschichte oder vieler Geschichten geworden. »Wenn Sie verstehen, was ich meine«, sagte er.

17
Imlayensis

Den möglicherweise seltensten Eukalyptusbaum, den Mount Imlay Mallee, haben vielleicht – grob geschätzt – ein paar Dutzend Menschen gesehen, die sich glücklich schätzen können. Es sollen überhaupt nur ungefähr siebzig Bäume existieren, alle in dem kleinen felsigen Areal unmittelbar unterhalb des Gipfels des Mount Imlay, ganz im Süden an der Küste von New South Wales. Die jungen Stämme sind grün – das Grün von Libellen oder Papageien –, bis die Witterung daraus ein Orangebraun oder Grau macht.

Wie Holland an einen Sämling gelangte, bleibt ein Geheimnis. In der Welt der Eukalyptusexperten grenzt man sich gegeneinander ab; Geschichten von Unwissenheit und Betrug verbreiten sich wie Buschfeuer und lassen sich ebenso schwer eindämmen. Die Fachleute wußten nie so recht, was sie von Holland halten sollten. Eigentlich gehörte er nicht dazu. Allerdings war es schwer, seine Hartnäckigkeit nicht zu bewundern.

Noch größeren Eindruck machte jedoch die Tatsache, daß es ihm gelungen war, auf seinem Land, so weit vom Meer entfernt, einen Mount Imlay Mallee anzusiedeln.

Vom Turm aus beobachtete Ellen, wie sich zwei Gestalten in der Ferne über eine Weide kämpften, als stünde ihnen der Wind entgegen. In gewissen Abständen wurden sie von einem

Baum verdeckt. Sie eilten auf direktem Weg zu dem Quarzgestein am südlichen Ende, wo der seltenste aller Eukalyptusbäume seinen Standort gefunden hatte. Sie wußte das, weil ihr Vater ihr beim Frühstück verschwörerisch zugezwinkert hatte. Doch aufgrund seiner Seltenheit war das Erscheinungsbild des Mount Imlay Mallee so eindeutig, daß seine Identifizierung ein leichtes sein mußte, wenigstens für jemanden von Mr. Caves Kaliber.

Ellen senkte den Kopf, als die Männer verschwanden. Sie hätte ohnehin nicht zusehen mögen. Jeder Baum, auf den Mr. Cave zusteuerte, brachte ihn einen Schritt näher zu ihr. Insofern war ihr Vater eine Art Antreiber. Er trieb sie fort. Es war warm auf dem Turm. Ellen konzentrierte sich auf ihre Zehen, und während sie ihr Knie betrachtete, mußte sie an die anderen Bewerber denken, an ihre Stimmen und ihre hoffnungsvollen Gesichter. Eine gute Stunde lang war ihr Blick auf das Knie gerichtet. Daß sie den schlafenden Mann gefunden hatte, lag schon ein paar Tage zurück. Es war nicht sein Haar, woran sie jetzt dachte, sondern sein befremdliches Verhalten. Seine abrupte Art war irritierend, schrieb sie in ihr Tagebuch.

Als sie wieder aufsah, hinaus auf die baumbestandene Weide – nicht dorthin, wo ihr Vater und Mr. Cave verschwunden waren, sondern in die entgegengesetzte Richtung –, konnte sie in der Nähe einiger ziemlich dicht stehender Bäume eine einzelne, sich bewegende Gestalt ausmachen.

Ein solcher Anblick war eine Seltenheit auf ihrem Anwesen. Es konnte der Mann sein, von mittlerem Wuchs, den sie schlafend unter dem Baum gefunden hatte. Sie eilte die engen Stufen hinab ins Freie, ins Licht, und erreichte schlendernd, aber entschlossen ungefähr die Stelle, wo er sein müßte.

Er war nirgendwo zu sehen, nur Eukalyptusbäume hier und

dort, die für Ellen in ihrer Ruhelosigkeit alle gleich aussahen. Genau wie ihr Leben, dachte Ellen: Von ihrem Vater kam die planlose Fülle, wie die Bäume zeigten, und im Zentrum lag ein ungelöstes Rätsel.

Was nun die grüne Bluse anging, die sie sonst nur zu besonderen Anlässen anzog, so fügte die ihrer gesprenkelten Schönheit eine gewisse Ungeduld hinzu.

18
Foecunda

Nachdem er viele Abenteuer auf seinen Wegen durch viele Städte und Länder und Wälder bestanden hatte, war er auf Hollands Besitz angekommen, das war am Anfang des Sommers. Er war hellwach, aber schwer zu durchschauen; vieles war ihm gleichgültig. Krankheit hatte ihn nachdenklich gemacht. Sonst hätte man ihn vielleicht für unverantwortlich gehalten.

Statt am nächsten Morgen wieder zu der fernen, langgestreckten Weide zu gehen, schlug Ellen den Weg zu den dunkleren Stämmen am Fluß ein, die von der Straße aus zu sehen waren.

Es war eine Form des Dahintreibens, fast wie beim Fischen.

Sie hatte nur eine Minute am stillen Wasser bei der Brücke gestanden, als jemand nach ihr pfiff. Statt sich empört abzuwenden, wie man es in der Stadt tat, drehte sie sich um.

»Ach, Sie sind noch da … Ich dachte, Sie hätten unsere Gegend längst verlassen.«

»Unsere Gegend«, sprach er ihr nach. Er stand ihr fast gegenüber. »Und davon abgesehen, was haben Sie unterdessen gemacht?«

»Ich versorge meinen Vater.«

»Muß er versorgt werden?«

»Wahrscheinlich nicht.«

»Vermutlich kann man das nicht immer mit Bestimmtheit sagen.« Er hatte die Arme verschränkt, war aber nicht unfreundlich.

»Er ist mein Vater«, wollte sie sagen, »und Sie kennen ihn nicht.«

»Wollen Sie von meinem Apfel abbeißen?«

Die Verlockung, mit jemandem die Nahrung zu teilen, und die der sauberen Kugelform, die genau anzeigt, wieviel man herausgebissen hat, ist unwiderstehlich. Und als Ellen die Hand ausstreckte, glitt ihr Ärmel zurück und entblößte ihren Arm.

»Gestern habe ich jemanden wie Sie vom Haus aus gesehen.«

Er aber hatte einen männlichen Bissen von dem Apfel genommen und nickte anscheinend nur. Das Malmen seiner Kiefer erinnerte sie an ein Pferd. Sie steuerten jetzt doch zwischen den verschiedenen Bäumen hindurch auf das Ende der langgestreckten Weide zu.

»Was meinen Sie, wie viele Eukalyptusbäume hier stehen?«

»Ich glaube, auch mein Vater hat den Überblick verloren. Er hat sie alle aufgeschrieben.«

»Auf jeden Fall sind es mehrere Hundert.«

Sie kamen zu dem Wildwuchs wirren Buschwerks, wie man es gewöhnlich auf dem sandigen Gürtel am Südrand Australiens findet.

»Ungefähr hier«, sagte Ellen und drehte sich zum Haus um. »Ich glaube, hier war es ... ungefähr.«

»Von allen Eukalyptusbäumen lassen mich die Mallees kalt. Sie können sich nie für eine Richtung entscheiden.«

Er warf ihr einen komplizenhaften Blick zu, den sie nicht akzeptieren konnte, wenigstens nicht zu diesem Zeitpunkt.

»Lassen die Mallees Sie nicht kalt? Gefällt Ihnen nicht auch ein guter alter Gummibaum viel besser«, fragte er in hoffnungsvollem Ton, »so wie man ihn auf Kalendern sieht?«

»Mich interessieren sie alle nicht!«

Von allen Themen, die ihr einfielen, war dies das uninteressanteste. Auf das Anwesen kamen gewöhnlich nur Männer, die ihrem Vater zu gefallen hofften und die alle ihr lächerlich umfassendes Wissen über Bäume zur Schau trugen. Schon allein das Wort *Eukalyptus*, das vielen als das schönste aller Wörter gilt, war Ellen unerträglich – es brachte nur Unheil. Jeder, der die Welt der Eukalyptusbäume betrat, kam eingeengt und vermindert wieder heraus, das war ihre Meinung. Und der hier! Der jetzt neben ihr stand und ein Blatt abzupfte, er war bestimmt auch einer von ihnen. Obwohl er den Namen, den des schmalblättrigen Mallee *(E. foecunda)*, nicht nannte, schien er ihn doch zu kennen, denn er sah den Baum an und räusperte sich.

Es war einmal ein Italiener, sagte er, der in Carlton einen Obst- und Gemüseladen hatte.

Dieser Mann, so fuhr er fort, war der erste, der sich in Melbourne Fruktuologe nannte – falls Sie sich je gefragt haben, woher das Wort kommt. Er ließ das Wort in grünen Buchstaben über seinen Laden schreiben. Seine Ware war von bester Qualität. Er wohnte über dem Geschäft. Seine Eltern waren beide tot. Er hatte einen Buckel. Es war kein schlimmer Buckel, aber doch immerhin so, daß es seinen Mundwinkel leicht nach unten zog. Alle mochten ihn. Er hörte Frauen gut zu. Sie ihrerseits ließen nichts auf ihn kommen, und schon gar nicht auf sein Obst und Gemüse; andererseits schüttelten sie lachend den Kopf, wenn von Heirat die Rede war.

Sein Geschäft in Carlton war für seine Obstauslage berühmt, die er jeden Sonntag mit viel Geduld und großem Geschick hinter geschlossenen Läden komponierte. Es stand ihm eine reiche Auswahl an Farben und Formen zur Verfügung.

Die üblichen Pyramiden aus Äpfeln und anderen Früchten waren ihm viel zu gewöhnlich. Statt dessen stellte er mit gelber und grüner Paprika eine detaillierte Landkarte von Italien zusammen, oder von Queensland, zur Feier der Mangosaison. Die australische Fahne, natürlich ein Fußball, Uhren und ein Radfahrer gehörten zu den besonders denkwürdigen Bildwerken. Als sein Geschick wuchs, wandte er sich Obstskulpturen zu, zum Beispiel einer Krippenszene, dem Ayers Rock aus tasmanischen Äpfeln oder Anti-Kriegs-Szenen unter Verwendung von Kürbissen, Granatäpfeln und Ananas.

Es war sein Hobby, und zugleich förderte es den Umsatz. Die Leute fragten immer schon: »Was haben Sie sich denn für diese Woche ausgedacht?«

Die Sorgfalt und Aufmerksamkeit, mit der der Bucklige seine Obstskulpturen gestaltete, hatten anfangs nur den bescheidenen Zweck, die desolate Atmosphäre, die für die »angelsächsischen Städte am Sonntag so typisch« ist, zu durchbrechen. Aber gleichzeitig erfreuten sich auch die Kunden und Passanten daran. Allmählich wurden seine Projekte immer ehrgeiziger und komplexer und verlangten ihm immer größere Geduld, Erfindungsgabe und Ausdauer ab – um nur einige der Voraussetzungen aufzuzählen. Während der Bucklige weiterhin still seine Kunden bediente, wurden seine Obstskulpturen immer extremer.

In der Konditorei nebenan arbeitete eine junge Frau. Hin und wieder kam sie in sein Geschäft, um ein paar Weintrauben oder ähnliches zu kaufen. Immer, wenn sie vorbeiging, hielt er bei der Arbeit inne, um ihr nachzuschauen. Nie warf sie auch nur einen Blick auf den Buckligen, und sie grüßte ihn auch nicht etwa, selbst dann nicht, wenn er mit seiner Schürze auf dem Bürgersteig stand.

Einmal schenkte er ihr ein paar Weintrauben; sie nahm sie, kaum daß sie ihm dankte. Und da sie, es braucht gar nicht erwähnt zu werden, nicht das geringste Interesse an seinen Obstskulpturen zeigte, wurden sie immer großartiger.

Diese junge Frau hatte außergewöhnlich blaue Augen, wie man sie sonst eher von Perserkatzen kennt (eine destillierte Version des verwischten Blaus der Berge westlich von Sydney). Noch ungewöhnlicher – und vielleicht hing das mit der Farbe ihrer Augen zusammen – war die Art, wie sie sich bei jeder Gelegenheit ansah, nicht nur in Spiegeln, sondern auch in Schaufenstern, Glastüren, Motorhauben und in Pfützen. Und es spielte keine Rolle, ob sie allein ging oder mit jemandem ins Gespräch vertieft war. Bei jeder Gelegenheit versuchte sie, einen Blick von sich zu erhaschen. Wenn sie ihr Spiegelbild sah, fuhr sie sich durchs Haar oder zupfte ihre Kleidung zurecht. Sie tat es ganz unwillkürlich. Ihre Selbstverliebtheit war zu einem Tick geworden.

War sie hübsch, war sie schön? Ellen wollte mehr über die blauen Augen wissen.

Hübsch oder schön, eigentlich war das unwichtig. Sie hatte lange, glatte Haare und ein fast ausdrucksloses Gesicht. Der arme Bucklige kam nicht mehr von ihr los. Sie für sich zu gewinnen, wurde zum Zweck seines Lebens.

In jeder freien Minute – auch wenn er seine Kunden bediente – überlegte er, wie er ihre Aufmerksamkeit auf sich ziehen könnte.

Er setzte sich hin und machte eine Liste. Die Farben wurden

ausgewählt. Er berechnete die Mengen. Er gab eine Sonderbestellung exotischer Früchte auf. Auf dem Großmarkt wählte er persönlich jedes Stück aus und wog es in der Hand, er nahm nur wohlgeformte Früchte und die in den schönsten Farben.

Den ganzen Sonntag arbeitete er hinter geschlossenen Läden. Am nächsten Morgen tat er die letzten Handgriffe. Er war wie einer dieser emsigen Vögel in Neuguinea, die eifrig Kronkorken und Glasscherben für ihr Nest sammeln, um ein Weibchen anzulocken.

Wie immer standen ein paar Passanten und frühe Kunden vor dem Geschäft, als er die Läden hochzog, wie ein Politiker beim Enthüllen einer Statue, und die Umstehenden murmelten beifällig und bewundernd.

Die erste Prüfung war bestanden.

Jetzt mußte er nur noch warten.

Ein paar Touristen machten Photos; Kinder sprangen umher und zeigten auf die Auslage. Ein Kunde, der Kunstgeschichte an der nahen Universität lehrte, gratulierte ihm: »Ein Meisterwerk. Und ich bin nicht einer, der dieses Wort leichtfertig in den Mund nimmt …«

In dem Moment erschien sie, mit hochhackigen Schuhen. Er ließ einen Kunden mitten im Satz stehen und ging zur Tür.

Sie war in Eile, da sie ein wenig verspätet kam, nahm sich aber dennoch die Zeit, nach jeder spiegelnden Fläche zu sehen. Und trotzdem – wie war das möglich? – ging sie schnurstracks an seinem Schaufenster vorbei, ohne etwas bemerkt zu haben. Er wartete weiter. Im Laufe des Vormittags kam sie wieder vorbei und bemerkte nichts; dann zur Mittagszeit wieder, und noch einmal am Abend, auf ihrem Weg nach Hause, und es war nicht seine Obstskulptur, die ihre Aufmerksamkeit weckte, sondern ihr Bild im Seitenspiegel seines Lieferwagens.

Da war sie, ihr Bild in seinem Schaufenster – der Kopf auf bloßen Schultern, ein erstaunlich getreues Mosaik in der Art, wie Arcimboldo sie malte: der Pfirsichteint, Apfelscheiben und Datteln für die Nase, die Stirn aus Papaya, eine Banane als Kinn, glitzernde Zähne aus Granatäpfeln, die Augenbrauen aus Kiwi, die Lippen aus saftigen Pflaumen; Guaven formten ihre Ohren, und Birnen die Schultern, und dazwischen trugen andere, nicht sofort erkennbare Früchte hier und dort zum Gesamteindruck bei. Mit einer steilen Falte auf der Stirn und der geschickten Plazierung von Nektarinen und Feigen hatte er sogar ihre Selbstbesessenheit eingefangen.

Es war alles da, in liebevoller Präzision – alles außer den Augen. Er hatte nirgendwo eine blaue Frucht finden können. Ohne die Augen konnte sie sich offenbar nicht sehen.

Und rein zufällig berührte er Ellen, als er an ihr vorbei den Arm ausstreckte, um die Hand an einen wunderbar glatten Stamm zu legen, der zufälligerweise der Stamm eines Blaugummibaums (*E. bicostata*) war.

19
Sideroxylon

Warum mußte der liebeskranke Kaufmann einen Buckel haben? Als hätte er nicht schon genug Probleme gehabt, so allein in der Wohnung über dem Geschäft und so weiter.

Es war doch nur eine Geschichte. Für die Geschichte war das nötig.

Er hätte sich niemals »Fruktuologe« nennen sollen – ein schlechtes Zeichen, in Ellens Augen.

Als der Fremde die Geschichte unvollendet abbrach, spürte sie eine plötzliche Ungeduld angesichts seiner Gleichgültigkeit gegenüber solchen Fragen wie: »Ist sie irgendwann einmal vor dem Laden stehengeblieben und hat sich erkannt? Und was geschah dann? Konnte es ihr keiner sagen? Und die Schuhe – was waren das für Schuhe, die sie trug?«

Er ging statt dessen zum nächsten Baum, einem untersetzten, *böse aussehenden* Eukalyptusbaum nahe dem lehmbraunen Damm, der ihn offenbar an eine ganz andere Geschichte erinnerte. Ellen betrachtete ihn prüfend. Erfand er seine Geschichten beim Erzählen?

Der Baum war ein Schwarzer Eisenrindenbaum (*E. sideroxylon*).

Dies ist keine glückliche Geschichte.

In einer der zahllosen Sackgassen in Canberra wohnte ein

pensionierter Beamter mit seiner Frau. In den letzten siebzehn Jahren hatten sie nur auf dem Umweg über ihren Hund miteinander gesprochen.

»Ob die alte Kuh endlich mal ihren Hintern lüftet und mir Tee macht?«

»Er kann sich seinen Tee selber machen, ich habe den alten Hornochsen lange genug bedient.«

Ellen fing an zu lachen. Das sollte eine traurige Geschichte sein!

Im Verlauf seines Berufslebens hatte der Mann die vielen Stufen im öffentlichen Dienst erklommen, bis er Inspektor für Maße und Gewichte mit Verantwortung für ganz Australien geworden war. Seine Laufbahn hatte ihm einige Befriedigung verschafft. Schließlich hatte sie bewiesen, wie eins zwangsläufig auf das andere folgte: Indem er hart gegen die schludrige Handhabung von Maßen und Gewichten durchgriff, konnte er auf der Karriereleiter eine Stufe höher klettern. Das wiederum hatte einen hohen Grad von Präzision und Enttäuschung in seinem Privatleben zur Folge.

»Ich habe ihm seinen Toast auf den Tisch gestellt. Hoffentlich wird der kalt.«

»Immer läuft sie in diesem schlampigen Morgenmantel rum, was? Man sollte meinen, sie guckt nie in den Spiegel.«

Jeder der beiden wartete voller Ungeduld auf den Tod des anderen; in der Zwischenzeit gaben sich beide alle Mühe, den Hund, einen trägen Collie, auf ihre Seite zu ziehen, indem sie ihn streichelten, ihm die besten Brocken von ihrem Teller gaben und die ganze Zeit mit und durch ihn sprachen. Als der Collie immer langsamer wurde, bekamen sie es mit der Angst zu tun, weil sie nicht wußten, wie sie miteinander kommunizieren sollten, wenn der Hund starb.

Die Frau starb als erste. Der Ehemann war mit dem Kreuzworträtsel beschäftigt und hatte erst einmal nichts bemerkt. Gegen Mittag entdeckte er sie auf dem Fußboden im Schlafzimmer; er hatte gehört, wie der Hund einen schwachen Laut von sich gab.

Von dem Tag an blieb der Collie immer an der Seite des Mannes.

Das Haus fühlte sich leerer als halbleer an.

Jeden Dienstag und jeden Freitag ging der Mann zum Grab seiner Frau – der Hund trottete langsam hinter ihm her – und beschwerte sich bei seiner Frau über den Hund, während der zu seinen Füßen lag: Was der Hund tat, was er nicht tat, daß er in der Waschküche sein Geschäft verrichtet hatte, daß er Flöhe hatte, daß er nicht mehr auf den Pfiff seines Herrchens hörte.

Und dann, nach wenigen Monaten, passierte das, was das allerschlimmste war: Der Mann wachte eines Morgens auf und stellte fest, daß der duldsame Hund auch gestorben war.

Zugegeben, es war eine traurige Geschichte. Ellen wollte ihm das sagen und ihn gleichzeitig fragen, ob er Hunde mochte. Plötzlich hatte sie viele Fragen, aber er hatte sich, anscheinend ohne Plan, einem anderen Baum genähert, einem Graugummibaum (*E. puncata*), wegen seiner Rinde gemeinhin als Lederjackeneukalyptus bekannt, und fing ohne Übergang an, eine fast identische Geschichte zu erzählen – allerdings mit einem wesentlichen Unterschied.

Sie ging so: Ein Schuhmacher aus Leichhardt (ich sollte dazu sagen, daß es sich dabei um einen Vorort von Sydney handelt, voller Telegrafenmasten und Telefonleitungen und roter Telefonkioske) geht jeden Abend zum Grab seiner Frau – oft vergißt er vorher, seine Lederschürze abzunehmen –, erzählt ihr das

Neueste vom Tag und *bittet* sie um Rat: »Mrs. Cudlipps Absätze sind schon wieder abgelaufen. Die von den roten Schuhen. Sie sollte wirklich abnehmen. Ich habe vergessen, die Blumen zu gießen. Die Schnürsenkel sind schon wieder fast alle verkauft. Die kleine Farini, du weißt doch, die immer von ihrem Freund auf dem Motorrad abgeholt wird? Bei einem Sturz hat er sich seine Lederjacke zerrissen. ›Ich repariere nur Schuhe‹, habe ich zu ihr gesagt. Ich hab's mir angesehen, ich kann das flicken. Was soll ich dafür berechnen? Dasselbe wie immer? Reg, der Postbote – der ist wieder da. Natürlich kriegt er nicht mehr so viel Trinkgeld. Ich hab ihm schon tausendmal gesagt, Gummi, Gummi ist viel sicherer, das hast du auch immer gesagt. Aber er ist da einfach einer von der alten Schule. Trinkt gern ein Täßchen Tee! Zwei Frauen gehen zu derselben Hochzeit, du kennst sie beide. Mein Gedächtnis läßt mich immer öfter im Stich. Beide mit Stöckelschuhen und verstärkten Riemen. Die eine hat eine laute Stimme – du hast immer gesagt, ihre Mutter ist taub. Heute kam ein Mann und wollte Wechselgeld für die Parkuhr. Hab ich dir schon gesagt, daß der Mietvertrag im November ausläuft? Doch, hab ich. Da müssen wir uns was einfallen lassen, ich hab schon ein paar Ideen. Morgen soll es übrigens Regen geben.«

Dann wollte er wissen, was er mit all ihren Schuhen machen sollte, vernünftigen Schuhen mit liebenswerten Runzeln und Falten, die immer noch unten in ihrem gemeinsamen Schrank standen.

Diese Geschichte, die ihm so glatt über die Zunge gegangen war, sollte eigentlich den Gegenpol bilden zu der anderen über die, wie er sich ausdrückte, schal gewordene Ehe und die bittere Hundekatastrophe, aber Ellen fand sie traurig, viel trauriger und fast zu traurig, um darüber nachzudenken. Noch während sie über die Schwächen und Stärken einer lebenslangen Verbundenheit nachdachte, verloren die Bäume um sie herum die Konturen; alles ging in einen Traum über. Natürlich war das Thema ebenso umfassend und vielfältig wie ein Wald, voller Licht und Schatten.

Sie sah ihn an und versuchte sich vorzustellen, wie er in einer Lederjacke aussehen würde.

Er wollte sie aufheitern, da fiel sein Blick auf einen kleinen Baum aus Queensland, den *E. beaninna*, und mit nachdenklich klingender Stimme erzählte er ihr, daß er kürzlich auf einer Fähre über den Manly gehört habe, wie eine ältere Frau zu einer jüngeren Frau, möglicherweise ihrer Tochter, sagte: »Das ist ja ein entsetzlicher Name! Das wird ihr ein Klotz am Bein sein.«

Er drehte sich zu Ellen um. »Aha, sie lächelt.«

Wo wir schon von einem Klotz am Bein sprechen, da wäre noch die Geschichte von dem Vertriebsleiter einer Keramikfabrik in Sydney, der aus irgendeinem Grund immer wieder seine Autorität am Arbeitsplatz verlor.

Er hieß Bein – Peter Bein.

Immer, wenn jemand ihm in freundlichem Ton wünschte: »Alles Gute, Hals und Beinbruch!«, war es, als würde er den Mann, wo immer er war, verunglimpfen. Selbst wenn einer seiner wohlmeinenden Vertreter meinte: »Da reiß ich mir kein Bein aus«, deutete das auf seine im Abbau begriffenen Fähigkeiten hin. In der sich rasch verändernden Welt der Industriekeramik, wo die Gewinnspannen minimal sind, ist die geringste Andeutung von »beinharter Konkurrenz« eine Prophezeiung des Untergangs.

Ellen war in Gedanken noch bei der Macht der Verbundenheit, der Geschichte von dem armen Schuhmacher.

Ehrlich gesagt sind Wortspiele immer ein Ärgernis – und sie

führen zu nichts. Sie werden als Möglichkeit betrachtet, vom Wesentlichen abzulenken, ein Ausweichmanöver, das einen nicht weiterbringt. Zum Glück haben sie bei dem traditionellen Verfahren der Namensgebung für Bäume nur wenig ausrichten können, und das gilt auch für die Eukalyptusbäume.

»Wissen Sie eigentlich meinen Namen?« fragte sie.

»Natürlich. Aber fragen Sie mich jetzt nicht.«

Sie waren vor einem anderen Eukalyptusbaum stehengeblieben, einem fast schon geschmacklos prunkenden Exemplar, das die Verpflanzung von Melville Island wunderbarerweise überlebt hatte. Seine pflaumenbraunen Blüten schwebten über einem grünbraunen Blättermeer – ein Kaschmirschal ohne die hübsche Borte. Und während Ellen ihm zusah, wie ihm etwas durch den Kopf ging, lehnte sie sich an den Stamm und wartete.

»Von jetzt an werde ich kein einziges Wortspiel mehr erwähnen. Nein«, sagte er und legte die Hand aufs Herz, »nichts Künstliches.«

Während sie von Baum zu Baum gingen und er weiter erzählte, ließ Ellen sich von den Geschichten umkreisen, ließ sie in sich ein. Die Zeit verging, und seine Stimme vibrierte in der vertrauten Hitze zwischen den Bäumen. Ihr gefiel der Klang seiner Stimme. In der Hitze des Tages hatte sie den Wunsch, die Augen zu schließen. Aber sie musterte ihn, während sie zuhörte. Sie wußte nicht einmal seinen Namen. Und wenn jemand danach fragte?

Als Ellen wieder ins Haus ging, hatte der Mann ihr noch sechs oder sieben – sie zählte nicht mit – Geschichten erzählt.

20
Desertorum

Ja, ja, ja: In Zürich, in Dublin, in einer Autowerkstatt in Paris beginnt und endet so manche Geschichte mit diesem angenehmsten aller Wörter, das für das Ohr, wenn auch nicht für das geistige Auge, noch lieblicher ist als das Wort *Eukalyptus*. Ja, und jeder Mann in der Stadt, auch Frauen, allen voran Mütter, sagten Holland ein Ja, bevor der angefangen hatte zu sprechen – und wenn es nicht das Wort selbst war, so doch der dazugehörige Ausdruck –, in dem Wunsch, sich auf die richtige Seite des schlauen Besitzers von all dem hügeligen, an den Fluß grenzenden Land erster Güte, das er verkommen ließ, und der schönen Tochter zu schlagen. Sie war eindeutig schön und wurde mit jedem Tag schöner, ein gesprenkeltes Taubenei, das alles in weitem Umkreis in den Schatten stellte. Die Männer, die herumgekommen waren und zum Beispiel im Krieg gekämpft hatten, sowie fast alle Freier, konnten sich an keine schönere Frau erinnern, weder in der nächsten größeren Stadt noch jenseits der Berge in Sydney. Der neue Direktor der Bank, die in einem Wellblechgebäude untergebracht war, verkündete, daß er auch in ganz London, wo er nach dem Krieg drei Wochen verbracht hatte, nie eine Frau von größerer Schönheit gesehen habe.

Und die Landschaft, auch sie hatte eine gesprenkelte Schönheit, die geologisch gesehen aus allen Richtungen eingesickert war und nun da war.

Holland war mit dem ruhigen Erscheinungsbild zufrieden – mit der welligen Landschaft und ihrer Veränderung, die kaum mehr als ein Kratzen an der Oberfläche war. Die Bäume, die Bäume. Insgesamt hatte es viele Jahre gedauert, bis Holland die bleiche Kraft des Landes akzeptieren konnte. Sie hatte sozusagen seinen Körper durchdrungen und sich dort angesiedelt, sie war immer da. Und dann vergaß er sie völlig – ein Geschenk, ein natürlicher Vorteil, um den man ihn beneiden konnte.

Ellens Gedanken hingegen wanderten häufig nach Sydney zurück, zu ihrer Schule und ihren ernsthaften Freunden, oder zu einer unauffälligen Straßenecke: von Menschen gemachte Bauwerke. Oft dachte sie an die Hafenmauer und das schwere Schwappen des Wassers und das Glitzern im Hafen, und an die Straßen der Stadt mit den Geschäften und den Menschen, die alle in unterschiedliche Richtungen eilen. Oft, wenn Ellen auf einer Wiese stand, versetzte sie sich in Gedanken an einen anderen Ort; wie war das möglich? In ihrem Tagebuch verlieh sie dem eine Form, und wenn ihre Gedanken vom Turm über die heiße Erde und zwischen den Bäumen hierhin und dorthin trieben, oder wenn sie selbst in den warmen Fluten des Flusses trieb, entstand eine Art Doppelströmung. In aller Sanftheit konnte Ellen sich so von dem Land mit den Bäumen und dem Vater, den sie liebte, trennen.

Die Landschaft wird überlagert von Kunst. Und was für ein hektisches Bemühen das ist, aber allem Anschein nach auch so wichtig!

Die Kunst ist unvollkommen, im Gegensatz zur Natur, die auf beiläufige Art »vollkommen« ist. Einen Zipfel der Natur wiederholen oder gar vermitteln zu wollen, ist für alle Zeiten zum Scheitern verurteilt. Dennoch liegt die seltsame Macht der Kunst darin, daß wir dieses Bemühen in ihr erkennen.

Der Künstler, richtig, macht das Wunder der Natur menschlich, indem er ein fehlerhaftes Bild davon schafft; und so wird uns die Natur – die Landschaft, die Gestalt darin – nähergebracht, fast in unsere Reichweite gerückt. Man sehe sich nur die menschliche Version der Seerosen an, des Berges in der Nähe von Aix, der flachen, gelben Erde der Wimmera in Südaustralien, der Sonnenblumen, der Badenden, ganz abgesehen von der Eiche mit dem Hund, der von rechts ins Bild läuft. Vermutlich steht sie stellvertretend für alle Bäume der Welt. Die Pinselstriche, die Insekten, die in der Farbe kleben, die Daumenabdrücke, die *Signatur* und so weiter – all das sind Zeichen des menschlichen Bemühens. Wo sie fehlen, wie auf einem Photo, ist das Ergebnis eine Parallele zur Natur, opportunistisch.

Im übrigen ruft eine Landschaft wie die von Hollands Besitz ständig nach einer Umwandlung in menschliche Begriffe.

Sowohl Holland als auch Mr. Cave hatten nicht viel für Spiegel übrig. Hätten sie sich nicht rasieren müssen, besäßen sie wahrscheinlich gar keinen, weder im Haus noch sonstwo. Aus dem gleichen Grund – falls es so etwas wie poetische Logik in der Welt gibt – war ihnen der Vorgang des Gebens und Nehmens gleichermaßen unbehaglich.

Am Morgen des neunten Tages umschiffte Mr. Cave diese schwierigen Gefühle, indem er eine braune Papiertüte über den Tisch schob, wodurch Erklärungen überflüssig wurden. Holland würdigte die Geste, indem er sie auf übertriebene Weise ignorierte und sich Zeit ließ, seinen Tee auszutrinken. Ellen taten sie fast leid. Schließlich kippte Holland die Tüte auf den

Kopf, und heraus glitt das definitive Buch zu einem alltäglichen Thema: *Dust*, von S. Cyril Blacktin (Chapman & Hall 1934).

»Heute ist mein Geburtstag«, erklärte Mr. Cave, »und ich fühle mich großzügig.«

»Herzlichen Glückwunsch«, sagte Holland. Er blätterte in dem Buch. »Wo sind die Bilder?«

»Wirst du es lesen?« fragte seine Tochter.

»Wer weiß.«

Er würde es auf das Bord zu den Anthographien und botanischen Führern stellen, wo auch Stapel der *Illustrated London News* und des *Walkabout* lagen. Weiterhin gab es dort ein mit Eselsohren versehenes Exemplar von Kaleskis Klassiker, *Australian Barkers and Biters*, und einige Bände mit Wildlederrücken, die er noch nie aufgeschlagen hatte.

Statt sie froh zu machen, trübte das unerwartete Geschenk die Stimmung, auch Ellens. Es erinnerte sie alle daran, daß der Wettbewerb sich seinem Ende näherte.

Mr. Cave sah das in einem anderen Licht, was bedeutete, daß er ein altes Thema noch einmal aufgriff.

»Flache Wurzeln«, hörte Ellen ihn sagen. »Die haben hier nicht richtig heimisch werden können. Und der Boden ist nicht gehaltvoll genug. Ich würde sagen, wir sind noch nicht lange genug hier, wir sind nicht tief genug verwurzelt. Darüber denke ich oft nach. In meiner Familie sind viele gescheitert. Sie wissen, wovon ich rede: Alkohol, gescheiterte Existenzen, das gab es viel. Meine Vorfahren kamen hierher, wir haben uns fortgepflanzt und vermehrt, und das war schon alles. Mehr war da nicht ...«

»Ich würde mir keine grauen Haare darüber wachsen lassen, an Ihrer Stelle«, sagte Holland.

Sobald sie verschwunden waren, beschloß Ellen, »sich zu verirren«, wenn das möglich war, aber nicht in den gradlinigen Formationen am Fluß, sondern in dem wirren Malleegestrüpp unterhalb des Wohnhauses, jenseits des Windschutzes. Einer Laune nachgebend, zog sie die hellroten Schuhe mit mittelhohen Absätzen an, die sie in Sydney gekauft hatte. Sie waren dazu gedacht, auf Teppichen kurze Entfernungen zurückzulegen, mehr nicht. Bisher hatte Ellen sie nur in ihrem Schlafzimmer getragen. Zwischen den Bäumen machte sie auf dem rissigen Erdboden einen großen Bogen um einen Ameisenhaufen, und als sie umzuknicken drohte, hatte sie ihren Spaß daran, die Ellbogen in übertriebener Manier abzuspreizen, während die spitzen Absätze in die Schicht aus Borkenfetzen einsackten. Daß die Schühchen so unpraktisch waren, gefiel ihr, es zog ihre Gedanken herab zu ihren Knöcheln, die auf seltsame Weise ihre allgemeinen Gefühle widerspiegelten – frei zu sein und außerordentlich verletzbar.

Sie bewegte sich taumelnd und schwankend – so konnte sie sich ihr eigenes Bild vorstellen –, als sie ihn sah.

»Sie haben zugeguckt«, empörte sie sich.

Sie zog die Schuhe aus und klemmte sie unter den Arm.

»Stimmt's?«

»Ziehen Sie sie wieder an«, sagte er. Er betrachtete die Schuhe stirnrunzelnd.

Aber dann wäre sie hilflos, und er würde die Hand ausstrecken und sie stützen, wenigstens mit den Augen. Sie hätte gern gewußt, warum er da war. Er kam ihr nicht wie ein Freier vor. Wo immer sie hinging, da tauchte er auf, neben einem Baum.

Er hatte sie bestimmt beobachtet.

Er schüttelte den Kopf. »Nicht unbedingt«, sagte er.

»Geht es Ihnen nicht gut?« fragte sie. Er war blaß.

Jeder, aber wirklich jeder der Freier, die von ihrem Vater geprüft worden waren, hätte spätestens jetzt mit angespanntem Gesicht den Namen des Baumes, unter dem er hockte, herausgerufen. Es war ein Hakenblättriger Zwerggummibaum (*E. desertorum*).

Eine Weile schwieg er.

»Ich habe einen Vorschlag.« Er klopfte eine Stelle neben sich flach. »Setzen Sie sich doch einen Moment.«

Ellen senkte den Blick und sah einen Ausschnitt von seinem Nacken.

»Aber meinetwegen können Sie auch ruhig stehenbleiben. Was ich Ihnen sagen kann, ist folgendes ... es sind die nackten Tatsachen, die ich aufgeschnappt habe. Stellen Sie doch wenigstens Ihre Schuhe ab oder geben Sie sie mir! Im Libanon, am Rande der Wüste, liegt das Tal der Heiligen. Hier, so sagte man, lebten drei heilige Männer, die Wunder vollbringen konnten.

Ah, sie setzt sich, das ist gut.

Einer der heiligen Männer konnte Krankheiten heilen, Rheuma zum Beispiel, einer konnte, so wurde behauptet, Tote zum Leben erwecken, und der dritte, der, um den es hier geht, hatte vielen unfruchtbaren Frauen zu Kindern verholfen. Er wurde häufiger aufgesucht als die anderen beiden zusammen.«

»Wüsten«, fuhr er fort, als hätte er viel Zeit in einer Wüste verbracht, »sind von einer übernatürlichen Reinheit. Es heißt, sie geben dem Menschen Klarheit.«

Wenn er ferne Gegenden durchstreift hätte und jetzt hierhergekommen wäre, würde sie ihn lieber mögen, davon war Ellen überzeugt. Wie er sich verhielt, was er sagte, selbst sein Äußeres interessierte sie. Dennoch schwankte sie. Wie jedesmal war er sowohl nah als auch fern. Er setzte einfach voraus, daß sie sich für seine Geschichten interessierte. Mehrere Male sah sie ihn an und bemerkte, wie er den Blick abwandte.

Er nahm den Faden wieder auf: »Eine Frau machte die lange Reise quer durch die Wüste, um den heiligen Mann zu besuchen. Mehr als alles andere auf der Welt wollte sie ein Kind haben, aber sie hatte bisher keins bekommen können. Sie war arm. Um das Leder ihrer Schuhe zu schonen, trug sie sie und ging barfuß. Nach ihrer Rückkehr bekam sie innerhalb eines Jahres einen Sohn. Doch als sie sich, abermals barfuß, ein weiteres Mal auf die lange Reise zu dem heiligen Mann machte, damit er ihr Kind taufen sollte, starb das Kind. In der Wüste merkte sie, wie sein kleiner Körper in ihren Armen kalt wurde. Das war im Libanon.«

In dem Schweigen sah Ellen plötzlich ein Wüstenpanorama vor sich, mit einer einzelnen, verhüllten Gestalt, die sich mühsam voranschleppte, und viele Fragen kamen ihr in den Sinn. Sie drehte sich zu ihm um. Da war er. Er hatte sich im Liegen auf die Ellbogen gestützt und die Knie angezogen, sein Blick ruhte auf einem Baum.

»Wo haben Sie die Geschichte gehört?«

»Es ist eine Wüstengeschichte. Ich glaube, davon gibt es viele. Es muß eine alte Geschichte sein.«

Bevor sie fragen konnte: »Warum erzählen Sie sie mir?«, hatte er die Augen zusammengekniffen, wie Major Lawrence in dem Film, und sagte: »Wenn ich mich nicht irre, Sie müssen mich korrigieren, falls ich mich täusche ... ist das nicht ein sogenannter Boranup Mallee?«

Und während Ellen die arme Frau immer noch, jetzt mit leeren Armen, vor sich sah, pflückte der Fremde (der ihr nicht mehr wirklich fremd war), nachdem er einen Moment lang überlegt hatte, von dem schlanken Baum mit dem rosagrauen Stamm eine weitere Geschichte aus einer anderen Wüste. »An der unbefestigten Straße südlich von Darwin«, sagte er, »steht ein Motel-Café mit Shell-Zapfsäulen davor. Es war heiß, und ich kann jetzt noch die Spannung spüren zwischen dem Letten, der das Motel betrieb, und der rundlichen Frau, die für die Reisenden das Essen, angefangen mit dem Frühstück, servierte. Die Frau trug ein Kopftuch, das sie oben auf dem Kopf zuknotete. Der Mann hatte kleine Augen, eine glatte Stirn und kurzes Haar. Morgens öffnete der Lette als erstes eine Flasche Bier und trank dann den ganzen Tag lang. Neben dem Haus lag ein riesiger Haufen leerer Flaschen. Ich habe gesehen, wie ganze Busladungen voller Touristen anstanden, um den Flaschenberg zu photographieren. Ein paar Hühner und Ziegen wurden an langen Ketten gehalten. Auch einen Weißrussen gab es; er wohnte in einem Wohnwagen, der mit einer Klimaanlage ausgestattet war, hinter dem Motel.«

Er warf Ellen einen Blick zu und nickte tiefgründig.

»Der Weißrusse war der Ehemann der Frau, und der Lette, der jüngere der beiden, hatte ihn verdrängt, und nun erlaubte er dem Ehemann, in dem Wohnwagen zu leben. Dort, so wurde mir erzählt, verbrachte der seine Zeit damit, Schneeszenen auf Emueier zu malen. Hatte ich schon gesagt, daß die Frau rundlich, gutmütig und schlampig war? Der Weißrusse war bereit, umsonst in der Werkstatt zu arbeiten, alles, um in der Nähe seiner Frau sein zu können. Er nahm sich vor dem Letten in acht, weil er sie, die ja noch seine Frau war, beschützen wollte. Manchmal hatte sie morgens ein geschwollenes Gesicht und blaue Flecken. Ich weiß sogar den Namen des Ehemannes, er hieß Turczaninov.

Diese kleine Siedlung mit zwei Männern und einer Frau liegt

in einer großen Einöde, ringsum war nichts als rote Erde. Das Wasser holten sie aus einem Brunnen, der vor hundert Jahren gegraben wurde und dessen Schacht mit Eisenrindenholz verschalt war. Eines Morgens im Februar klagte der Lette über gräßliche Kopfschmerzen. Am Abend hatte er erhöhte Temperatur. Am nächsten Tag konnte er nicht mehr sprechen. Er warf sich im Bett hin und her. Er schwitzte wie wild. Die Wörter, die er vor sich hin murmelte, konnte selbst die Frau, die doch auch Lettin war, nicht verstehen.

Die Frau bediente die Kunden nicht mehr, weil sie alle Hände voll zu tun hatte, die Stirn des Mannes mit Eis zu kühlen, und der Weißrusse blieb in seinem Wohnwagen, er verkaufte kein Benzin mehr und kümmerte sich auch nicht um die zerbrochenen Windschutzscheiben der Autos vorbeikommender Reisender. Am dritten Tag wurde der Mann ganz still. Die Frau ließ ihn auf seinem Krankenlager liegen und hämmerte an die Tür des Wohnwagens. Nach einer Weile kam der Weißrusse heraus und ging mit der Frau in das Zimmer, das früher ihr gemeinsames Schlafzimmer gewesen war. Er beruhigte die Frau und hob den kranken Mann aus dem Bett, und mit einem stoischen Ausdruck, der nur aus einer fernen Steppe stammen konnte, trug er ihn zu dem Brunnen.

Vorsichtig setzte er ihn in einen Metalleimer und sicherte ihn mit Seilen. Dann ließ er den Kranken langsam hinab und tauchte ihn in das kalte Wasser. Das machte er dreimal.

Der Kranke öffnete die Augen, und als er wieder heraufgezogen wurde, zog sein Leben an ihm vorüber, und die in gleichmäßigen Abständen auftauchenden Ringe aus Eisenrindenholz waren wie Monate und Jahre. Er sah seine Eltern an einem metallenen Gartentisch unter einem Baum in Riga sitzen; Schnee und Lichter bei Nacht; die Pfade, auf denen er über ein

Jahr lang mit anderen Kindern zu der Stelle im Wald gegangen war, wo der tote Soldat langsam verweste, und er hatte niemandem davon erzählt; er kam an dem Mund seiner Schwester vorbei, die immer langsam sprach, weil ihr sonst ›schwindlig‹ wurde; an dem dünnen Lehrer, der auf einem Auge blind war; an den Zähnen der Tante und ihren bleichen, pendelnden Brüsten; ›Halt den Mund!‹; er sah das rostige Scharnier am Gartentor; nachdem er sich drei Rippen gebrochen hatte, stellte er fest, daß er in einem Ohr mehr Ohrenschmalz produzierte; er wollte die vorbeiziehende Geometrie eines Farnblattes ergreifen; er machte sich in die Hose; er nahm einen riesigen Bissen von einem Apfel und dann von noch einem; eine junge Frau mit glatter Haut verwandelte sich in seine runzlige Mutter; das plötzliche Verschwinden seines Vaters; er kam an dem Nichts zwischen den Beinen seiner Schwester vorbei; wie er zu älteren Männern aufschaute; die Mitesser auf der Nase jenes Polizisten; wieder die Mutter, im lose fallenden Kleid; während des Krieges hatten die Nachmittage den Geruch eines Metzgerladens; die Verachtung einer Frau; die schmutzigen Fußknöchel des Mädchens; Uniformen und eine allgemeine, über allem hängende Dumpfheit; Straßen voller Schlamm; vorbei an großen Lücken in seinem Leben, großen Lücken; Farn, feuchte Erde, große schwarze Vögel; ich muß lachen; rauschendes Wasser; sie öffnet die Schenkel; der Ausdruck auf Turczaninovs Gesicht an dem Tag, als er Turczaninov für zwanzig Jahre einsperrte und sich noch am gleichen Tag dessen Frau holte; die Vorstellung von New York als Silhouette; er kommt nicht nah genug heran, nie kam er nah genug heran; griff in der ersten Woche in Australien nach dem Gewehr und erlegte einen Adler – der fiel mit einem dumpfen Aufprall zu Boden; eine völlige Gedankenleere in seinem Kopf, aber es störte ihn nicht; Durst; zwei

Bäume gegen den Himmel; er sah, daß jedes Leben genau die richtige Länge hat; ein Glas wurde bis zum Rand mit Wasser gefüllt; es geht langsam vorbei; weißes Licht.

Dies waren die Dinge, die er gesehen haben mochte. Als er in der Wüste südlich von Darwin wieder zur Oberfläche kam, hob ihn der Weißrusse Turczaninov sanft an, indem er ihn unter den tropfenden Schultern hielt, und er war tot.«

21
Cameronii

Es war notwendig, ein paar männliche Geschichten zu erzählen. Schilderungen von physischem Mut ließen sich nicht so leicht übergehen.

Ein Schützengraben warf einen scharfen Schatten über seine Gedanken und wartete darauf, verwendet zu werden. Jede Szene war eine nur zu leicht vorstellbare Situation, in der die Möglichkeiten seines eigenen Verhaltens in Zeitlupe durchgespielt wurden. Es kam darauf an, schnell und ruhig zugleich zu sein, oftmals im Schlamm. Nirgendwo zeigte sich eine Frau, nirgendwo ein wehender Baumwollrock.

Die rückblickende Betrachtung von Gewalttaten kann leicht in eine aufgeblähte Geschichte münden. Auch wenn sie zu Fragmenten reduziert wird, so wie ein Gewehr zerlegt wird, kann sie dennoch in die Tiefen der Mythologie abgleiten und dort ein lange nachhallendes Echo auslösen.

Geschichten in Khaki waren für Ellen nur von geringem Interesse – so wie sie auch in Sydney den Fregatten und Kreuzern, die am Woolloomooloo lagen, kaum einen Blick gönnte. Als er jetzt seinen Anteil an solchen Geschichten erzählte, saß sie im Schneidersitz auf dem Boden und betrachtete, während sie dem Anschein nach gutmütig zuhörte – obwohl sie nur Toleranz übte –, eingehend ihre nackten Fußsohlen, wozu sie den Hals wie ein weißer Schwan beugte.

Weiß der Himmel, in den Namen der Eukalyptusbäume ist genügend Stoff enthalten, um eine ganze Sammlung von spannenden Geschichten über den Krieg und andere Fälle von extremem (das heißt normalem) männlichem Verhalten freizusetzen.

Es gibt mindestens vierzig Eukalyptusarten, die als Buchsbaum bekannt sind: Fuzzy Box, Craven Grey Box, Molloy Box, und so weiter. Unter den Geschichten, die der Fremde für Ellen erzählte, überging er, weil sie ihm zu gewöhnlich erschienen, die mögliche Verbindung zwischen den Buchsbäumen und beispielsweise einem furchteinflößenden Boxer, einem linkshändigen Aboriginal, und der tätowierten, bierblonden Frau, die sich in seiner Ecke des Rings die Haare kämmte, oder die über Molloy, die große weiße Hoffnung aus Lithgow, der seine Boxhandschuhe an den Nagel hängte, ohne im Gesicht auch nur im geringsten gezeichnet zu sein – er hatte sogar noch alle seine Zähne –, und in einer Kleinstadt ein erfolgreicher Traktor- und Gebrauchtwagenhändler wurde, aber dann mit seinem Sohn eine persönliche Tragödie erlebte. Innerhalb des Rings beschleunigen sich Geschichten und verbreiten sich nach außerhalb.

Was nun den Gesprenkelten Eukalyptus (*E. maculata*) angeht, so ist das fleckige Braungrün des Stammes sofort als eine Nachbildung der Tarnfarben der australischen Armee zu erkennen. Das erlaubte dem Fremden, ein paar Geschichten mit der Beobachtung einzuleiten, man wisse aus glaubwürdiger Quelle, angefangen bei Captain Graves von den Royal Welsh Fusiliers, daß die australische Armee gegenüber Kriegsgefangenen besonders grausam sei – *noch grausamer als die Marokkaner und Türken*. Der Grund dafür lag vielleicht darin, daß sich zu Beginn des Ersten Weltkriegs viele Freiwillige aus den ländlichen Gebieten meldeten, wo das Schlachten zum normalen Tagesablauf gehört. Er erinnerte sich an einen Mann vom Lande, dem es gelungen war, beiden Kriegen fernzubleiben (Ellen hörte gar nicht richtig zu), und der auf dem Flußgrundstück, das ihm zusammen mit seinen Brüdern gehörte, ein überaus melancholisches Kriegerdenkmal baute, nämlich eine private Brücke, die nur von Schafen benutzt wurde.

Auch die Familie der Bluthölzer, aus deren Stämmen roter Saft rinnt, gibt Anlaß zu vielen Geschichten. Holland hatte ungefähr dreißig davon, am südlichen Rand seines Landes. Erwähnt man einem Mann gegenüber *Blut*, so denkt er an das Gemetzel in einer Schlacht, an Autounfälle oder eine Schnittwunde am Finger, während für Ellen Blut eine fließendere und insgesamt zentralere Bedeutung hatte. In Canberra lebt ein magerer alter Soldat mit einem unglaublich roten Gesicht. Als junger Offizier war er in die Schützengräben von Nordafrika und Neuguinea gesprungen und hatte den Feind ganz allein angegriffen. Blutholz. Mehr als einmal waren sein Gewehrkolben und er selbst über und über mit Blut bedeckt gewesen. Dafür konnte er mehrere Wunden und Orden vorweisen. Im Zivilleben war er es, der die Sprüche, mit denen die Auszeichnungen für herausragende Tapferkeit versehen wurden, erfand, eine freiwillige Aufgabe, die er schließlich ganz an sich gerissen hatte. Im Laufe der Jahre wurde er zum Meister lakonischer Beschreibungen, die sich endlos wiederholen ließen: »unter Lebensgefahr...«, »trotz feindlicher Überzahl...«, »ohne Rücksicht auf die eigene Sicherheit...«, »unter heftigem Artilleriefeuer...«, und so weiter. Doch zu Hause war er, wie viele andere tapfere Männer auch, ständig auf der Hut vor seiner Frau und den vier Töchtern und fand es leichter, außerhalb des Hauses seinen Mann zu stehen, wenn es Spitzfindigkeiten und Prinzipien zu vertreten galt. Man könnte ihn auch als gutmütigen und allseits geachteten Pantoffelhelden bezeichnen.

Sie ließen die letzten Bluthölzer hinter sich. Es war heiß. Ellen, die hinter ihm ging, sah ihn als eine Art wandernden Krieger. Das hört sich gut an – zwischen den Gummibäumen ein *wandernder Krieger*. Stammt das nicht aus einem schweren alten Wälzer mit einem abweisenden kleinen Schloß? Jetzt versuchte Ellen, sich eine Gestalt vorzustellen, die an einem von Granattreffern zerborstenen Baum lehnte, staubbedeckt und vom Blutverlust geschwächt; auch auf einem Pferd konnte sie ihn vor sich sehen …

Seinen Namen wußte sie immer noch nicht. Einen Moment lang dachte Ellen daran, ihren Vater zu fragen, ob er ihn kannte.

Und überhaupt, warum konnte Mr. Cave nicht ein Krieger aus fernen Landen sein? Unter den Augen ihres unnachgiebigen Vaters strahlte er eine sachliche Ruhe aus, mit seinem makellos frisierten Haar. Seine Haltung und Färbung hatten etwas Soldatisches, sein Safarianzug war eindeutig paramilitärisch; so malte Ellen sich mit halbgeschlossenen Augen sein Bild.

Am Ende einer Kluft, an der orangefarbenes Gestein herumlag, stand ein großer, schlaksiger Baum, ein *E. exserta*.

Im Vorbeischlendern ging ihm durch den Kopf, wie der Baum im Volksmund genannt wurde: »Messkamerad«. Im letzten Krieg, fing er an, lernten sich zwei australische Soldaten auf einem Truppentransporter auf dem Weg in den Nahen Osten kennen und hatten einen lauten Streit über Rennpferde. Von dem Tag an galten sie als Kameraden. Der Kleinere wollte in Brisbane Zahnarzt werden, sein Freund arbeitete für eine Brauerei. Ihre unbeschwerte, innige Verbundenheit wurde deutlich, wenn sie nach dem Essen in der Messe miteinander sprachen und als letzte den Raum verließen. Es gab keine Befangenheit. Sie brauchten auch nicht immer zu reden. Obwohl sie nicht viel voneinander wußten und auch nicht fragten, weil sie sich nicht zu nahe kommen wollten, scheuten sie keine Mühe, um sich gegenseitig zu helfen. Früchtebrot, das in verschweißten Dosen von zu Hause ankam, Zigaretten und Zahnbürsten gehörten zu den Dingen, die sie miteinander teilten. In Jerusalem hatte ein Straßenphotograph sie vor einem Leinentuch, auf dem eine mickrige Oase dargestellt war, abgelichtet: einer trägt einen Fez und grinst über das ganze Gesicht, der andere hat seinen Arm um den Freund gelegt.

Alle paar Tage schrieb der Kleinere an eine junge Frau in Brisbane, mit der er verlobt war. Der Freund sah sich ihr Photo mit ausgestrecktem Arm an und pfiff anerkennend, obwohl auch er ihre vorstehenden Zähne bemerkt haben mußte.

Der Kleinere, der Zahnarzt werden wollte, war ein ernsthafter, fast pedantischer Mann, besonders, wenn er an seine Verlobte dachte, die zu Hause auf ihn wartete, während der andere, der mit dem Pfeifen, schlaksig, laut und unbekümmert war und das Leben leichtnahm. Er hieß Brain, was verhinderte, so sagte er, daß er je zum Offizier befördert wurde.

Kurz darauf, in der Schlacht um Kreta, verlor der Kleinere sein rechtes Auge und seine rechte Hand durch eine Granate. Neben ihm wurde der schlaksige Freund, Brain, durch Granatensplitter am Bauch verletzt. Beide wurden hinter die Front gebracht. Im Lazarett standen ihre Betten nebeneinander, und der Schlaksige erholte sich schnell.

Es versteht sich von selbst, daß der schwer Verwundete, der fast vollständig unter Bandagen verschwand und nur noch ein Auge und eine Hand hatte, nicht in der Lage war, an seine

Verlobte zu schreiben, schon gar nicht regelmäßig. Und als sein Freund ihm eine Zigarette zwischen die Lippen steckte, hatte er Mühe zu inhalieren.

Als Brain wieder auf den Beinen war, übernahm er die Aufgabe, an die Verlobte zu schreiben. Er vergaß, sich vorzustellen, und benutzte einfach das vertraute »ich«.

In Brisbane bekam die junge Frau plötzlich Briefe von einem Soldaten in ihr ganz unbekannter Handschrift. Nach einigem Zögern antwortete sie.

Sie bedankte sich für seine Briefe. Sie fragte, ob er zufälligerweise ihren Verlobten kannte, einen kleinen Mann mit rotem Haar. Sie fragte mehrere Male. Aufgrund der Kriegswirren – jeden Tag wurden im Mittelmeer Schiffe versenkt, auf denen vermutlich Postsäcke waren –, erhielt sie darauf keine Antwort. Instinktiv wußte Brain, daß er die schrecklichen Verletzungen seines Freundes nicht beschreiben sollte. Statt dessen gab er sich alle Mühe, sie zu erheitern. Allmählich begann sie, ihm persönliche Fragen zu stellen.

In dem Krankenhaus mit den grünen Wänden vergingen die Stunden nur langsam. Brain hatte den Krieg kennengelernt, das reichte ihm. Jetzt wollte er nur noch nach Hause zurück. Er erzählte ihr von seinem Plan, einen ländlichen Pub zu kaufen. Er hatte sich schon ein wenig darum gekümmert. Ländliche Pubs waren erstaunlich billig. Er entwarf ein Leben, das sich harmonisch in die Jahreszeiten und das Kommen und Gehen von Schafscherern und Handelsvertretern einfügte. Seine Briefe umfaßten jetzt ein Dutzend oder mehr Seiten. Die Zähne der jungen Frau, die so unschuldig vorstanden, wichen allmählich zurück, und er sah nur noch, in der Erinnerung an das zerfledderte Photo, ihren freundlichen Silberblick und den Schwung ihrer Hüften.

Sein Freund, der eigentlich Zahnarzt werden wollte, war immer noch nicht außer Gefahr, und Brain machte den Ärzten etwas vor, damit er bei seinem Freund bleiben konnte, schob ihn im Rollstuhl in die Sonne und setzte sich neben ihn in einen Korbstuhl und schrieb die Briefe. Einmal, als der Rollstuhl auf der kurzen Strecke anstieß, stöhnte der Patient auf, ein andermal ergriff er den Arm des Freundes und sagte: »Du bist der Beste.«

Nach und nach, fast unbeabsichtigt, wurden die Briefe kühn und anzüglich. In Erinnerung an das Photo schwärmte er in blumigen Worten von ihren Hüften, auch von ihren Füßen, die auf dem Photo gar nicht zu sehen waren, und stellte Mutmaßungen über ihre Persönlichkeit an. Langsam und in allen Einzelheiten zog er ihr alle Kleider aus und schilderte ihre Unterwäsche, bis sie ganz nackt vor ihm stand, wie er schrieb. Er war Soldat, und von einem Soldaten wurde Mut erwartet.

Sie reagierte verhalten. Sie machte einen kleinen Scherz. Aber konnte er sich ernsthaft vorstellen, daß sie beleidigt war?

Seine Handschrift war ihr nicht mehr unbekannt. Der stete Strom der dunklen Tinte, Seite für Seite, hatte eine Beharrlichkeit, die seinen Worten und Gedanken entsprach. Und da er ihr jetzt täglich schrieb, hatte sie kaum die Chance, sich von einem Ferntagtraum, der sich eher wie eine eindringliche Aufforderung las, zu erholen, als schon der nächste eintraf, und der nächste darauf. Oder es kam aufgrund der Kriegswirren ein Packen von sieben oder acht auf einmal. Um es mit einem militärischen Terminus zu sagen: Flächendeckende Bombardierung, die kaum einer überlebt.

Langsam genas auch der Schwerverletzte soweit, daß er nach Hause geschickt werden konnte, obwohl sein Sehvermögen sehr eingeschränkt war. Sein Freund war neben ihm, als man ihn auf das Schiff trug. Er versprach, ihn nach Ende des Krieges zu besuchen. Beim Abschied tauschten sie ihre Adressen aus.

In dem Moment – dem denkbar schlechtesten – fing eine Krähe kläglich zu krächzen an. Bevor Ellen etwas sagen konnte, hatte der Erzähler sich umgedreht.

»Man könnte damit anfangen«, sagte er lächelnd, »daß man alle ländlichen Pubs aufsucht, solche mit einer breiten Veranda. Und sich dann die Zähne der Frauen über fünfzig, die hinter dem Tresen bedienen, ansieht.«

Und wieder ging der Fremde auf ihrem Land voran, und Ellen war sich bewußt, daß sie ihm folgte – sie könnte weggehen, etwas anderes tun.

Sie hatten sich weit vom Haus entfernt.

Er schlenderte weiter und beachtete sie anscheinend nicht; meistens verscheuchte er nicht einmal die Fliegen. Und doch hatten sie sich seit Stunden treiben lassen, ohne jede Verkrampfung, so wie Fremde in einem dunklen Kino ganz unbefangen nebeneinander sitzen.

»Müssen Sie nicht zum Haus zurück?« fragte er plötzlich. »Wieviel Uhr ist es?«

Die Frage bedurfte keiner Antwort. Oftmals blieben solche Fragen als besonders angenehme, offene Feststellungen in der Luft hängen. Was würde sie sagen, wenn ihr Vater sie fragte, wo sie den Tag über gewesen war? Worte über Worte, Stunde um Stunde, von Baum zu Baum.

So wie er von einem bestimmten Baum angezogen war und von einem anderen nicht, schien es, als würde er von einem Draht gezogen. Während Ellen den Geschichten, oder seinen Entwürfen für Geschichten, zuhörte, fiel ihr auf, daß die aus den

Namen der Eukalyptusbäume erwuchsen, häufig aus den weniger komplizierten landläufigen Namen. Und auch wenn sich manche Geschichten nur auf die allerdürftigste Verbindung mit dem Namen oder gar auf ein komplettes Mißverständnis des Namens gründeten, so war das kaum von Bedeutung.

Hier, auf einem freien Stück Land, stand ein *E. cameronii*, ziemlich groß mit einem grauen, faserigen Stamm.

Er zog ein Stück der weichen Rinde ab, und eine Staubwolke wirbelte auf.

Sie blieben im schwachen Schatten des *E. cameronii* stehen, dessen Laub wie das Negativ eines Photos von Blattwerk anmutete, und so wie der Fremde aus dem Schatten trat und wieder hinein, konnte man vermuten, daß er eine Geschichte dazu im Kopf hatte, eine aus seinem schrumpfenden Vorrat an Kriegsgeschichten, Geschichten von Gewalt, die immer graudunkle Geschichten sind. Und Ellen war noch nicht überzeugt davon, daß ihr die Farbe grau gefiel, ob nun für ein Schiff oder ein Paar Schuhe oder ein Kleid – sie war maskulin, metallisch. Natürlich, es gab auch ein paar Ausnahmen, wie bestimmte Skier oder die weichen Federn des Kakadus, die so harmonisch ins Rosa übergehen.

Die Geschichten, die ihr gefielen, waren keine grauen Geschichten mit schwarzen Balken dazwischen, sondern solche, in denen grün, rot und kräftige Böen von Blau vorkamen und ein geometrisches Wechselspiel zwischen drei Personen – Geschichten, die sie so tief berührten, daß sie sie einfach in ihrem Tagebuch aufschreiben mußte.

Mit den Fingerspitzen berührte Ellen die Schönheitsmale auf ihrem Gesicht.

»Eine kleine Stadt in der Republik Irland«, begann er, »sie heißt Lifford.«

So ein genialer, verkürzter Anfang vermied andere ausgeschmückte Möglichkeiten: »Es war an einem regnerischen Abend in Boston«, zum Beispiel, oder: »Eine merkwürdige Empfindung war das (am 26. August)«, ganz zu schweigen von: »Der Marquis ging um fünf.« Jedoch hatte er sich zu seinen Gunsten eine harmlose Übertreibung erlaubt: Lifford ist in Wirklichkeit ein Dorf, keine Stadt. Schieferdächer, nasse Straßen, ungewöhnlich wilde Schulkinder.

»Lifford ist, wie man mit einem Blick auf die Landkarte feststellen kann, vergleichbar mit unglücklichen Städten in Polen oder in der Tschechoslowakei. Es hat das Pech, auf der Grenze zwischen zwei Ländern zu liegen ...«

In Lifford gibt es Häuser, in denen das zur Straße blickende Wohnzimmer in Nordirland liegt, während das Badezimmer und der hintere Garten zur Republik Irland gehören. Durch die Stadt und durch das Leben der Menschen verlief eine unsichtbare gepunktete Linie. Von allem anderen abgesehen, führte es zu ausgeprägten Loyalitäten. Ein junger Mann namens Kearney war als eins von fünf Kindern in Lifford aufgewachsen. Seine Zukunftspläne standen fest. Wie viele andere junge Männer auch, wollte er Lifford verlassen. Aber er hatte das Gefühl, daß schon Dublin im Süden auf der anderen Seite der Erdkugel lag. Obwohl er keine Arbeit hatte, begann er, Geld für ein Motorrad zu sparen. Kearney trank gern. Abends überquerte er die Grenze, um mit den protestantischen Mädchen von den umliegenden Höfen auszugehen. Er küßte sie hinter Bäumen und Steinwällen. Er riß gern Witze. Er hatte ein großes Mundwerk. Nachts sah er auf den Feldern und Wegen Männer, die er kannte, aber auch Fremde mit Waffen und Autos ohne Licht; er sah einen toten britischen Soldaten in einem Bewässerungsgraben und einen Protestanten mit einer Schirmmütze, der noch zuckte.

Einige der älteren Männer rieten ihm, seine Zunge zu hüten und die Bauernmädchen in Ruhe zu lassen. Er nahm die Warnung nicht ernst. Man warnte ihn erneut.

Eines Abends kehrte Kearney nach Lifford zurück, nachdem er sein Mädchen nach Hause gebracht hatte. Dieses Mädchen, das in Nordirland lebte, hatte ihm erlaubt, ihr die Bluse aufzuknöpfen. Auf dem Weg zurück in die Republik pfiff Kearney vor sich hin, die Hände in den Taschen.

Ein Mann trat ihm in den Weg und steckte sich eine Zigarette an. Andere Männer traten auf ihn zu. Kearney sah sich um und versuchte ein Täuschungsmanöver. Bei Helligkeit oder in einem Pub hätte er sie vielleicht mit seinem Charme überzeugen können. Eine Faust oder der Griff einer Axt traf seine Schläfe mit enormer Wucht. Der Schlag schien seinen Schädel zu spalten. Ein neuer Hieb ging auf ihn nieder, und dann trafen ihn von allen Seiten Schläge. Er spürte, wie sein Nasenbein brach. Um ihr Mitleid zu erregen, ließ er sich zu Boden fallen und krümmte sich, was viel schlimmer war, weil es ihre Stiefel anzog. Knochen brachen, zersplitterten. Er merkte, wie er das Bewußtsein verlor. Nur dumpf verstand er, warum. Er spürte Erleichterung: der Schmerz verschwand. Ein Gedanke an sein Motorrad ging ihm im Kopf herum. Vor weniger als einer Stunde hatten diese harten Zähne die zarte Brust des ernsthaften Bauernmädchens berührt, und jetzt schrie Kearney auf, als sie abbrachen und er die Stücke lose in seinem Mund fühlte.

Ein Teil seines Körpers wurde in Nordirland, der andere in der Republik Irland zusammengeschlagen. Auf einer Seite wurden ihm die Rippen gebrochen und die Lunge verletzt, auf der anderen Seite wurde ihm der Wangenknochen eingeschlagen und Finger- und Knöchelbrüche zugefügt.

Die eine Seite seines Körpers wurde grün geschlagen, die andere blau. Ein Auge schwoll zu.

Kearney blieb halb tot, halb lebendig liegen. Nicht einmal er selbst wußte genau, was. Am frühen Morgen fand ihn der Milchmann in einer Pfütze liegend, mehr tot als lebendig.

Es war, als ob – von dem Tag an – ein Teil seiner Gefühle lebendig und der andere tot wäre. Es war angenehm, mit Kearney zu sprechen, aber nicht zu lange. Er sagte nie seine Meinung, er bezog nie Stellung. Ein Teil von ihm dachte das eine, der andere das Gegenteil. Einerseits, andererseits.

Er bekam eine Behindertenrente und zog nach Dublin. Dort ergab es sich, daß er anfing zu photographieren.

Für jemanden, der in jeder Situation eine neutrale Position bezog, war eine Laufbahn als Photograph geradezu ideal, und nachdem er mit Leichtigkeit eine Lehre als Polizeiphotograph absolviert hatte, wurde seine außerordentliche Fähigkeit, ausgewogen und unvoreingenommen zu arbeiten, von den Zeitungsleuten in der Fleet Street erkannt, und Kearney wurde die schwierige Aufgabe übertragen, in Bürgerkriegen und Hungergebieten sowie bei Hinrichtungen in Afrika und Südamerika zu photographieren. Aufträge dieser Art hatten den Seelenfrieden anderer Photographen vor ihm zerstört. Kearney jedoch zeigte keine Gefühle angesichts dessen, was er sah. Seine Schwarzweißphotos in den Magazinen der Sonntagszeitungen wurden wegen ihrer erbarmungslosen Objektivität gerühmt.

Und in diesen rastlosen Jahren wurde Kearney selbst mit seinem zerschlagenen Gesicht, dem lahmen Bein und der allgegenwärtigen Kameratasche zu einer bekannten Figur.

In einem der Zeitungsbüros in London lernte er eine australische Journalistin von einer Regionalzeitung in New South Wales kennen. Sie hatte zu allen Themen der Welt eine unmißverständliche Meinung. Vielleicht sah er ein Abbild seiner eigenen früheren Persönlichkeit in ihr! Sie ihrerseits fand seine extrem entwickelte Fähigkeit, beide Seiten zu sehen, attraktiv. Er gab ihr das nötige Gleichgewicht, aber sie wußte auch, daß sie ihn im Griff hatte – ein einigermaßen stabiles Leben.

Kaum hatten sie geheiratet, als die Frau anregte, daß sie nach Sydney ziehen sollten. Eine Stadt war wie die andere, dachte er, obwohl er in Sydney noch einmal von vorne anfangen mußte und wieder als Polizeiphotograph arbeitete.

Sie war es auch, die ihn überredete, die Schwarzweißphotographie aufzugeben und zu Farbphotos zu wechseln. Er hatte keine Einwände. Farbe konnte Dinge vollbringen, die Schwarz und Weiß versagt blieben, und andersherum. In einem Reihenhaus in Newton, wo Fenster und Türen sich ächzend in der Feuchtigkeit öffneten – ein schmutziger Vorort, dieses Newton –, starteten sie ein kleines Unternehmen für Photokalender, die sie an Immobilienmakler, Gemüsehändler und Metzger verkauften, als Kundengeschenke zum Jahresende, und jedes Jahr war eine Wiese voller Merinoschafe abgebildet oder eine Aufnahme von demselben einzeln stehenden Geistergummibaum aus unterschiedlichen Richtungen.

Das Geschäft war kein Riesenerfolg. Aber es ging auch nicht ein.

Es ist immer noch unmöglich, Kearneys Meinung zu einer Sache zu erfahren. Er streitet nie. Sie geht seit neuestem in die Kirche. Allem Anschein nach sind sie ein zufriedenes Paar.

22
Rudis

Die Vorstellung, daß ein stiller Mann zu heftigen Gefühlsregungen neigen könnte, scheint ausgeschlossen, dennoch sind Anzeichen für dieses napoleonische Phänomen in den Randbereichen des Protestantismus recht häufig zu beobachten. Möglicherweise ist es gar nicht so weit hergeholt, daß Gelassenheit und ungestüme Gefühlsausbrüche genau die Aspekte sind, die manchen Männern den Dienst in der Kirche attraktiv erscheinen lassen. Der Charakterzug ist unter Seelsorgern, Pfarrern und Missionaren so häufig, daß er von den Kirchenältesten nur zu ihrem eigenen Schaden ignoriert werden kann. Wird ein anscheinend stiller Mann aus einer konservativen Gemeinde als Missionar in ein fremdes und schwieriges Land geschickt, besteht immer die Möglichkeit, daß sein Verhalten Anstoß erregt. Übrigens scheint die Missionarsarbeit der Grundregel zu widersprechen, die besagt: »In einem gesetzten und ruhigen Leben erwirbt die Seele Weisheit.«

Die Geschichte von Clarence Brown – dem Geistlichen Clarence Brown – beginnt für unsere Zwecke nicht in Edinburgh, wo er zur Welt kam, sondern im Jahre 1903 auf einem Fluß in Westafrika – da war er Anfang dreißig –, und endet (mehr oder weniger) in einem Vorort von Adelaide und anderen Teilen Australiens, wo sich seine Spuren verlaufen.

Sein Vater war ein Prediger in Edinburgh, der das gewaltige Meeresdonnern der eigenen Stimme liebte. Selbst das »Guten Morgen« auf den Stufen der Kirche sprach er mit solcher Inbrunst, daß die Adern auf Schläfen und Stirn deutlich hervortraten. Für seine Gemeinde war es daher eines Sonntags eine kleine Überraschung, als er mit erhobenem Arm, als hielte er ein Schwert, plötzlich ins Stammeln geriet und in der Kanzel zusammensackte.

Clarence kniete neben dem Vater. »Gehe hin ...«, schien der Vater sagen zu wollen, bevor er aus tiefer Brust einen letzten Seufzer ausstieß. Clarence hatte seine Entscheidung ohnehin getroffen. Zu Beginn des Jahres 1903 kam er mit seiner jungen Frau in Lagos an, und am nächsten Tag schiffte er sich ein und fuhr den Niger hinauf in ein entlegenes, heißes Dorf.

Nichts hatte den Geistlichen Brown und seine Frau mit der Haube auf die unglaubliche Hitze Afrikas vorbereitet, auf die allgegenwärtigen Zeichen von Krankheit und Hunger und die Atmosphäre passiver Hoffnungslosigkeit. Er war einmal in London gewesen, das war alles.

Die verwirrende Fremdheit des Landes erschien durch die Breite des Flusses und die große Entfernung zwischen Menschen und Dingen noch melancholischer. Von dem Moment, da sie in Afrika angekommen waren, und mehr noch, je weiter sie den Fluß hinauffuhren, fühlten sie sich von ihren Landsleuten – auch nur ein Stamm mit prächtigen Kleidern und alten Bräuchen – vergessen. Der Geistliche rieb sich die Hände und gab sich redlich Mühe, seine Frau zu trösten; die aber vermißte ihr Klavier und ihre zahlreichen Schwestern in Edinburgh. In der Hitze war ihr Gesicht rot angelaufen, und sie atmete durch den Mund. Jedes Geräusch in der Wildnis war ihr zuwider, und sie weigerte sich, die Säuglinge anzufassen.

In dem Teil des Landes war seit sieben Jahren kein Regen gefallen.

Das Getreide war verdorrt, und die Unterernährung hatte die Sehfähigkeit und die Entwicklung der Knochen der zweitgeborenen Kinder beeinträchtigt; der kommunale Wohlstand, bestehend aus Herden struppiger schwarzweißer Ziegen, war dezimiert, was eine dauernde Veränderung des Mitgiftssytems zur Folge hatte. Zum ersten Mal seit Menschengedenken führte der Niger kein Wasser, und weiter flußaufwärts, so wurde berichtet, floß das restliche Wasser *rückwärts*. Für die Menschen, die an seinen Ufern aufgewachsen waren, bedeutete das der Untergang der ihnen vertrauten Welt.

Wäre der Fluß in seiner Form umgrenzt wie die Sonne oder der Mond oder ein Baum oder sogar das Feuer, dann wäre er verehrt worden. Die Menschen nahmen ihren Fluß ernst. Er floß an ihrem Leben vorbei, war immer da, war ein Lebensspender. Es gab Geschichten – auch sie kamen von weiter stromaufwärts – von Leichen, die mit der Strömung trieben und vor einer Hütte hängenblieben, wo sie auf eine Frau wiesen, die Ehebruch begangen hatte.

Normalerweise konnte man die Kraft des Flusses mit der Hand fühlen. Nachdem er jetzt aufgehört hatte zu fließen und nichts weiter war als ein langgestreckter seichter Teich mit warmem Wasser, machte sich in den Menschen eine ähnliche Trägheit breit. Das hatte zur Folge, daß der Geistliche Brown seine beherrschte Haltung verlor und alsbald jeden Anschein von Ruhe und Gelassenheit aufgab.

Er war wie eine Gestalt aus dem Alten Testament. Der hagere Mann, der durch die dürre Landschaft stolpert, ist der Stoff, um den sich Legenden ranken. Er war ein guter Mensch, und das zeigte sich in einer gewissen hektischen Unschuld. Er ertrug es nicht, Menschen leiden zu sehen – die Kinder, die Kinder. Als Neuankömmling und als weißer Mann, ausgestattet mit religiöser Macht, richtete sich jetzt alle Aufmerksamkeit auf ihn. Er mußte etwas tun.

Sie sahen zu ihm auf, einzeln, in Gruppen.

In seinem Talar und allen Insignien betete der Geistliche Brown um Regen, erst allein, dann neben seiner schweigsamen Frau – die den Eingeborenen gegenüber eine unerklärliche Wut an den Tag legte; dann in der schweißtreibenden Kirche aus Wellblech; und als all das nichts nützte, betete er am Fluß, vor einer großen Menschenansammlung. Er hob den Blick zum Himmel: heiß und völlig wolkenlos. So ging es wochenlang. Er hörte, wie die Worte aus ihm herausrollten wie Donner. Es gab doch einen, der die Herrschaft über Unglück und Tod hatte – er schrie hinaus, ob ihn denn keiner hörte. Bis er, von Hoffnung und Verwirrung zugleich angetrieben – möglicherweise hatte er das von seinem Vater geerbt –, aus der Kirche stürzte und eine große hölzerne Christusstatue in den Fluß warf.

Im Laufe desselben Tages schien sich der große Fluß zu regen. Am nächsten Tag floß das Wasser wieder. Innerhalb einer Woche war der Strom unaufhaltsam: er wurde breiter und trat über die Ufer. Kleinere Tiere und die wenigen Anpflanzungen wurden fortgerissen, ebenso alte Leute und kleine Kinder, die vom Hunger geschwächt waren. Die Hütten am Ufer taumelten in die Fluten, selbst die Kirche des Geistlichen Brown, die angeblich auf höherem Boden stand, wurde überflutet.

Diesen Menschen, die das Geschichtenerzählen liebten, hatte der Geistliche nichts als Unglück gebracht. Seit seiner Ankunft hatte sich ihr Elend vervielfältigt. Hinter seinem Rücken brach eine Flut der Beschimpfungen los. Brown verstand nicht, warum die Einladung zum wöchentlichen Gottesdienst nicht mehr befolgt wurde. In London trafen Berichte über seine Schwierigkeiten und die unglaubliche Tat ein, daß er den Christus ins Wasser geworfen hatte – abgesehen von allem anderen war die Statue Eigentum der Kirche –, und er wurde zurückgerufen. Nie wieder setzte er einen Fuß auf afrikanischen Boden.

In Adelaide, der Stadt der Eukalyptusbäume, richteten sich der Geistliche Brown und seine Frau in einem Bungalow mit einer roten Veranda in dem Viertel von Norwood ein. Der beschauliche Vorort mit den verblichenen grauen Holzzäunen hatte, wenigstens auf die Frau, eine beruhigende Wirkung. Mit seinem Überschuß an Energie arbeitete er sonntags als Laienprediger und während der Woche als Umzugshelfer.

Sie hatten eine Tochter. Die mußte mit achtzehn heiraten, einen älteren Mann. Eine Weile versuchte der Vater, ihren Zustand geheimzuhalten und sie im Haus zu verstecken, aber als das nicht länger möglich war, schickte er sie trotz des Flehens seiner Frau fort.

Der Mann, den sie heiratete, war als Versicherungsvertreter immer unterwegs. Er hieß Cave. Das Kind kam zur Welt, es war ein Junge, ein gesundes Kind, das eine enge Beziehung zur Mutter hatte. Aufgrund ihrer Lebensumstände wurde sie sehr abhängig von ihm. Sie mied die Kirche und ging mit ihm statt dessen in Konzerte, wo sie immer auf denselben Plätzen saßen. Und jedesmal beobachtete der Sohn besorgt, welche heftigen Gefühlswallungen die Musik in seiner Mutter auslöste: ihr Mund stand offen, die normalerweise gelassenen Züge wurden vor Erregung verzerrt, manchmal traten Tränen in ihre Augen. Er ging auch weiterhin mit ihr in Konzerte, aber Mr. Cave war von da an vor Musik, die zum Ruhme Gottes komponiert war, auf der Hut.

Eine Zeitlang versuchte er, Abstand zu gewinnen und sich

ein Bild von sich zu machen. Obwohl er mit beiden Füßen fest auf der Erde stand, sah er sich doch als flüchtige, unbeständige Präsenz. Nur allzu leicht fühlte Mr. Cave sich wie eine Nebensächlichkeit.

Wenigstens bot ihm das Reich der Bäume eine solide Basis. Schließlich war hier eine ganze Welt ohne jede Psychologie, die offen und verschlossen zugleich war. Die Aufgabe der Klassifizierung und Beschreibung bot hinreichend Komplexität. Eukalyptusbäume, zum Beispiel, stellten ein vielschichtiges Thema dar, das er beinahe ganz erfassen konnte, als würde es mit ihm zu einem einzigen, sich endlos reproduzierenden Wesen.

Schon oft war Mr. Cave im Begriff gewesen, Holland davon zu erzählen – als ob das etwas ändern würde; aber er stellte sich vor, daß Ellen mehr Verständnis zeigen würde. Es war an der Zeit, daß er mit ihr ins Gespräch kam.

Mit Holland war es einfacher, im Thema der Eukalyptusbäume herumzuwandern. Ein Austausch von Informationen war für beide leicht – leichter. Mr. Cave erzählte, während er die Bäume benannte. Auf seinen vielen Exkursionen auf dem Murray und dem Darling und dem Cooper Creek und darüber hinaus hatte Mr. Cave viele Geschichten von Überschwemmungen gehört, fast so viele wie von Buschfeuern oder Leuten, die sich aufgrund mangelnder Erfahrung verirrten und verdursteten. Während er mit Holland über dessen Land streifte, verspürte er den Drang, ihm einige dieser Geschichten zu erzählen, und Holland gab eine davon beiläufig an Ellen weiter, weil darin eine Frau aus der Stadt vorkam, die sie beide kannten.

Vor ein paar Jahren, als es nicht genügend Lehrer gab, so fing die Geschichte an, warb die Regierung Lehrkräfte aus Großbritannien an. Ein Lehrer für Naturwissenschaften kam mit seiner blassen Frau und zwei Töchtern und wurde nach Grafton geschickt – das ist eine Stadt an einem der Flüsse im Norden.

Sie zogen in ein Holzhaus in der Nähe des Flusses. Sie hatten sich noch nicht an das große Land gewöhnt und schon gar nicht an die Gebräuche in der kleinen Stadt Grafton – schließlich waren sie erst knapp eine Woche da –, als der Fluß anschwoll und über die Ufer trat. Immer mehr Wasser flutete über das Land – braun, unaufhaltsam, in alle Richtungen. Der Lehrer und seine Familie wurden mit einem Boot aus ihrem Haus geholt.

Nach der Überschwemmung blieb der Schlamm. Er verfärbte die Wände. Der Lehrer mußte die Tür zum Schlafzimmer mit der Schulter aufstemmen, und als sie sich öffnete, kreischten Frau und Töchter und wichen zurück: Die Wassermassen hatten eine tote Kuh in ihrem Schlafzimmer zurückgelassen, die jetzt verwesend und aufgebläht auf dem Ehebett lag.

Was für ein Land! Jeder andere hätte sich mit dem nächsten Schiff wieder in das postkartengrüne England zurückbringen lassen.

Aber sie blieben. Er wurde Direktor.

Und die Töchter heirateten und ließen sich in ländlichen Städten nieder. Die eine ist die Klatschbase in der Post, erzählte Holland Ellen, die mit den braunen Haaren, die wie Kopfhörer frisiert sind. Spuren ihres englischen Akzents sind immer noch da, so wie nach einer Überschwemmung Spuren unter dem Fenster bleiben.

Von dem Tag an, als Ellen als Kind aus dem Zug gestiegen war, hatte diese Frau sie nicht aus dem Auge gelassen. Das Kind hatte keine Mutter! Oft stellte sie Ellen Fragen über ihren Vater. Am Anfang wenigstens. Von den Freiern, die zu Hollands Land hinausgingen, kannte sie Mr. Cave am besten, weil sie ihm fast jeden Tag einen Brief aushändigte oder ihm eine braune Briefmarke verkaufte. Obwohl er älter als Ellen war, glaubte sie, daß er Chancen hätte: Er war solide, ein zuverlässiger Mann.

23
Racemosa

Ein schönes Exemplar des Sumpfgummibaums (*E. rudis*) kann man im Botanischen Garten von Sydney sehen, wenn man dreißig Schritte vom Buchladen zurückgeht. Er ist grandios. *Herrlich* ist das Wort, das einem in den Sinn kommt. Natürlich. *Herrlich* ist das Wort, das auf jeden Fall vermieden werden muß, besonders dann, wenn man ein Kunstwerk beschreiben will, wie zum Beipiel einen Cézanne (den Maler der Pinien), oder die Scheußlichkeiten eines Opernhauses oder die Physis eines braunhäutigen Boxers (»ein herrlicher Mann«), ganz abgesehen von der natürlichen Erhabenheit eines Eukalyptusbaumes. Es ist ein ausgesprochen aufgeblasener Begriff, ein Zeichen von Impotenz dessen, der mit gezückter Feder irgend etwas zu vermitteln sucht …

Hinsichtlich des Umfangs und des Standorts ähnelt der Sumpfgummibaum dem Rotgummibaum, denn er bevorzugt Wasserläufe und marschigen Boden, doch hat man ihn auch mit Erfolg im sandigen Algerien gezüchtet. *Rudis* bezieht sich offensichtlich auf die rauhe Rinde; möglicherweise aber auch auf sein Holz – zu mehr als Feuerholz eignet es sich nicht.

Seine oberen Äste sind glatt und grau. Die Blütenknospen sind groß und haben einen grob konischen Deckel, die ausgewachsenen Blätter sind lanzettlich.

Hollands Baum dieser Art stand auf einer Linie im rechten Winkel zur Brücke, neben einem blassen Kritzeleukalyptus mit dem Namen *E. racemosa*.

Ellen war so sehr mit den Geschichten beschäftigt, die der Fremde auf seine langsame Art erzählte, und sie waren so sehr Teil ihres Tages, daß sie nur wenig Notiz von den Eukalyptusbäumen nahm, die hinter den Geschichten standen. Sie ließ die Welt, die seine war und zugleich weit darüber hinausging, zu sich kommen. Seine indirekte Art, eine Geschichte nach der anderen zu erzählen, setzte Phantasie und Erfahrung voraus und bedeutete, daß er viele Stunden mit ihr verbrachte, nur mit ihr, und jedesmal ein wenig von sich preisgab – und wenn er Lust dazu hatte, ging er – manchmal nur mit einem knappen Winken. Zurückzubleiben, umgeben von nichts als grauen Stämmen und der fast vollständigen Abwesenheit von etwas Lebendigem, machte die Stille unbehaglich, unbefriedigend.

Eukalyptusbäume sind berüchtigt dafür, daß sie eine ungastliche, abweisende Atmosphäre verbreiten.

An diesem Freitag zog sie ein Kleid an, das zu der Farbe von Butter verschossen war, und fühlte sich leicht und frei. So leicht war ihr Gefühl, daß sie ihr schönes Gesicht zu einem Ausdruck entschlossener Ungeduld krauszog. Und in dem ärmellosen Kleid war sie sich ihrer selbst so sehr bewußt, daß sie in einer Art Schwerelosigkeit, so fühlte es sich an, dahinschwebte.

Draußen im Freien gab es kaum etwas, das ihren Blick hielt. Wenigstens konnte sie sich darauf verlassen, daß der Fremde auftauchen würde; mit seiner Gestalt konnte sie rechnen, neben den Bäumen.

Die Stimme klang vertraut – suchend, etwas rauh. Wenn er ihr vorläse, würde sie einschlafen.

Diesmal war er erstaunlich persönlich.

»Die sind ja interessant«, sagte er, die Augen unterhalb des Halses, »die stehen Ihnen gut.«

Er meinte zwei große weiße Knöpfe unterhalb des V-Ausschnitts, nur zwei. Sie hatte sie von einem alten Mantel abgetrennt und eigenhändig angenäht.

»Mein Vater ist in die Richtung da gegangen«, sagte sie, »deswegen bin ich hierhergekommen. Ich hintergehe ihn, finde ich.«

»Das verstehe ich nicht.« Mit gerunzelter Stirn rüttelte er kräftig an dem Seil der wackligen Brücke.

Ellen wußte wohl, daß sie von dem, was er anfangs gesagt hatte, ablenkte, so daß vor ihm nichts weiter als frische Luft lag, wo er doch diesmal Interesse an ihr gezeigt hatte. Sie wandte sich zu den gleichmäßig gepflanzten Bäumen zwischen ihnen und dem Haus um.

»Das sind meine Lieblingsbäume. Und Ihre?« Bevor er antworten konnte, sagte sie leise: »Waren Sie da mal drin? Ich habe ein Photo von einer Gummiplantage in Malaysia gesehen ...«

Er hielt einen Finger hoch. Einige Adler schwebten von dem mächtigen Königseukalyptus herab und flogen davon, andere dunkle Vögel flatterten auf.

Jetzt hörte Ellen es auch: Männerstimmen, auf Borkenfetzen knirschende Männerstiefel.

Er zog sie unter die Brücke, wo sie sich hinhockten, und hielt weiter ihr Handgelenk, was sie erlaubte.

Sie hörte das Lächeln in seiner Stimme, als er sagte: »Jetzt hintergehen Sie Ihren Vater wirklich. Was, wenn er Sie hier entdeckt?«

»Psst!« sagte sie.

Durch einen Spalt im Boden der Brücke sah sie, wie ihr Vater und Mr. Cave ins Blickfeld kamen, verschwanden, wieder sichtbar wurden, während die Stimmen anschwollen und verebbten.

Ellen hatte sich nur wenig um Mr. Caves Fortschritte gekümmert; irgendwie schaffte sie es, den Gedanken zu verdrängen. Doch die beiden aus größter Nähe bei ihrem Geschäft zu sehen, bestürzte sie. Während sie zusah, bewegte er sich unablässig durch die Plantage und benannte jeden einzelnen Baum. Das Ganze dauerte vielleicht vierzig Minuten. Augenscheinlich hatte ihr Vater sich schon damit abgefunden. Wenn Mr. Cave einen Baum benannte, strich ihr Vater ihn wie ein Buchmacher in einem selbstgemachten Katalog mit einem schwarzen Einschlag aus. Schon jetzt wirkten sie wie ein Gespann von Vater und Schwiegersohn.

»Er ist wie eine Maschine«, sagte sie schwach.

Sie wollte den Kopf irgendwo anlehnen. Die Hoffnungslosigkeit – fast ein sich ausbreitender Fleck –, die hatte sie ganz vergessen. Jetzt schnürte sie ihr die Kehle zu und drehte ihr den Magen um. Sie wußte nicht, was sie tun sollte. Sie sackte in sich zusammen, so wie Frauen angeblich in sich zusammensacken, wenn eine Vergewaltigung droht. Dabei war Mr. Cave keineswegs ein schlechter Mann! Geduckt unter der Brücke, merkte sie, daß ihr Handgelenk immer noch umklammert wurde – eine grobe Art, ihren Puls zu messen. Wenigstens schien er, dieser Mann hier, neutral.

»Es ist schrecklich …«, war alles, was sie hervorbrachte.

Der Fremde ließ ihr Handgelenk los und sah zu den beiden Männern am Ufer des Flusses rechts von ihnen hinüber. Auf diese Weise konnte Ellen sein Gesicht, sein Ohr und seinen Hals von der Seite betrachten, ganz aus der Nähe.

»Mein Vater«, flüsterte Ellen, mehr zu sich selbst, »der in dem alten Jackett. Mein Vater hat …« Im Umkreis von vielen

Meilen wußte jeder über die Ehepläne ihres Vaters Bescheid, doch dieser Mann neben ihr hatte darüber noch nie eine Andeutung gemacht.

Zu diesem Zeitpunkt hatte Mr. Cave dreiviertel aller Eukalyptusbäume benannt, in ein paar Tagen würde er fertig sein. Es blieben höchstens hundert Bäume, wenn überhaupt so viele. Alle anderen Bewerber waren ausgeschieden. Wenn Mr. Cave es gewollt hätte, wäre er an diesem Nachmittag fertig geworden, aber anscheinend gefiel es ihm, mit ihrem Vater über das Gelände zu wandern, sich zu unterhalten und Informationen auszutauschen, nicht immer über Bäume. Ellen sah das alles vor sich; und jetzt hatte sich ihr Vater schon in sein Schicksal ergeben.

Sich vorzustellen, daß es einen Mann außer ihm gab, der alles über dieses umfassende und komplexe Thema wußte, was es zu wissen gab!

Und plötzlich wollte Ellen vor ihren Vater treten und ihn anschreien. Als ob das was helfen würde! Wenn sie doch nur in Sydney wäre! Da könnte sie verschwinden.

In dem Moment konnten sie unter der Brücke den Rauch seiner Zigarette riechen. Darin lag etwas vom Wesen ihres Vaters: zerknautscht, warm, ein starrköpfiger Mensch, bis hin zu den silbernen Streifen in seinem Haar.

Was den Fremden anging, so war auf ihn wohl kaum Verlaß. Mal zeigte er Interesse, dann schien es erloschen. Er machte sie auf den untersetzten Baum vor ihnen aufmerksam, *E. racemosa*.

»Es wird sich schon was ergeben«, sagte er.

Inzwischen war ein phantasieloser Baumphotograph (andere Photographen spezialisieren sich auf Aktphotos, Mauern der dritten Welt, verlassene Frauen in melodramatisch abgedunkelten Salons, auf die Ästhetik von Hunger und/oder Krieg, auf Mode oder Berge aus verschiedenen Blickwinkeln) im Auftrag eines internationalen Verlags mit Hollands Erlaubnis über dessen Land gegangen und hatte auf höchst effiziente Weise, der selbstvergessenen Beiläufigkeit der Natur ganz ähnlich, jeden einzelnen Eukalyptusbaum identifiziert und abgelichtet. Es war eine Terminarbeit, für die er mehrere Wochen gebraucht hatte. Jedesmal, wenn er seinen Photoapparat aufstellte, waren die anderen auf der entgegengesetzten Seite des Besitzes. Schließlich schleifte er sein Stativ wie ein Vermessungsinstrument hinter sich her, packte alles in seinen Wagen und fuhr durch das Tor davon, ohne auch nur die geringste Ahnung von dem Preis zu haben, den er hätte bekommen können, wenn er nur davon gewußt hätte – oder an dem er nicht interessiert war, wenn er es wußte – und ward nie mehr gesehen. Auch Ellen, die eine spontane Abneigung gegen seinen zottigen Bart, die Stiefel und die Khakishorts empfand, wußte nicht, was er geleistet hatte.

24
Barberi

Beim Frühstück hatte Holland schon sein altes Jackett an und war bereit, aufs neue loszuziehen.

Durch das Fenster: Eukalyptusbäume hier und dort, bis hin zu dem ebenen Stück entlang des Flusses, dessen Lauf durch eine Verdichtung von Grün markiert war. Zur Linken war ein Teil der malerischen Auffahrt zu sehen, die in regelmäßigen Abständen mit Eukalyptusbäumen gleicher Höhe bepflanzt war: Wir erinnern uns, wie das Stück zwischen der Straße und dem Haus aussah.

Es war spät. Doch da der Preis in Reichweite war, konnte Mr. Cave sich ruhig Zeit lassen.

Wolken waren am Himmel aufgezogen und lasteten über dem Land, die Ankündigung des langersehnten Regens. Folglich erschienen die Luft und stellenweise auch der Boden grau. Die Stimmung am Tisch war düster, trüb. Wahrscheinlich wurde sie verstärkt – verdichtet, könnten wir sagen – durch das Holzkohlengrau des Steinhauses und die zusätzliche Dunkelheit der weit vorgezogenen Veranda.

Ellen fühlte sich grau. Sie hatte nicht geschlafen.

Sie überlegte, ob es ihre eigene Müdigkeit war, die ihren Vater in dem Moment ... nicht unbedingt älter, aber eindeutig abgekämpft und gesetzt wirken ließ. Seine Ohren waren größer geworden. Und die Stoppeln, die er beim Rasieren übersehen hatte, ließen irgendwie mangelndes Urteilsvermögen in allen anderen Dingen vermuten.

»Ich möchte, daß du das trinkst, sonst gieße ich dir keinen Tee ein.«

Ellen hatte angefangen, ihm zum Frühstück Orangensaft zu geben, wenn nicht für ein längeres Leben, so doch für sein Wohlbefinden.

Ihr Vater nahm das Glas. »Nach Mr. Caves Dafürhalten war es ein Akt des Wahnsinns und der Unwissenheit, auf der Auffahrt Eukalyptusbäume zu pflanzen. Er weiß von mindestens drei Fällen, in denen die Bäume ein Buschfeuer direkt zum Haus geleitet haben. Und alles ist zu Schutt und Asche verbrannt. Es könnte hier auch passieren, sagt er. Was machen wir dann?«

Er beugte sich vor und berührte Ellen am Ellbogen.

»Unser Freund Mr. Cave würde als erstes mit der Kettensäge losgehen. Doch in dem Haus ist nichts von Wert außer dir. Und ohne dich« – in der Hand hielt er ihren schönen Ellbogen – »wäre dieses Haus eine leere Hülle.«

Ellen blieb neben ihm sitzen, und sie schwiegen. Sie sah zu, wie er mit der leeren Tasse spielte. Womöglich wollte er noch etwas hinzufügen, als er aufsah. »Aha, da kommt er ja. Sieh ihn dir an. Auf seine Art ist er ein bemerkenswerter Kerl.«

Ellen verließ eilig den Raum. Sie antwortete nicht, als ihr Vater nach ihr rief, und auch später nicht, als er mit Mr. Cave fortging. Eine Zeitlang war ihr das blaue Kissen ein Trost.

Sie betrachtete sich im Spiegel: in letzter Zeit runzelte sie ständig die Stirn. Hastig und achtlos zog sie ein altes Hemd ihres Vaters an, olivfarbene Hosen und Stiefel. Draußen ging sie wie immer mit ausholenden Schritten zum Fluß, aber plötzlich wurde sie langsamer, fast blieb sie stehen, und senkte den Blick. Eine graue Trägheit bemächtigte sich ihrer.

Sie kam sich wie ein ordentliches Haus vor, das bald jemand in Besitz nehmen würde. Und da lachte sie.

Weit hinter der Hängebrücke erreichte Ellen ein zur Hälfte eingefriedetes Gebiet, in dem sie bisher erst einmal, zusammen mit ihrem Vater, gewesen war, bei einer seiner Pflanzexpeditionen. Es lag am nördlichen Rand, wo der Fluß eine Biegung nach Osten machte. Am äußersten Punkt hatte Holland einen einzelnen Geistergummibaum gepflanzt, der an manchen Tagen von der Stadt aus zu sehen war. Zu Ellens rechter Hand senkte sich das Land zum Fluß, in immerwährendem Schatten. Hier, in der auslaufenden Ebene, standen viele seltene Eukalyptusbäume, jetzt in voller Größe, eine geheime Fülle, die meisten aus dem Nordterritorium. Sie blühten wie eine Masse greller Asterisken. Sogar Ellen blieb stehen und sah sie sich an.

Dies war der Ort des Niedergangs für die weniger gut vorbereiteten Bewerber gewesen. Mr. Cave hingegen hätte ihre Namen (ihre bildhaften landläufigen Namen: Kürbisgummibaum, Gelbjacke, Barbiergummibaum, Kakadu-Woollybutt, Manna-Eukalyptus, Stechender Messkamerad, Bastardtalgholz und so weiter) für sie herunterbeten können, nur daß Ellen nie wieder den Namen eines Eukalyptusbaumes hören wollte. Quer auf dem Weg vor ihr lag eine Mulgaschlange, nach Wärme suchend; Ellen ging um sie herum.

Warum sie sich so weit vom Haus entfernt hatte, konnte sie nicht sagen. Sie hatte es nicht bewußt getan. Schließlich blieb sie bei einem zierlichen Zwerggummibaum stehen, dessen dünne Stämme eher wie Zweige waren, die in den Boden gerammt waren.

Wenn er hierher zu mir kommt, wo ich jetzt stehe, dann muß

er mir nachgehen. Von allem anderen abgesehen würde es zeigen, wie weit er für sie zu gehen bereit war. Und sie wollte ihn sehen.

Die meisten seiner Geschichten, so wurde ihr klar, handelten von Töchtern und vom Heiraten, und sie waren, dachte sie, mehr und mehr an sie gerichtet.

Dabei hatte sie schon genug damit zu tun, den Gedanken an den unaufhaltsamen Vormarsch des Mr. Cave zu verscheuchen.

Das Arbeitshemd und die Hosen in ihrer Schmucklosigkeit konnten ihrer gesprenkelten Schönheit nichts anhaben. Wenn überhaupt, machten sie sie noch aufsehenerregender. Tatsächlich würde jeder, der sie anträfe, denken, wenn sie untröstlich war, so mußte der Grund in ihrer Schönheit liegen.

Sie bemerkte sofort, daß sein Haar naß war. Offensichtlich hatte er sich mit dem Hemd abgetrocknet.

»Ich bin hier«, rief sie ihm zu.

Gut zehn Minuten lang saßen sie so nebeneinander, daß sie sich an mehreren Punkten fast berührten, und sprachen nicht. Die unbefangene Vertrautheit beruhigte sie. Als er jetzt zu sprechen begann, war er fast ebenso unentschlossen wie der Barbiergummibaum, der wild aus dem Boden hinter ihnen sproß. Der Baum war sein Stichwort, und seine Worte suchten langsam kreisend, wo sie in sie und niemanden sonst eindringen konnten.

Es ging eine Geschichte um (»Haben Sie schon gehört ...«) aus Mauretanien, ausgerechnet Mauretanien, das ein riesiges Wüstenland mit mittelalterlichen Gebräuchen ist, in dem es, so heißt es, kein Gebäude mit mehr als zwei Stockwerken gibt. In einem felsigen Teil des Landes, in der Nähe eines mittleren Gebirgszugs, wurde eine junge Frau mit langen Haaren von *einem Ungeheuer* gefangengehalten. Es war ein wilder, unmäßig schwitzender Riese, der leicht in heftigen Zorn geriet. Er lebte in einer Hütte aus Stein mit steinernen Möbeln, auch die Fenster waren aus Stein. Die junge Frau dachte fortwährend darüber nach, wie sie fliehen könnte. Am leichtesten wäre es natürlich nachts, aber der Riese war darauf vorbereitet und hielt beim Schlafen ihre Haare zwischen den Zähnen. Langsam wuchs ihre Verzweiflung, obwohl ihre Schönheit nicht geringer wurde. In einer mondlosen Nacht stieg ein Dieb ein und begann, ihre Haare einzeln aus dem Gebiß des Riesen zu befreien. Er brauchte die ganze Nacht dazu. Als die Morgendämmerung anbrach, zog er das letzte Haar heraus, und die beiden flohen. Und während sie über das steinige Gelände liefen, sah der Dieb vor sich die bleiche Schönheit, von der er nur hatte reden hören, und sie, in ihrer Erleichterung, daß sie nun frei war, drehte sich um und sah ihren Retter, den Dieb, zum ersten Mal an.

Ellen hatte bewegungslos zugehört.

Sie erwartete, daß er fortfahren oder ihr doch mindestens einen Blick zuwerfen würde, statt dessen sah sie, wie er vor sich hin starrte, als wollte er sie meiden.

Er griff das Thema wieder auf und fuhr fort, und dabei wählte er seine Worte mit der gleichen Sorgfalt, wie der Dieb sie bei der Befreiung der Haare hatte walten lassen. Ellen richtete sich gespannt auf.

Die Beziehung zwischen einer Frau und ihrem Friseur, so erklärte er, ist sehr intim. Man sagt, daß Frauen ihrem Friseur Dinge erzählen, die ihrem Mann mitzuteilen ihnen nicht im Traum einfallen würde.

Mit einem diskreten Hüsteln übertrieb er seine Verwunderung.

Auf dem Stuhl vor dem Spiegel begibt sich eine Frau in die

Hände ihres Friseurs, eines Mannes. Es ist ein Ereignis, fast ein Zeremoniell, konzentriert und teils düster. Die Frau trägt ein Gewand. Das Haar ist der einzige veränderliche Teil des Gesichts. Und es ist das Haar, das die verschiedenen Ausführungen weiblicher Schönheit umrahmt und hervorhebt. Mit kahl geschorenem Kopf ist die Frau auf ihr Wesentliches reduziert. Darin liegt auch das Symbolische, wenn man einer Frau die Haare schert und sie auf die Straße hinausjagt, weil sie mit dem Feind geschlafen hat.

Beim Friseur sieht sich die Frau in verschiedenen Stadien der Bloßstellung im Spiegel. In jedem Stadium steht, immer gleichbleibend, der Friseur hinter ihr. Als erstes wird die Frau durch Waschen und Spülen ihrer Haare in den Urzustand der Unscheinbarkeit versetzt; nichts anderes hat sie schon immer geargwöhnt. Von dort verfolgt sie mit kritisch-hoffnungsvollem Auge ihre Umwandlung. Der Friseur hat sich an Tränen gewöhnt. Selbst wenn die Frau mit dem Ergebnis zufrieden ist, ist sie doch unzufrieden, weil sie weiß, daß ihr neues Erscheinungsbild *erworben* ist, daß es auf einer Illusion basiert, einer kunstvollen Berichtigung durch den Schnitt oder eine Ausdehnung in die Luft hinein, sozusagen. Jede Frau hat eine feste Meinung zu dem Haar anderer. Haar ist Macht. Der Aufstieg mancher Frauen in der Geschichte fand seine Parallele in dem ihrer Friseure.

»Schuhe und Haare. Alles dazwischen ist bedeutungslos«, hatte eine Frau mit ergrauendem Haar und Sonnenbrille einmal im Bus in Sydney zu Ellen gesagt.

Auf der langen Straße in die Stadt, Oxford Street, hatte Ellen einen mit Silberfarbe gestrichenen und mit Kronleuchtern geschmückten Friseursalon aufgesucht, während ihr Vater draußen auf und ab ging. Und jetzt hörte sie dem Mann neben sich zu, der ihr von der Tochter eines Viehzüchters erzählte, die in Sydney zu Besuch war – es war eine Geschichte darüber, wie die Macht von dem Friseur auf eine unschuldige Frau überging.

Sie hieß Catherine. Sie stammte aus einer der alten Flußanrainerfamilien, deren Wurzeln weit zurückgingen. Sie hatten ein schönes Haus. Der Besitz lag am Murrumbidgee, und auf den Weiden grasten so viele Schafe, daß man aus einem bestimmten Winkel den Eindruck hatte, das Gras hätte eine Dauerwelle. Catherines Eltern lebten getrennt, wenigstens was den Wohnsitz betraf. Die Mutter, an die man sich noch als mondäne Erscheinung in der gehobenen Gesellschaft Sydneys erinnerte, langweilte sich auf dem Anwesen am Fluß natürlich zu Tode und verbrachte den größten Teil des Jahres in Sydney, wo sie an der Elizabeth Bay eine im spanischen Stil eingerichtete Wohnung hatte. Dort füllte sie ihre Tage mit Wohltätigkeitsarbeit, Verabredungen zum Lunch und dem Golfspiel aus, jedoch nicht unbedingt in dieser Reihenfolge. Den Februar eines jeden Jahres, den Monat, der in Sydney der Trägheit und der Transpiration überlassen ist, verbrachte sie in Europa. Sie war eine grimmige, sonnenverbrannte Schönheit; große Summen Geldes wurden regelmäßig in Kleider und Kosmetika investiert; in einem Banksafe hatte sie ein paar gute Schmuckstücke.

Ab ihrem achtzehnten Lebensjahr fuhr Catherine in regelmäßigen Abständen mit ihrem Vater nach Sydney und wurde dort bei ihrer Mutter abgeliefert. Die Mutter hatte diese Idee gehabt: der Gedanke, daß ihre Tochter auf dem Lande, umgeben von blökenden Schafen und krächzenden Krähen, versumpfte und den unbeholfenen Annäherungsversuchen der ländlichen Jugend ausgesetzt war, schien ihr unerträglich. In Sydney würde sie das Reiten vergessen und Cocktailkleider tragen, auch mit kräftigen Schultern wie den ihren.

Bei dem ersten dieser Besuche – anläßlich einer Pferdeauktion – warf die Mutter einen Blick auf ihre Tochter und ließ sich unverzüglich einen Friseurtermin bei Maurice in Double Bay geben. Und fortan lief jeder Besuch nach diesem Muster ab, wenn Catherine in die Stadt kam.

Für einen normal Sterblichen war es schwer, bei Maurice einen Termin zu bekommen, besonders von einem Tag auf den anderen. Entweder mußte eine Frau »jemand« sein oder so aussehen, als wäre sie der Geist von »jemandem«, oder sie mußte ganz stark den Eindruck erwecken, daß sie eines Tages (aufgrund von Heirat, Geld oder Scheidung) »jemand« sein würde.

Manche Frauen trauten sich nicht, den Salon von Maurice zu betreten. Zwar lächelte er nie, aber er hatte ein unglaublich variables Mienenspiel, das in seiner Intensität sehr weiblich war, fast waren es Grimassen, die von den schimmernden Spiegeln vervielfältigt wurden. Auch war seine Stimme sehr laut. Sein häufigster Satz war: »Was haben wir denn *hier?*« Manchmal schnipste er verächtlich mit den Fingern in die Haare einer Frau. Er hatte fünf Assistenten, die er überwachte, indem er in die Hände klatschte, hinter ihnen vorbeihuschte und auf dies und jenes zeigte, wie ein Schachgroßmeister in einem Schaukampf gegen eine Reihe junger Hoffnungsträger, und immer war einer von ihnen bereit, ihm noch einen türkischen Kaffee in derselben kleinen Tasse zu servieren.

Solch unverhohlene Tyrannei würde natürlich niemand tolerieren, wenn der Blick des Meisters nicht untrüglich gewesen wäre. Frauen verstummten, wenn er hinter ihnen stand, ihr Haar in den Händen hielt, als wöge er Gold, und dann, das Gesicht zu einer Grimasse verzogen, zu einer raschen Entscheidung kam: hier schneiden, da wellen oder färben. »Recht so?« Unter seinen Händen erhielten böse aussehende Frauen – so böse, daß sie häßlich waren – ein gemildertes Äußeres bis hin zu einem, je nach Alter und der zur Verfügung stehenden Haarmenge, majestätisch-huldvollen Erscheinungsbild. Andere verwandelte er in prachtvolle Galionsfiguren, und jungen Blondinen gab er die Leichtigkeit und Wendigkeit von Skiffs. Bei aller theatralischen Strenge hörte Maurice zu und zeigte Mitgefühl, wann immer die Rede auf ein Problem kam, das persönlicherer Art war als das Haar. Aus allen östlichen Vororten – Vororten mit Namen wie Vaucluse, Bellvue Hill, Point Piper – strebten Frauen zu seinem Salon neben dem Schweizer Geschäft für Schuhe und Handtaschen in Double Bay, und manche parkten sogar in zweiter Reihe, um nicht zu spät zu einem Termin zu kommen.

Von alldem wußte Catherine nichts.

Sie war ein unauffällig junges Ding, die aussah, als säße sie im Freien unter einem Baum.

Offensichtlich war ihre Mutter eine spezielle Kundin von Maurice. Mit einer eleganten Geste vertraute er das Waschen von Catherines Haaren seinem hoffnungsträchtigsten Lehrling an, der sich vorgenommen hatte, in Sydney breite rasierte Koteletten wieder einzuführen. Er hieß Tony Blacktin. Er war auch für das Fegen zuständig. Wenn er sprach, sah Catherine ihn im Spiegel an. Er begann damit, Maurice laut nachzuahmen: eine unbedachte Grobheit, die ihm spontan herausfuhr. Catherine saß ganz still. Vielleicht eignete er sich nicht für den Friseurberuf. Und Blacktin: Woher dieser Name wohl kam?

Unvermittelt fragte er Catherine: »Ich würde es gern mit einem Schnurrbart versuchen. Was meinen Sie?« Bevor sie antworten konnte, sagte er: »Der Chef würde mich rauswerfen.«

Er fuhr fort: »Ich bin in Sheffield geboren. Und Sie?«

Ermutigt durch Catherines sanfte Aufmerksamkeit, erzählte

er ihr von seiner Familie. Seine Mutter hatte eine Pfirsichallergie und verspätete sich immer. Der Vater knirschte mit den Zähnen und sagte: »Du kommst noch zu deiner eigenen Beerdigung zu spät!« Er hatte sich als Eisverkäufer mit einem Eiswagen in Liverpool versucht, dann ließ er Frau und Kinder sitzen, und das letzte, was man von ihm hörte, war, daß er Pianist in einem Nachtclub in Burma war. Ein anderer Blacktin – ein gewisser Cyril – stand in dem Ruf, ein heller Kopf zu sein. Er war Naturwissenschaftler und verschickte immer sein neuestes Buch, verpackt in eine braune Papiertüte.

So plapperte er munter weiter, als Catherine sich zurücklehnte und die Augen schloß. Warmes Wasser strömte über ihren Kopf. Kräftige Finger erleichterten den Fluß durch ihr dichtes Haar.

Gleich darauf zögerten die Finger in ihrem Haar, und Catherine merkte, daß er stumm wurde.

Sie war soeben erst vom Lande gekommen und hatte nicht einmal Zeit gehabt, sich umzuziehen.

Der Friseurlehrling blickte staunend in das Becken, auf dessen Rand ihr Nacken lag. Staub rann dort in einem trüben, braunen Fluß ins Becken, bildete einen Strudel und staute sich hellbraun, als schiene die Sonne hindurch, und das Wasser im Becken war warm und stieg an. Auf dem Grund blieb eine Spur von hellem Sand zurück.

Solch ländlich-braunes Wasser bekam man in einer städtischen Umgebung nie zu Gesicht, und schon gar nicht in dem Salon in Double Bay. Für den jungen Lehrling bedeutete das freier Himmel, Sommerwiesen, einzelne Bäume. Während seine Hände durch das trübe Wasser fuhren, erwartete er, auf einen Flußkrebs oder ein Eukalyptusblatt zu stoßen.

Immer mehr Bilder von sich biegendem Gras und Trockenheit sah er in dem staubigen Wasser, das aus ihrem Haar floß. Er glaubte, ihre Augen seien, wie bei den anderen Frauen, geschlossen. Er ließ seine Hand auf ihrem nassen Haar liegen; so hätte er sie den ganzen Tag halten mögen.

Catherine ihrerseits fand ihn amüsant. Er war anders. Manch einer fände sein Gesicht mit den dicken Koteletten vielleicht zu höckrig, aber im Spiegel sah Catherine eine attraktive stockende Festigkeit. Sie machte es sich zur Gewohnheit, wenn sie nach Sydney kam, jedesmal unverzüglich in den Salon zu gehen, wo Tony ungeduldig darauf wartete, ihr die Haare zu waschen und zu spülen.

Wenn Catherine jetzt zum Friseur gehen wollte, schickte sie ihre geprägte Visitenkarte und bat um einen Termin bei Mr. Blacktin.

Er wußte nicht recht, ob er *ihr* verfallen war oder dem Fluß oder der Vorstellung von dem braunen Land, das durch ihr Haar floß. Nach anfänglichem Zögern ging sie ab und zu mit ihm in ein Restaurant und anschließend in eine Bar, wo er ihr weitere Geschichten von seiner Familie und seinen Reisen erzählte und auch Geschichten, die er von anderen gehört hatte. Manche erfand er auch – Hauptsache, es amüsierte sie, fesselte ihre Aufmerksamkeit. Und weil zwischen den Besuchen lange Abstände lagen, merkte Catherine, daß sie sich fast ebenso darauf freute, ihn zu sehen und seine Stimme zu hören, wie darauf, in die Stadt zu kommen. Außerdem kannte sie sonst kaum jemanden in Sydney.

Nach ungefähr einem Jahr, so geht die Geschichte weiter, saß Catherine wieder einmal auf dem Stuhl und sagte zu ihm: »Ich will es ganz kurz, schneiden Sie es so kurz Sie können.«

Entweder wollte sie, daß er in jedem Punkt das tat, was sie sagte, oder sie wollte den Staub in ihrem Haar reduzieren. Nebenher würde sie auch ihrer Mutter eine Art warnenden Schock versetzen.

Nun war es Blacktin aber von Maurice verboten, Haare zu schneiden – diese Ehre war den Künstlern vorbehalten, die nach Jahren harter Übung mit kleinen Scheren hantierten –, und als Maurice im Zuge seiner Überwachung vorbeikam, sah er seinen Lehrling mit abgewinkelten Ellbogen und vorgestreckter Zunge, wie ein Mann, der eine weiße Linie auf Backsteine malt, und erfaßte mit einem Blick Catherines gänzlich verändertes Aussehen sowie die Büschel hellbraunen Haars um den Stuhl. Tony war so vertieft, daß er Maurice weder hinter sich noch im Spiegel bemerkte. Catherine jedoch sah ihn und begegnete seinem Blick so ruhig, daß er ohne ein Wort weiterging.

Maurice war ein Mann mit feinem Gespür. Aus einiger Entfernung betrachtete er das Paar, Catherine und seinen Lehrling mit den absurden Koteletten, minutenlang.

Sie waren glücklich zusammen. Erwartung prägte ihre Intimität, die viel intensiver war als die – das sah er –, die Friseure normalerweise erlebten. Sie waren jung, und er neidete ihnen ihre Unschuld. Dennoch, er ging in sein winziges Büro und telefonierte – nach einem kurzen Blick auf seine Hände – mit Catherines Mutter, wodurch das nützliche Band zwischen ihnen gestärkt wurde.

25
Forrestiana

Ein kleiner Baum, ein Zierbaum.

Im westlichen Australien pflanzen die Leute ihn im Garten, weil er eine Fülle maranelloroter Blüten hervorbringt.

So klein, daß er in manchen Kreisen verächtlich als Strauch bezeichnet wird.

Vor ein paar Jahren ... in einer Stadt nicht weit von Melbourne, deren Name an den der Stadt erinnert, in der Sherlock Holmes um die Ecke gebracht wurde, lebte eine blasse Frau mit einer spitzen Nase zusammen mit ihrem Vater, dem Rechtsanwalt der Stadt. Sie hieß Georgina Bell.

Als Georgina Anfang dreißig war, machte sie ihre erste und einzige Reise nach Europa. Das war in den Zeiten, da Australier in bauchigen P & O-Passagierschiffen aus ihrem leeren Land flohen. Das Stampfen der Schiffe war vergleichbar mit dem horizontalen Rattern der Züge, nur daß es auf einer schwappenden Flüssigkeit von großer Tiefe stattfand.

Auf dem Schiff trug sich etwas Seltsames zu.

In Port Said, wo eine stehende Hitze die Reisenden empfing, ging sie an Land. Sie wurde von Hunderten von Bettlern, Händlern, Schnorrern und Kindern in zerrissenen Hemden bedrängt, geschoben, mitgezerrt, und mit Reden überschüttet –

das reinste Chaos. Aus der Masse stach ein Gesicht heraus und starrte sie an. Er folgte ihr in einen Basar. Aber der Lärm und die Gerüche dort und die Menschen, die nicht von ihr abließen – es war einfach zuviel. Sie ging zum Schiff zurück und wollte sich in ihrer Kabine von der Hitze ausruhen. Im nächsten Moment schreckte sie hoch, weil derselbe Mann neben ihr auf der Koje saß. Seine Augen waren auf sie gerichtet. Er hatte feuchte, fleischige Lippen und verströmte einen schwachen Nelkenduft.

Von draußen drang das summende Gemurmel des fremden Landes herein. Wahrscheinlich sprach er nicht ein Wort englisch, dachte sie später. Wie ein Zauberer zog er aus seinem Hemd ein lebendiges Huhn. Ohne ein Lächeln streichelte er es. Bedächtig setzte er ihr das Huhn auf den Oberschenkel, wo es wie hypnotisiert hocken blieb. In dem Moment hätte er alles mit ihr machen können. Aber Mitglieder der Schiffsmannschaft stürmten in ihre Kabine. Sie verstand nie, warum sie gerade dann kamen.

Nach einem Monat in England kehrte Georgina Bell nach Hause zurück. Jedem, der sie fragte, gab sie zur Antwort: »London war natürlich faszinierend, aber ich habe meinen Vater und den Garten vermißt.« Das Haus, in dem Georgina lebte, war aus altem Bluestone. Umgeben war es von Rosenstöcken, Pflanzentrögen und Lauben.

Vor ihrer Reise hatte Georgina dem Geschäftspartner ihres Vaters, einem verheirateten Mann mit einem sauber gestutzten Schnurrbart und vier Kindern, nur höfliche Aufmerksamkeit erwiesen. Jetzt fiel ihr auf, daß er ungewöhnliche Dinge sagte, die sie amüsierten. Einige Male, als sie ihn zu Notariatsarbeiten in andere Städte begleitete, gingen sie gemeinsam essen. Zu Georginas Erstaunen und nach nur schwachem Widerstand wurde sie seine Geliebte.

Georgina konnte kaum glauben, was ihr geschah. Sie spürte eine plötzliche überfließende Fülle und eine rasch zunehmende tiefe Zärtlichkeit für ihn und Anteilnahme an allem, was mit ihm zu tun hatte. Sie versuchte es in Worte zu kleiden, lachte aber nur. Bei ihm konnte sie alles sagen und fragen. Nie war sie einem Menschen so nah gewesen. Sie hatte eine klare und zugleich vage Vorstellung von seiner Erscheinung! Sie wollte immer bei ihm sein, aber das war nicht möglich. Sie hatten nur die kurzen Stunden zwischendurch. Sie wollte ihm Pullover stricken, ein Halstuch und Wäsche kaufen; sie hätte immer darauf geachtet, daß seine Schuhe glänzten. Georgina hätte gern gewußt, ob seine Frau ihn nach zwanzig Jahren Ehe so gut verstand wie sie. Es schmerzte sie, ihn in der Kirche, auf der anderen Seite des Ganges, mit seiner Frau und ihren Kindern sitzen zu sehen. Da und im Büro ihres Vaters verkehrten sie mit äußerster Höflichkeit miteinander.

Fast zwei Jahre lang waren sie ein Liebespaar. Ohne jede Vorwarnung brach er an einem Sonntagnachmittag auf offener Straße zusammen und starb. Er war nicht einmal übergewichtig. Georgina konnte niemandem erzählen – nicht ihrem Vater, keinem in der Stadt –, daß sie ein Liebespaar gewesen waren. In der Öffentlichkeit konnte sie auch ihre Trauer nicht zeigen. »Und die Erde senkte sich auf ihn.« Er wurde im Garten begraben, im Schatten des Rotdorns.

Tag für Tag wollte Georgina schreien.

Auf seinem Grab pflanzte sie Blumen, deren feine Wurzeln zu ihm hinunterreichten. Jeden Tag trug Georgina sie an ihrem Busen, rote Fuchsien, und stellte sie in eine Vase neben ihr Bett.

Die kräftigen Farben konnte sie stolz zur Schau tragen, und mit der Zeit ging es ihr besser.

26
Platyphylla

Langsam ließen sie den Fuchsieneukalyptusbaum hinter sich.

Die Behutsamkeit, mit der er die Geschichte von der Tochter des Rechtsanwalts erzählt hatte, war ein Hinweis darauf, daß sie tatsächlich geschehen war, und Ellen sah Georgina Brown vor sich, eine blasse Frau in unvorteilhaften braunen Kleidern, ihre lange Nase wie ein in rote Tinte getauchtes Stück Kreide, und sie fragte sich, wie sich eine Frau nach so einem Ereignis wieder fangen konnte. Es gab auch einen Vater in seiner vertikalen Würde. Sie hatte eine Fülle von Fragen.

Hin und wieder streifte der Mann neben ihr ihre Hüfte und Schulter – wahrscheinlich merkte er es nicht einmal.

Sie blickte in die Ferne und sah, daß er eine zärtliche Seite besaß, aber an der Art und Weise, wie er die Geschichten abrupt beendete, genau in dem Moment, da sie mehr erfahren wollte, war nichts Zärtliches. Diese Art ähnelte ihrer gegenwärtigen Lage, die man nur als in der Schwebe und unbefriedigend beschreiben konnte. Was als Sanftheit erschien, war vielleicht wenig mehr als Höflichkeit, ein Sichzurücknehmen. Denn hier war er und verbrachte die meisten Tage mit ihr, einer Frau, zwischen den Bäumen. Nur sie zwei, sonst niemand.

Sie wollte mit ihm sprechen.

»Wir lächeln heute mehr als sonst. Was gibt's?«

Lächelnd, obwohl es sich mehr wie ein Stirnrunzeln anfühlte, sah sie ihm in die Augen. Der Fuchsieneukalyptus war vor Ellens Zimmer als »Zierstrauch« gepflanzt worden. Zum ersten Mal schlenderte er mit ihr über den Kiesweg vor der Haustür. Jeden Moment konnte ihr Vater um die Ecke kommen – mit Mr. Cave. Das reichte, um Ellen mit wilder Heiterkeit zu erfüllen. »Da oben schlafe ich.«

Sie wußte nicht, ob er sie gehört hatte. Seine ganze Aufmerksamkeit schien sich plötzlich auf einen ziemlich unauffälligen Roten Zwerggummibaum (*E. socialis*) zu richten.

Es machte sie fast verrückt, daß er so viel Zeit mit ihr verbrachte, zwischen den Bäumen, ohne daß sie genau wußte, warum. Ellen empfand ihn wie einen ständigen warmen Wind, der auf verschiedene Körperpartien einen angenehmen Druck ausübte und ihr Kleid an die Haut preßte; auch die Art, wie er mühelos das Thema wechselte, war wie der Wind, der ein wenig die Richtung änderte und sie dennoch dauernd umgab.

Sie waren noch in dem Areal der niedrigen Eukalyptusbäume, als er mit nachdenklicher Stimme davon zu sprechen anfing, daß ein Angestellter bei einer bekannten Versicherungsgesellschaft in einem außerhalb von Hobart liegenden Vorort eine Trittleiter brauchte, um eine Witwe zu umwerben, die täglich auf dem Weg zur Arbeit und nach Hause an seinem Haus vorbeikam. Um auf sich aufmerksam zu machen, so ging die Geschichte weiter, fing er an, die riesige Hecke um den Vorgarten zu erstaunlichen Tierfiguren zurechtzustutzen, so wie auch manche Vögel in den Tropen sich darin verausgaben, komplizierte Nester zu bauen und auszuschmücken und im Flug akrobatische Purzelbäume zu schlagen. Zu welchem Einsatz doch ein männliches Wesen bereit ist, um das Augenmerk eines schwer zu beeindruckenden Weibchens auf sich zu lenken, sagte er.

Das Problem war nur, daß die Ergebnisse dieser Leidenschaft für die romantische Kunst des Heckenschneidens die falschen Leute anzog. Aus ganz Hobart und vom gesamten australischen Festland sowie aus den asiatischen Ländern mit ihrer strengen Arbeitsmoral kamen Busladungen von Leuten mit Photoapparaten. Aber die Witwe, wie reagierte die?

Er hob die Stimme bei dieser Frage, und Ellen mußte unwillkürlich lächeln. Ihr gingen viele Fragen durch den Kopf, aber in dem Moment beschloß sie, ihm zuvorzukommen. In der gleichen abrupten Art, wie er seine Geschichten beendete, wandte sie sich entschlossen dem Hause zu. »Ich muß umkehren«, sagte sie.

Ohne sich besonders zu beeilen, überquerte sie die Kiesauffahrt. In der Ferne sah sie ihren Vater und die unverwechselbare größere Gestalt des Mr. Cave. Als sie an der Haustür ankam, wurde sie von einem Schluckauf erfaßt, der sich aus der Entfernung wie ein Schluchzen anhören mußte.

Der einzelne Weißgummibaum stand hinter der verborgenen Biegung, nahe bei der Badestelle, die Ellen für ihr Geheimnis hielt. Dort, hinter den ausladenden Rotgummibäumen, war er wie ein Aufblitzen von Alabasterweiß, als öffnete sich ein Vorhang und enthüllte bleiche Beine in ganzer Länge.

Ellen war den ganzen Morgen in ihrem Zimmer geblieben. Sie hörte Stimmengemurmel, es kam von ihrem Vater und Mr. Cave. Bis zum Wochenende würde er auch die letzten Bäume benennen. Ellen fiel auf, daß ihr Vater ihren Blick mied. Auch für ihn war es eine schwierige Prüfung gewesen. Und jetzt lag die Aussicht auf ein leeres Haus vor ihm.

Ellen hörte, wie die Tür zuschlug, als sich ihr Vater und der fast erfolgreiche Bewerber auf den Weg machten.

Sie zog ihr Kleid aus und stieg statt dessen in Hemd und Hose, dann wechselte sie wieder in ein Kleid. Zwischendurch schaute sie in den Spiegel. Sie probierte verschiedene Schuhe an. Nie war es hell genug in ihrem Schlafzimmer! Dennoch, diesen Körper, der in heller Vollständigkeit leuchtete, akzeptierte sie.

Es überraschte sie jedesmal, daß er sie fand, wenn sie draußen zwischen den Bäumen herumging. Es war, als hätte er viele Gehilfen. Würde er sich von links oder von rechts nähern, oder von hinten? Sie wußte es nie. Jeden Moment konnte er vor ihr aus einem der Bäume zu Boden springen, wie Errol Flynn oder Tarzan.

Sie hatte das Haus viel später als sonst verlassen. Die Schatten waren schon auf die andere Seite der Bäume gekrochen. Ihr Baumwollkleid fühlte sich warm an, als wäre es gerade frisch gebügelt worden.

Ellen strebte dem Fluß zu, in die Dichte der Bäume ihres Vaters. In der Nähe der Badestelle ging sie langsamer. Dieser Mann, der ein solches Verlangen hatte, sie zu sehen, daß er sie jeden Tag aufsuchte: sich vorzustellen, daß sie ihm gestern einfach den Rücken gekehrt und weggegangen war. Was er wohl dachte? Und wenn er jetzt nie wieder auftauchte – was dann?

Das Wasser war klar, die pelzigen Stöcke und Steine am Grund erschienen vergrößert. Durch die überhängenden Äste fiel das heiße Licht gemustert auf ihre Arme, wie eine Tätowierung, und als Ellen ins Wasser ging, stellte sie sich ihr Gesicht gefleckt wie einen Schildkrötenpanzer vor. Sie spürte eine sich ausbreitende, fließende Verwandtschaft mit dem Strom der Natur. Diese Wahrheit empfand man leicht in einem Fluß. Die

Strömung drängte sich sanft gegen sie, ein leiser Druck, der niemals nachgab, eine treue Beharrlichkeit, und Ellen planschte und ließ sich treiben und planschte erneut, während ihre Gedanken zu ihm drifteten und es sie glücklich stimmte, daß das, was sie zuließ, kaum falsch sein konnte.

Ellens Körper zwischen den Bäumen war eine überraschende Erscheinung. Er war blaß und rundum weich, während die Stämme, die sie umgaben, so hart waren. Die warme Handvoll Haare zwischen ihren Beinen und ihre übrige Weichheit ließen an ein Tier, ein Kaninchen zum Beispiel, vor Felsgestein denken.

Aus dem Wasser ins Sonnenlicht steigend, fühlte Ellen sich entblättert, für das Auge zumindest. Sie betastete ihr Haar, um zu sehen, ob es schon trocken war. Später beugte sie sich hintüber, um ihre Ferse in Augenschein zu nehmen. Sie hatte nichts weiter zu tun, also blieb sie dort.

Auf allen Seiten von reglosen Stämmen umgeben, wußte sie nicht mehr, wo genau sie ihre Kleider abgelegt hatte.

In dem Moment hörte sie Schritte. Er schien absichtlich auf jedes Stück abgeschilferter Borke am Boden zu treten. Ellen drehte sich zu ihm um. Sie war sich ihrer Nacktheit bewußt, jedoch nicht des vollen Ausmaßes ihrer gesprenkelten Schönheit.

Kurz vor ihr blieb er stehen.

Sie wünschte sich, er möge sofort mit einer neuen Geschichte beginnen; vielleicht dachte sie, eine Erzählung würde ihre Nacktheit bedecken, obwohl er den Blick abgewandt hatte. Über einem Arm trug er ihr gelbes Kleid und die anderen Sachen.

»Ich erinnere mich, daß einst …« Er überlegte es sich anders und wandte sich zu ihr.

Seine Hand streckte sich einfach aus und berührte, zum

ersten Mal, ihre Wange, tastete sich dann hinauf zu ihrem feuchten Haar.

»Warum sind Sie gestern fortgelaufen?«

Ellen schüttelte den Kopf, und mußte auch den Arm gehoben haben, denn ohne Warnung neigte er sich vor und biß ihr sanft in den Arm, aber immerhin kräftig genug, um einen Abdruck zu hinterlassen.

»Vielleicht habe ich zuviel erzählt«, sagte er mit einem Stirnrunzeln. »Vielleicht habe ich mich hinreißen lassen.«

Als er begann, sie anzuziehen, von oben angefangen, eins nach dem anderen, und sie halb angezogen dastand, während er ihre Unterwäsche hielt, spürte Ellen ein Zittern der Konzentration, und es kümmerte sie nicht, ob er das merkte. Sie sah herab auf seine Ohren, seinen Hals.

Sie hob die Arme, damit er ihr das Kleid überstreifen konnte.

Auf die großen Knöpfe konzentriert, hockte er vor ihr. Und Ellen fühlte sich weich und warm, auch bereit. Flüchtig dachte sie an die Frau namens Georgina – die in der engen Kabine saß – das warme Huhn auf ihrem Schenkel.

Hinter ihnen raschelte der Fluß, endlose Seide über Kieseln.

Es gibt immer Kinder, die sich im Wald verirren. Ein Fuß wird von einem Pfeil getroffen, von einer Schlange gebissen, oder die Ferse blutet, der Schuh fällt herab. Gewisse Stiefel erlauben es einem, im Siebenmeilenschritt voranzukommen. Eine schöne Prinzessin hat immer eine böse Stiefmutter. Über die Frau mit den drei Brüsten, eine für jeden Mann in ihrem Leben, wird viel geredet.

»In einem weißen Bungalow in Drummoyne«, sagte er, gab das Knöpfen auf und sah sich nach ihren Schuhen um, »lebte ein Mann, der eine internationale Autorität auf dem Gebiet der Aerodynamik war. Er hatte drei große Töchter. Er hieß so ähnlich wie Shaw-Gibson, DFC (Distinguished Flying Cross, eine Auszeichnung für seine Dienste in der Aerodynamik). Ein Mann mit Schnurrbart: er hätte einen Adelstitel verdient gehabt. Viele junge Männer fanden den Weg zu seinem Haus, nicht unbedingt, um seine Töchter zu besuchen, sondern vielmehr, um den kleinen Meteoriten in die Hand zu nehmen, der auf der Anrichte lag.

Möchten Sie lieber ihn oder Mr. Clem Sackler, der mit den Schuppen? Clem Sackler war ein kleiner Mann mit farblosen Augenbrauen, der allein in einem Reihenhaus in Darlinghurst lebte. Das heißt, ›allein‹ ist nicht ganz richtig.«

Ellen hatte beschlossen, ihm kein bißchen zu helfen. Ihre Nacktheit hatte sie überlegen gemacht.

»Nach dem Krieg, als Frauen und Männer Hüte trugen, war es in Australien üblich, im Garten eine große Voliere voller kleiner Vögel zu haben, und wenn schon keine Voliere, so doch einen Käfig auf der Veranda mit einem ertaubenden Papageien. Nach einer Weile wurde dieser Brauch – der alle möglichen Fragen aufwirft – von einer Begeisterung für tropische Fische im Aquarium abgelöst, und eine Zeitlang war es der letzte Schrei, sich ein Angorakaninchen im Garten zu halten.

Clem Sackler hatte Kanarienvögel. Den ganzen Tag lang flatterten und trillerten Dutzende der kleinen Vögel in ihren Käfigen in verschiedenen Räumen des Hauses. An manchen Tagen konnte man sie von der Straße aus hören. Sobald er von seiner Arbeit bei der Eisenbahngesellschaft nach Hause kam, machte er sich daran, das Futter und Wasser für die Tiere aufzufrischen, und in bestimmten Abständen ließ er ausgewählte Vögel aus ihren Käfigen heraus. Das war Clem Sacklers Leben.«

Nachdem er plötzlich eine von Ellens Zehen eingehend gemustert hatte, fuhr er fort.

»Als Züchter war Sackler unter Eingeweihten einigermaßen bekannt. Seit Jahren versuchte er, einen weißen Kanarienvogel zu züchten. All seine Hoffnungen konzentrierten sich auf ein verzärteltes, hyperaktives Männchen, grau mit sandgelben Streifen. In dem Gefieder sah Sackler einen Schimmer von weiß. Die anderen Kanarienvögel waren grün und gelb und bewohnten zu mehreren die Käfige auf der Veranda, wo er einen Schlafplatz hatte und vor dessen Läden der rote Jasmin blühte. In der Küche waren weitere Käfige übereinander gestapelt, wie kleine Wolkenkratzer. Er hatte bestimmt fünfzig oder sechzig Vögel.

Das graue Männchen hatte einen großen Käfig mit einem eigenen Spiegel in Sacklers Schlafzimmer im ersten Stock.«

Als er mit seinen Fingern an Ellens Fuß entlangfuhr, fing sie an zu lächeln, beinahe glücklich. So viele kleine Vögel.

»Eines Abends im Sommer kam Sackler nach Hause, er war hundemüde. Wie immer ging er nach oben und öffnete den Käfig, damit der graue Vogel Bewegung bekam. Dann legte er sich aufs Bett und starrte an die Decke. Sie mußte dringend gestrichen werden. Das ganze Haus war in einem schlimmen Zustand. Er fuhr sich mit der Zunge über die Schneidezähne. Dann pfiff er ein paar falsche Töne; das hatte er sich im Zusammenleben mit den Kanarienvögeln so angewöhnt. Während er in der Hitze lag, sah er, daß sein Leben, wenigstens das der letzten zehn Jahre, in zu viele kleine Einheiten aufgeteilt war – die vielen verschiedenen Vögel, so unpersönlich und nur mit ihrem Futter und Gesang beschäftigt. Sein Leben hatte offenbar ein Muster, aber es hatte keinen einzelnen Bezugspunkt.

Das war eine Offenbarung für den Kanariologen.

Er stand auf und öffnete das Fenster. Er muß halb im Schlaf gewesen sein. Kaum verspürte er den Luftzug, schrie er unterdrückt auf und schlug das Fenster zu – aber zu spät. Der graue Kanarienvogel, der frei im Zimmer herumgeflogen war, hatte die Gelegenheit ergriffen und war geflohen, wobei ihn das zuschlagende Fenster streifte.

Vom Balkon aus konnte Sackler den Vogel nirgends entdecken. Er rannte die Treppen hinunter und lief auf der Straße hin und her, er suchte im Rinnstein und unter parkenden Autos und in den kleinen Vorgärten – die in diesem Teil von Sydney zubetoniert waren und als Parkplätze für alte Motorräder dienten.

In den nächsten Tagen ging er die Straßen ab, klopfte an Haustüren und suchte überall. Er hängte einen Zettel in dem von Fliegen beschmutzten Fenster des Delikatessenladens aus, in dem er seine Zigaretten kaufte. Nach einer Woche stellte er sich ernsthaft die Frage, ob er überhaupt etwas über die Gewohnheiten des Kanarienvogels wußte. Er begann sich mit dem Verlust abzufinden. Wahrscheinlich hatte eine Katze ihn geschnappt.«

Er gähnte. Ellen sah seinen breiten Kiefer. Er hätte auf der Stelle zu ihren Füßen einschlafen können. Beinahe hätte sie die Hand ausgestreckt und sein Haar berührt. Aber er erzählte die traurige Geschichte von dem Kanarienvogelzüchter weiter.

»Eines Freitagabends ging Clem Sackler von Kings Cross nach Hause. Es war dunkel. Nicht weit von seiner Straße brannte in einigen Reihenhäusern Licht; Leute saßen am Tisch oder gingen im Zimmer umher. Ein Fenster war von einem Baum teilweise verdeckt. Zuerst dachte er, die rasche Bewegung sei die von einem Flughund – davon gibt es in East Sydney, Darlinghurst jede Menge –, aber das, was sich bewegte, war in dem weißen Zimmer. Eine Frau saß am Klavier, und als sie anfing zu spielen, sah er wieder etwas verschwommen flattern und zu der

Musik durch die Luft taumeln, bevor es sanft auf der Schulter der Frau landete. Sackler trat näher ans Fenster. Er traute seinen Augen nicht.

Die Frau stand vom Klavier auf und wandte ihm den Rücken zu. Sie hatte eine schmale Taille und die Haare zu einem Knoten geschlungen. Mit seinem entflogenen Vogel auf der Schulter verließ sie den Raum.

Sackler ging zur Haustür und wollte klingeln.

Die Klingel war aus poliertem Messing. Die Fußmatte war von der gleichen Sandfarbe wie seine Augenbrauen. In zwei großen Töpfen blühten Kamelien. Und das Fenster hatte ordentliche Vorhänge.

Unter der Klingel befand sich ein Schild:

HEIDE KIRSCHNER, KLAVIERUNTERRICHT.

Am nächsten Morgen war er wieder da. Einige Häuser entfernt konnte er schon das Klavierspiel hören. Anscheinend spielte sie die ganze Zeit. Durch das Fenster sah er, daß die Frau neben einem Schüler saß, auf die Noten zeigte und ihm etwas vorspielte. Während Sackler zusah, landete der graue Kanarienvogel auf ihrer Schulter.

Sackler ging wieder. Er mußte darüber nachdenken. Er war achtundvierzig. Immer wenn er zu dem Haus kam, saß sein Vogel auf der Schulter der Frau. Schließlich klingelte er. Sein Anzug war frisch aus der Reinigung gekommen, er trug eine Krawatte. Noch am gleichen Tag saß er neben Miss Kirschner und lernte Klavier spielen.

Erkannte der graue Kanarienvogel ihn? Er krallte sich an Miss Kirschner und schien ihn anzufunkeln! Kanarienvögel lieben die verschiedenen Rhythmen der Musik, sagte sie zu ihm, der doch angeblich der Kanarienvogelexperte war. Sogar Bach, sagte sie lächelnd. Sie spielte den Anfang einer Fuge, und

Sackler sah seinem Vogel zu, der durch das Zimmer wirbelte und wieder auf Miss Kirschners Schulter landete.

Schon bald fand Sackler Gefallen an ihrem starken Akzent und ihrer Ernsthafigkeit in musikalischen Dingen, deshalb konnte er nicht umhin, sie anzustarren, wenn sie sich manchmal wie ein Kind freute.

Zwei Monate vergingen mit Klavierstunden, bis der Vogel zum ersten Mal auf seiner Schulter landete. Zu dem Zeitpunkt hatte er die Tonleitern gelernt und versuchte sich mit schrecklicher Unbeholfenheit an kleinen Melodien. Seine Lehrerin hatte tiefe Reserven an Geduld.«

Ellen, die immer noch nicht ganz angezogen war, spürte eine schläfrige Zufriedenheit. So war es immer unter einem Baum, wenn man einer Geschichte zuhörte. Sie merkte, wie sie lächelte.

»Während dieser Zeit«, fuhr er fort, »konnte der Kanarienvogelzüchter fast täglich die perfekte Blässe von Miss Kirschners Armen betrachten.« Er hob Ellens Ellbogen. »In seinem Leben hatte er noch nie solche Haut gesehen, so fein und blaß, daß ihr Arm mit den elfenbeinernen Tasten verschmolz. Er konnte den Blick nicht von ihren nackten Armen abwenden. Ein kleiner Biß« – er räusperte sich – »hätte einen dauerhaften Abdruck hinterlassen.«

»Ich höre zu«, sagte Ellen.

»Inzwischen wählte der Kanarienvogel manchmal seine Schulter, dann wieder ihre. Miss Kirschner versuchte, den Vogel dazu zu bringen, an dem Ohr ihres Schülers zu knabbern. Langsam mußte er zu einer Entscheidung kommen. Nach den Stunden servierte sie jetzt immer in Honig schwimmende kleine Kuchen auf blauen Tellern und erkundigte sich nach seiner Gesundheit. An Tagen, an denen sie eine hoch geschlossene bestickte Bluse trug oder eine besondere Brosche, wollte sie seine Meinung dazu hören. Immer mehr spürte Sackler den Reiz der Gewohnheit, sie zu besuchen, bei ihr zu sein, die Klavierstunden waren ihm ganz gleichgültig.

Aber er brauchte nur einen Blick auf Miss Kirschners Alabasterhaut zu werfen und dann auf den munteren Vogel, um sich seines Entschlusses – des Grundes für seine Anwesenheit – wieder gewärtig zu werden.

Und so kam es, daß er eines Sonntagabends, als sie aus dem Zimmer ging und im Gehen weitersprach, den Kanarienvogel von seiner Schulter nahm, das sich sträubende Tier in die Tasche steckte und das Haus verließ. Als er am Fenster vorbeiging, war das helle Zimmer mit dem Klavier noch leer. Er hielt die Hand mit dem Vogel in der Tasche. So eilte er nach Hause.

Oben in seinem Haus steckte er den Kanarienvogel wieder in seinen Käfig. Dann legte er sich aufs Bett. Er dachte an den Abend, als er zum ersten Mal einen Blick in das Zimmer der Klavierlehrerin geworfen hatte und dabei den Vogel wie eine Motte herumflattern sah und ihre schmale Taille bemerkte. Auch sie lebte allein. Was sie wohl jetzt machte? Wenn sie das alles verwirrend fand, so traf das auf ihn ebenso zu. Jetzt, da der Vogel wieder in seinem Käfig war, konnte er sich überlegen, welches der Weibchen im Erdgeschoß am besten für die Paarung geeignet wäre. Es war offensichtlich, daß er etwas falsch gemacht hatte; es hatte nicht funktioniert. Das Zwitschern der Vögel im Untergeschoß klang seltsam gedämpft nach Miss Kirschners Klavierspiel.

Am nächsten Morgen erwachte Clem Sackler früh und zog den Morgenmantel, den er immer nachts über den Käfig legte, herunter. Am Boden des Käfigs lag der graue Vogel auf der Seite, tot.«

Ellen schritt auf und ab.

»Wo haben Sie das gehört? Was für eine schreckliche Geschichte. So jemand tut mir leid. Ich glaube, Sie haben das erfunden.« Ellen blieb vor ihm stehen. »Ist es wahr?«

Jetzt konnte er sie sich aus der Nähe ansehen. Sein Blick wanderte zwischen den vielen Muttermalen und Schönheitsflecken herum. Ellens Fragen schienen seine Aufmerksamkeit wieder auf ihren halbangezogenen Zustand zu richten. Einen kurzen Augenblick lang, als Ellen nicht hinsah, wußte sie nicht, ob er ihr das Kleid zu- oder aufknöpfte.

Dann seine Stimme: »Als der Kanarienvogelzüchter an Miss Kirschners Tür klopfte, hatte er Schuppen auf dem Kragen. Sie schielte auf einem Auge. Und ihre Einrichtung zeugte von schauderhaftem Geschmack, wie das bei Musikern häufig der Fall ist. Es ist ein Geheimnis, wie zwischen zwei Menschen eine Anziehung entstehen kann. Wer weiß schon, warum? Eigentlich ist es erstaunlich, aber es passiert laufend. Die Stimme eines Menschen, sagen wir, die Stimme eines Mannes im Dunkeln oder hinter einer Tür reicht manchmal schon. Aber es muß eine Kombination von verschiedenen Dingen sein. Was meinen Sie?«

»Nur die Stimme allein reicht nicht, glaube ich.«

»Es muß Fälle geben, in denen die Anziehung nicht beabsichtigt ist. Es passiert ganz einfach«, mutmaßte er. »Man kann es nicht erklären – ein echtes Geheimnis. Ohne jede Logik«, fügte er noch hinzu. Darüber mußte er den Kopf schütteln.

»Logik?« Sie wollte lachen.

»Ich meine, der Betreffende hat gar keine Wahl.«

Hin und her ging die Unterhaltung, und Licht und Schatten fielen schräg durch die Bäume. Normalerweise wäre er schon längst gegangen. Offensichtlich wollte er bleiben. Mit gerunzelter Stirn wandte er den Blick ab.

»Und Sie wissen nicht, ob Ihre Geschichten wahr sind oder nicht?« Sie wartete und dachte an nichts anderes.

Und so blieb die Frage in dem intimen, unaufgelösten Zustand, den man auch als so etwas wie ein Geheimnis ansehen kann.

27
Diversicolor

In einer kleinen Stadt westlich von Sydney besaß ein Grieche ein Café auf der Hauptstraße. In der Mitte war ein Gang, und rechts und links davon gab es Abteile mit festgeschraubten Tischen, und auf den Tischen standen Glasschüsseln mit geschnittenem Weißbrot. Die Wände waren in einem Meeresblau gestrichen, und bei der Espressomaschine hing ein aus einer Zeitschrift herausgerissenes Bild von einem weißen Kloster, das sich an kahle Felsen klammerte.

Die Frau des Griechen führte im hinteren Teil des Cafés die Küche, seine Tochter bediente, und er saß den ganzen Tag an der Kasse und wachte über das Geschehen.

Die Tochter hatte langes schwarzes Haar und trug tief ausgeschnittene Blusen – manchmal auch ein T-Shirt. Nie trug sie ein Kleid oder einen Rock. Sie schien unzufrieden. Sie sprach kaum.

Der Grieche war mit seiner Familie ins Landesinnere gezogen, so weit weg vom Meer wie möglich. So wollte er verhindern, daß man seine Tochter im Badeanzug sehen konnte. Man erzählte sich, daß ein Teil ihres Körpers durch einen weinfarbenen Fleck entstellt sei, obwohl niemand – und schon gar nicht einer der Bauernlümmel, die jeden Abend in dem Café saßen – je einen solchen Fleck mit eigenen Augen gesehen hatte.

In der Stadt war nie viel los. Die wenigen jungen Männer, die noch nicht fortgegangen waren, verbrachten die wichtigsten Jahre ihres Lebens damit, über Autos zu sprechen und Mutmaßungen über die Kellnerin anzustellen, aber wenn sie an ihren Tisch trat, verstummten sie und grienten. Wenn einer das Glück hatte, daß sie mit ihm ins Kino ging oder eine Ausfahrt in die nächste Stadt machte, bestand ihr Vater darauf, daß sie bis elf Uhr wieder zu Hause war, und sie gestattete niemandem einen Blick auf das, was unter ihrer Bluse und ihren Jeans lag. Sie war mit den jungen Männern aufgewachsen. Sie wußte nur zu gut, wie sie dachten und redeten und daß sie ihr Haar immer auf die gleiche Art kämmen würden.

Eines Morgens saß ein Mann, den keiner je zuvor gesehen hatte, in einem der Abteile und bestellte sich ein Frühstück.

Er hatte große Ohren und einen kleinen Kopf. Er trug eine Krawatte. Zum Zeitvertreib versuchte er gut zehn Minuten lang, die Speisekarte auf dem Deckel der Brotschüssel zu balancieren.

Der Mann warf einen Blick auf die Kellnerin mit den langen Haaren, und von da ab frühstückte er jeden Morgen in dem Café. Und jeden Morgen gab er die gleichen komplizierten Anweisungen, wie er die Eier gekocht haben wollte, weil er meinte, sie fände das vielleicht lustig, aber sie beachtete es gar nicht.

Er wohnte im Hotel. Er war immer schon ein großer Redner gewesen. Er konnte zu jedem Thema, das man anschnitt, etwas sagen. Besonders gefiel es ihm, wenn er sich mit einer Frau bekannt machen und die Sache von da ab in die Hand nehmen konnte. Er stellte fest, daß seine unsägliche Häßlichkeit kein Hindernis war. Vielleicht half sie sogar. Er war ein guter Zuhörer. Schon als junger Mensch war er ›schlau wie fünfzig Raben‹.

Angefangen hatte er als Vertreter für Hustensaft, dann waren es Staubsauger und Singer-Nähmaschinen. Nebenher arbeitete er auf Provision für einen Hersteller von Flaggenmasten, der kürzlich Trittleitern neu in seine Produktpalette aufgenommen hatte – ziemlich schwierig, sie in größerer Anzahl zu transportieren. Er sah immer aus, als hätte er Hunger. Die üblichen Gesetze der Enttäuschung treffen auf einen reisenden Handelsvertreter in noch höherem Maße zu als auf andere Männer.

Er hatte sich von der verdrossenen Art der Kellnerin angezogen gefühlt, und als er herumfragte und hörte, sie hüte ein Mal an ihrem Körper so eifersüchtig, daß bisher kein Mann in der Lage gewesen sei, es zu beschreiben, beschloß er, die Stadt erst dann zu verlassen, wenn er es selber in Augenschein genommen hatte.

Daraufhin nahm er alle Mahlzeiten bei dem Griechen ein. Abends achtete er darauf, daß er als letzter ging, auch wenn das bedeutete, daß er noch einen Kaffee bestellen mußte. Doch schon bald stellte er fest, daß seine Methode, die ihn in Dutzenden von anderen Kleinstädten zum Erfolg geführt hatte – maßlose Schmeicheleien, absurde Übertreibungen und, mit dem Blick fest auf der Frau, die gleichen alten Witze –, ihn hier nicht weiterbrachte. Die Kellnerin zeigte keinerlei Interesse. Wenn sie eine Regung zeigte, dann unverhohlenes Mißtrauen und sogar Feindseligkeit.

Nachdem er eine Woche lang abgewiesen worden war, beschloß er, noch einen Abend abzuwarten. Schließlich konnte er in diesem Nest nicht ewig bleiben. Die Entscheidung fiel ihm so leicht wie die, noch eine Scheibe Toast zu bestellen. Er ließ seinen Koffer auf dem Bett liegen und machte sich auf den Weg ins Café. In der Dunkelheit tauchte eine Frau mit einem schwarzen Umhang vor ihm auf. Es war eine alte Frau, die er zuvor noch nie gesehen hatte. »Das ist doch keine Katastrophe«, schien sie sagen zu wollen, während sie ihn am Ärmel festhielt. Sie hatte ihr Gebiß vergessen. Sie nahm seine Hand und rieb sie zwischen den Fingern, dann zeigte sie auf seine Ohren und sagte: »Werde ein aufrechter Bürger – ganz Ohr.«

So klang es zumindest – entweder ein Rätsel oder ein hämisches Kreischen. Als er sich mit einem gutmütigen Lachen abwandte, stolperte er, fiel hin und schürfte sich das Knie auf.

Die Kellnerin mit dem ihr eigenen müden Blick bemerkte das. Sie sagte sogar etwas. »Was haben Sie denn gemacht?«

Und als er an sich herabsah, stellte er fest, daß er lauter Splitter in den Handballen hatte.

Dann sah er, wie der Grieche und seine Tochter ihn betrachteten. Ganz unerwartet nickte der Vater und lächelte. Doch es war zu spät. Der Mann hatte schon beschlossen, was er tun wollte. Ohne einen Versuch zu machen, sie an diesem letzten Abend doch noch für sich zu erwärmen, aß er seine Mahlzeit und bestellte nicht einmal einen Kaffee. Draußen wartete er, bis das Café geschlossen wurde. Es war niemand auf der Straße. Als in ihrem Schlafzimmer das Licht angeschaltet wurde, ging er um das Café herum.

Vorsichtig kletterte er über den Lattenzaun. Am liebsten hätte er ein Lied gepfiffen. Warum hatte das keiner vor ihm getan? Es gab eine japanische Mispel, einen Hühnerhof und einen Holzstapel. Vor dem Fenster, durch dessen Jalousien er sehen konnte, stellte er sich auf Zehenspitzen.

In ihrem Zimmer schlüpfte die junge Kellnerin soeben aus dem letzten knappen Kleidungsstück. Dann drehte sie sich um. Der Anblick ihrer kraftvollen runden Nacktheit, das reiche schwarze Dickicht unterhalb der Hüften, verschlug ihm den Atem.

Um mehr zu sehen, reckte er sich. Und da bemerkte er an ihren Beinen einen dunklen Fleck, als stünde sie bis zu den Knien in Tinte.

In dem Moment sah sie zum Fenster. Obwohl sie nicht aufschrie, trat er zurück, oder er hatte es vor. Hinter sich spürte er etwas Hartes. Er konnte sich nicht rühren. Sich zu wehren, hatte keinen Zweck. Im Zimmer sah er immer noch den blassen Körper der Kellnerin. Seine Arme verschmolzen mit seinem Körper. Und er spürte, wie er sich in etwas Hartes, Aufrechtes verwandelte, von ungewöhnlicher Größe. Ihm kam der dumme Gedanke, daß er nach Sydney, nach Hause fahren sollte. Sein Kopf wurde kalt. Dann hörte er Stimmen.

Von den muskulösen Beinen der Kellnerin wurde der Fleck über die kurze Entfernung von Maschendraht, Flaschen, Dosen und Stapel von nützlichem Holz über den splitternden Zaun auf den unteren Teil eines neuen Telegrafenmastes aus Eukalyptusholz übertragen, der bei jedem Wetter dort stehen würde, mit unverstelltem Blick in das Zimmer der griechischen Kellnerin, die sich regelmäßig nackt zeigte.

Sie lebte natürlich glücklich bis an ihr Ende, und manchmal erfreute sie sich männlicher Gesellschaft.

28
Decipiens

Bis zum heutigen Tage gibt es Beispiele dafür, daß Männer, wenn sie eine nackte Frau sehen, einfach nicht in der Lage sind, die Augen abzuwenden, geschweige denn sie zu schließen. Innerhalb der Spezies ist das ein verbreitetes Phänomen. Ein Zufall? Viel wahrscheinlicher ist, daß hier ein essentieller, tiefsitzender Mechanismus am Werk ist; und in dem Moment, da die Augen den schutzlosen Körper in Besitz nehmen, wird ein untergeordneter Mechanismus ausgelöst, der zu unerwarteten Konsequenzen führen kann, gelegentlich auch zu Vergeltungsschlägen.

29
Neglecta

Zwei Tage waren vergangen, und er war nirgends zu sehen. In Ellens Augen schien die enzyklopädische Landschaft plötzlich leer und abweisend.

Nichts rührte sich, wenigstens nichts außerhalb des üblichen, keine Gestalt bewegte sich auf sie zu.

Am dritten Tag kamen Winde und Regenfälle aus dem Osten, Eukalyptusbäume wurden zu hilflosen Sträuchern niedergepeitscht – ein Panorama geknickten Renommees –, mächtige Bäume zitterten und krümmten sich in weiblicher Qual, manche barsten oder wurden entwurzelt, während eine kleine Weide mit hellbraunem Gras zu einer Matte gekämmt wurde, ähnlich den orangefarbenen haarigen Matten, die man vor gewissen Friseursalons in Sydney sieht. Vom Wind zerwühlt, kam Ellen auf unruhige, wirre Gedanken. Er war fort. Was war nur in sie gefahren? Beim Denken runzelte sie die Stirn. Als sie sich ihm an jenem Tag am Fluß nackt zugewandt hatte, war das mit einem Gefühl extremer, offener Einfachheit geschehen. Sie hatte ihm vertraut. In gewisser Weise hatte sie sich schon hingegeben, er konnte kaum noch als Fremder gelten.

Als sie an den Stellen wartete, wo sie sich sonst getroffen hatten, wußte sie sofort, daß er da nicht sein würde. Sie ging weiter, wanderte von Baum zu Baum.

Eukalyptusbäume, egoistisch wie sie sind, bieten nur wenig Schutz. An einem dieser Tage war Ellen weit vom Haus entfernt, und vielleicht wünschte sie sich, daß die triefenden Gummibäume schirmähnlich wären, so wie Eichen oder gewöhnliche Platanen oder auch die düsteren teutonischen Kiefern, jedenfalls vergaß sie, ihren Regenmantel zuzuknöpfen und wurde bis auf die Haut naß. Es stimmte, daß sie mit dem nassen Haar, das ihr auf der Stirn und über den Ohren klebte, und dem Wasser, das ihr nach ihrem Zickzacklauf über das Gesicht rann, das Gefühl hatte, im Mittelpunkt eines möglicherweise traurigen Dramas zu stehen; ihr Ausdruck war entschlossen und fest. Warum sollte sie sonst ihr nasses Kleid ausziehen und an den geheimnisvollen Nagel am Stamm ihres Baumes hängen? Ohne zu überlegen, war sie bei dem *E. maidenii* angekommen – und da war der Nagel. So zum Trocknen aufgehängt, war das Kleid wie ein zusammengefaltetes Bild ihrer eigenen Gestalt.

Wenigstens unterbrach das Wetter Mr. Caves erbarmungslosen Vormarsch. Aus reiner Gewohnheit kam er aber trotzdem jeden Morgen und trat sich die schmutzigen Stiefel auf der Veranda ab. Er und Holland saßen da, einen Becher Tee mit der Hand umfaßt, und betrachteten das Schmuddelwetter.

Jetzt blieb nur noch die am Rand liegende dreieckige Weide, wo hauptsächlich Fadenrindenbäume standen und ein einziger Geisterbaum an der äußersten Stelle, zur Stadt hin, wuchs.

Die Ziereukalyptusbäume, die die Auffahrt säumten, behielt er sich bis zum Schluß vor. Seine Idee war es anscheinend, die letzten vierzig Eukalyptusbäume in einem einzigen Triumphzug zum Haus hinauf zu benennen. Mr. Cave sagte zu Holland, er brauche noch einen Tag, höchstens zwei.

Ellen hörte das trotz des trommelnden Regens auf dem Wellblechdach, als sie, ohne Kleid unter ihrem Regenmantel, über die Veranda kam, und wäre fast gestolpert.

Jeder außer Ellen wußte, daß Mr. Cave im Begriff war, Ellens Hand zu erringen. Es war unglaublich, aber sie hatte wieder einmal all ihre Energie, all ihre Gedanken in eine andere Richtung, auf einen anderen Menschen irgendwo da draußen gelenkt, auf einen äußerst faszinierenden und unsichtbaren Mann, vielleicht in der Hoffnung, die zielstrebige Annäherung Mr. Caves noch ablenken und abwenden zu können, indem sie den Kopf zur anderen Seite drehte. Jetzt gab es kaum noch etwas, das ihr Vater oder ein anderer tun konnte, um sie zu retten.

Als es aufklarte, ging sie auf den Turm und blickte in alle Himmelsrichtungen, nach einer Bewegung, einem Zeichen von ihm Ausschau haltend. Vertraute Dinge hatten sich von ihrem Platz entfernt, andere hatten Teile von sich um sich herum verstreut, was die gerade Linie eines Zaunes unterbrach, oder sie standen im merkwürdigen Winkel. Hier und dort glitzerte in Kuhlen, in denen sonst die Schatten lagen, das Wasser. Eine Landschaft nach einer Schlacht.

Bäume erzeugen also Sauerstoff in der Form von Worten. Ellen hörte seine Stimme. Die Geschichten mit fremden Schauplätzen waren so anschaulich. Sie gingen ihr im Kopf herum. Das lag an den Regenpfützen und den zerrupften, um Aufmerksamkeit bettelnden Eukalyptusbäumen.

Zwischen den Geschichten hatte Ellen ihm erlaubt, seine Hand auszustrecken und ihr über einen umgestürzten Baum oder einen Felsbrocken zu helfen, was ganz unnötig war.

Dem Flußpfefferminz (*E. elata*) sind mehr botanische Namen verliehen worden als jedem anderen Eukalyptus. »In einer Hazienda beim Hafen von Vaucluse lebte eine kleine Frau mit lebhaften Augen, die goldene Sandalen trug und schon so oft verheiratet und geschieden war, daß sie Schwierigkeiten hatte, sich an ihren gegenwärtigen Namen zu erinnern. Andere Frauen mochten sie, dennoch war sie nie glücklich. Ohne ersichtlichen Grund lud eines Tages ein muskulöser Mann mit einem tätowierten Stern auf der Schulter und nur mit Stiefeln, Shorts und einem dunkelblauen Trägerhemd bekleidet eine Ladung feuchten gelben Sand auf ihrer Einfahrt ab, kam zur Haustür geschlendert – stellen Sie sich das vor – und wollte die Ladung quittiert haben. Sie war noch im Morgenmantel, unfrisiert. Es dauerte ein paar Minuten, bis sie die Verwirrung geklärt hatten, doch an deren Stelle trat eine ganz andere, viel tiefere Verwirrung, als sie den Blick nicht voneinander lösen konnten, und sie erkannte …«

Was den schlanken Rittereukalyptus (*E. steedmanii*) aus dem Westen anging, so erwartete Ellen natürlich etwas über lärmende Jockeys oder Viehzüchter. Statt dessen hatte er den traurigen Fall eines Postboten in Botany (einem Vorort von Sydney) erwähnt, der das Austragen von Briefen als eine Arbeit betrachtete, die *unter seiner Würde* war – Ellen lächelte –, und seine Aufgabe mit solchem Widerwillen ausführte, daß er in immer kleinere Orte versetzt wurde, bis er in genau dieser Stadt jenseits des braunen Flusses landete, wo seine Schwester am Schalter bediente und man ihn gelegentlich hören konnte, wie er in der Poststelle herumlief oder hustete.

Bäume mit schamlos theatralischen Namen wie Zitroneneukalyptus und Silberprinzessin, die verschiedenen Gelbjacken und der Wallangarra-Weißgummibaum – um nur vier zu nennen –, deren Blätter ins Wasser fielen, durchzogen das Blickfeld und verankerten sich in der Erinnerung. Und Ellen spürte, wie seine Worte immer engere Kreise um sie zogen, auf sehr beharrliche Weise, um ehrlich zu sein.

Im Nordwesten von Spanien gibt es eine Stadt namens La Coruña, sagte er. Eine felsige Gegend, ein geologisches Delirium. La Coruña ist für zweierlei bekannt: für das miserable Wetter, denn es hört nie auf zu regnen, und für den Leuchtturm, der aus Granit gebaut ist und aus dem Mittelalter stammt. Die Familien in der Stadt nennen ihn den »Torre de Caramel«. In dem Turm, so erzählte man sich, gab es einen wunderbaren Spiegel, der alles, was in der Welt passierte, widerspiegeln konnte. Die Frauen von La Coruña kamen zu dem Spiegel, um zu sehen, wo ihre Männer zu diesem Zeitpunkt waren und welche Entbehrungen und Gefahren auf dem Meer sie erlitten, aber auch, um etwas über Geburten, Tode und Eheschließungen zu erfahren.

An einem Sonntag ging ein Mann aus dem Dorf im schwarzen Anzug zu dem Spiegel, um zu sehen, was die Frau, die ihm versprochen war, gerade tat. Dort traf er eine junge Ausländerin mit einem kräftigen Kinn und breiten Hüften, die – auf Anraten der Touristeninformation – den Spiegel befragte, um etwas über ihre unternehmungslustige Freundin zu erfahren, die keine Adresse hinterlassen hatte. Der Spanier wollte schon wieder gehen, als er im Spiegel seine Verlobte in den Armen des Bürgermeistersohnes sah! Neben dem Bett stand eine Karaffe mit Wein. Während er in den Spiegel starrte, legte sich seine Verlobte auf den Mann. Der Spanier drehte sich zu der Australierin um. »Ich bring sie um! Auf der Stelle!« Es war ihm ernst.

Die Australierin, die sachlich und nüchtern war und im Spiegel nichts sehen konnte, nicht einmal ein Zeichen ihrer begeisterungsfähigen Freundin, legte ihm beruhigend die Hand auf den Arm.

Sie kam aus Geelong. Sie fuhr immer entweder gerade fort oder kam zurück, als hinge sie an einem langen Gummiband. Zuerst war es Bali, dann Indien. Sie reiste nach London und kam zurück. Südafrika stand auf ihrer Liste. Sie kam nach Europa, fuhr mit dem Zug in alle Länder, mit London als ihrem Ausgangspunkt, bevor sie merkte, daß die Heimat sie rief. Bei ihrer Rückkehr fing sie immer sofort an, ihre nächste Reise zu planen.

Um zum Wesentlichen zu kommen, sagte er – die junge Frau aus Geelong und der Spanier verließen gemeinsam den Turm und wurden in einem der Cafés gesehen, wo sie vergnügt miteinander redeten. Sie blieb in La Coruña. Er besuchte sie in ihrem Zimmer. Das dunkle Meer, das sich durch das Fenster ins Zimmer zu drängen versuchte, die Rufe der Meeresvögel und der Klang der fremden Wörter draußen – während drinnen der Mann mit dem bläulichen Gesicht ihr seine feierliche Aufmerksamkeit widmete mit Händen und Augen, die nie ruhten – fügten sich mit ihrer jugendlichen Energie zusammen und brachten eine schwingende Intensität hervor – so hatte er gesagt –, eine starke, sich ausweitende Weichheit, wie sie sie noch nie zuvor erlebt hatte.

In dem Zimmer mit ihm nahm sie Maß an ihrer glatten, guten Gesundheit und sah ihr Leben vor sich, sonnenbeschienen, den Gesetzen der Perspektive folgend. Dennoch erfaßte sie nach einer Woche wieder die Rastlosigkeit. Sie lächelte freundlich, als sie ihm mitteilte, daß es für sie an der Zeit sei weiterzuziehen; der Mann zeigte seine Überraschung, indem er sie anschrie. Doch ihre Entscheidung stand fest, aber als sie vom Bus aus auf seine kleiner werdende Gestalt zurückblickte, war sie verwirrt und mußte sich schneuzen.

In London sah sie das Zimmer in La Coruña in ganz unerwarteten Momenten vor sich, und aus der Entfernung wirkte es wie in einem spitzen Winkel zwischen den schwarzen Felsen eingezwängt. Immer wieder sah sie ihn auf der anderen Seite des

Zimmers und unmittelbar vor sich. Es war ihr Zimmer. Er hatte ein langes Gesicht und Haare auf den Schultern: sie mochte seinen feierlichen Gesichtsausdruck. Sie konnte seinen Mund fühlen und seine Stimme hören.

Jeder Mensch begegnet in seinem Leben Tausenden von Menschen, eine Frau Tausenden von Männern aller Schattierungen, und es sind noch viel mehr, wenn sie ständig durch die Welt reist. Dennoch ist es selten, daß einer der vielen verschiedenen Menschen, denen man begegnet, auf Anhieb in harmonischer Übereinstimmung zu einem paßt und ähnliche Interessen hat. Trotz der Menge der möglichen Begegnungen ist die Wahrscheinlichkeit äußerst gering. Wenn das Wunder geschieht, muß man es festhalten. Vielleicht hatte sie, weil sie das unbewußt erkannte, eines Morgens in einer spielerischen Anwandlung seine Ohren mit beiden Händen gepackt, und er war darauf eingegangen, indem er sich, angeblich unter furchtbaren Schmerzen, auf dem Boden wälzte.

In London wurde ihr klar, daß sie nicht hätte wegfahren dürfen. In seltenen, wichtigen Momenten ist dem Menschen eine Chance gewährt, nur eine, und das war sie gewesen.

In La Coruña regnete es. Sie eilte durch die Straßen und suchte die Cafés ab. Die Männer zuckten nur mit den Schultern. Sie beschrieb ihn. Den ganzen Morgen saß sie mit einer heißen Schokolade an dem Tisch, an dem sie immer zusammengesessen hatten. Am dritten Tag ging sie zu dem Spiegel im Turm, um etwas über ihn herauszufinden. Da war nichts. Der Spiegel war schwarz.

Als sie sich zum Gehen wandte, sah sie sich selbst – eine Gestalt fast wie sie, von hinten. Sie blieb stehen und sah sich in dem Spiegel, wie sie in fünfzehn oder zwanzig Jahren sein würde. Allein, mit ziemlich kräftigen Beinen, trug sie eine Einkaufstasche, aus der ein Bund Stangensellerie herausragte, in ihrer Nähe stand ein dünner Baum, nicht sehr groß, mit dunkelgrünen, etwas fleckigen Blättern.

Ellen stieg von ihrem Turm herunter.

Sie hatte ihn nicht entdecken können. Ihr fiel ein, daß sie nicht einmal seinen Namen kannte. Und was kam jetzt auf sie zu? Es war zu schrecklich, um daran zu denken: Die Zukunft kam auf sie zu zugestürzt. Andererseits wollte sie nicht, daß ihr Leben eine riesige, leere Weide war.

In ihrem Zimmer fühlte sie sich so rastlos wie die Frau aus Geelong in der Geschichte.

Sie schrieb einen Zettel. »Wir müssen reden. Ich bin deine unglückliche Tochter.« Sie schob den Zettel unter der Tür ihres Vaters hindurch.

30
Papuana

Man stelle sich die Bürde vor, die die Frau zu tragen hatte, die als erste Weiße in Neu Guinea zur Welt kam. Wer das Glück hat, so auszusehen wie alle anderen, kann sich die lähmende Wirkung nicht vorstellen. Der Anfang als lichtes Kind, das auf einer Plantage aufwächst, dann das Internat in Brisbane, die verschiedenen Berufsansätze und Liebesaffären danach, bis zur Heirat mit dem Italiener in eleganter Kleidung – die geistige Last, die sie mit sich trug, kann man sich vorstellen wie die der Frauen auf einer Insel, die ihr Leben lang dazu verdammt sind, große Bündel von Feuerholz oder grünen Bananen auf ihrem Kopf zu balancieren.

In Brisbane gab es viele Menschen, die sie kannten.

Sie war massig (wirklich enorm dick) und versteckte sich in Kaftanen und geblümten Gewändern und trug große runde Ohrringe, die klimpernd hin- und herschwangen, wenn sie sich bewegte. Ihr ehemals flachsblondes Haar war jetzt schmutziggrau. Aus irgendeinem Grund gehört weiße Haut nicht in tropische Gefilde. Hitze und Feuchtigkeit hatten ihre Spuren auf Gesicht und Armen hinterlassen, aber sie hatte ein liebreizendes schüchternes Lächeln. Sie besaß ein Schmuckgeschäft in einer der Einkaufsstraßen von Brisbane. Ohne jede Vorwarnung, als sie gerade fünfzig geworden war, verließ ihr Mann sie wegen einer anderen Frau. Ungefähr um dieselbe Zeit wurden die ersten Melanome auf ihren Wangen und am Hals diagnostiziert. Ihrem Sohn, der voll eingespannt war mit seiner kleinen Familie und einem Einzelhandelsgeschäft in einer anderen Einkaufsstraße, gab sie Anweisungen und nahm ihm das Versprechen ab – sie ließ ihn sogar auf die Bibel schwören –, daß er, wenn sie tot war, ihre Asche im Garten ihres Ex-Gatten, dem ihr ganzer Haß galt, zu verstreuen.

Eine Gespenstergeschichte für ein andermal.

31
Patellaris

Der Vater hatte sie vor Männern gewarnt. Schloß das Väter ein?

Im übrigen waren Männer schwach und legten sich nicht gern fest, das war bekannt. Auf einen Mann war kein Verlaß, jedenfalls nicht wirklich, sie waren nie richtig da. Und Männer versuchten immer, einen rumzukriegen. Es schien so, als wäre das ihr Daseinszweck auf der Erde. Ellen hatte das Gesicht zu der Tapete mit dem Kringelmuster gedreht. Sie erzählten Geschichten, sagten einem die größten Schmeicheleien und hatten immer das gleiche im Sinn – dennoch, in ihr löste das jedesmal ein angenehmes Gefühl aus. Daß sie einen immer rumkriegen wollten.

Was nun Väter anging, wie verhielt es sich da mit ihrem – dem Mann, der im Zimmer nebenan zu hören war?

Einmal hatte er Frauen als »kleine Maschinen« bezeichnet. Allgemein gesprochen, natürlich, mit einem kleinen Anflug der üblichen Verzweiflung über sie. Sich Wärme, Rohre und Vibrationen vorzustellen, war leichter, als Frauen zu verstehen. Ellen war aufgefallen, daß ihr Vater den Frauen in der Stadt gegenüber eine gleichgültige, ja kurzangebundene Haltung einnahm, die jene indessen anziehend zu finden schienen.

Holland hockte in seinem Zimmer über den Schildern, die er

für die Bäume hatte herstellen lassen, mit den Namen aller Eukalyptusbäume unter der Sonne, und sortierte sie auf dem Fußboden. Ellen kam herein, und als er nichts sagte, setzte sie sich.

Es dauerte immer ein paar Minuten, bis sie sich an die Luft im Zimmer ihres Vaters gewöhnt hatte. Und wie immer ließ Ellen ihren Blick neugierig schweifen: es gab keine wirkliche Weichheit, keine Farben – keinen Spiegel im Zimmer. Statt dessen wanderten ihre Augen an den zusammengewürfelten Brauntönen der Einrichtung entlang, den Instrumenten, den Maschinenteilen, dem Regenmesser, der von Bleistiften überquoll; den Übermänteln, Stiefeln, dem Feldbett; den Hauptbüchern, Papieren, der Zigarettendrehmaschine; dem Koffer und dem Gewehr in der Ecke, das geladen war, um, wie er sagte, die jungen Böcke fernzuhalten; dem Kalender mit einem kolossalen roten Eukalyptus, der einen ganzen Fußweg in Adelaide einnahm – es war ein Geschenk zum Jahresbeginn, von Mr. Cave.

Das Zimmer hatte eine stille, unaufgeräumte Harmonie, ähnlich wie ein Abhang voller umgestürzter Bäume. Und gleichzeitig hatte es etwas von einer *Höhle*. Ellen respektierte die Unterschiedlichkeiten als Zeichen des zerstreuten Ichs ihres Vaters, eine eher zufällige, vor langer Zeit entstandene Individualität.

»Was für ein Chaos«, sagte er, »das komplette Gemetzel. So viele Bäume sind umgestürzt. Es wird nie mehr sein wie vorher.«

»Die Gräben sind voll, ich konnte gar nicht zum Fluß.«

Ihr Vater nickte.

Er schob die Namen der schwächeren Arten auf eine Seite, die der gespaltenen, entwurzelten Bäume, die mit flachen Wurzeln.

»Unser Freund Mr. Cave macht draußen eine kleine Erkundungsrunde. Sehr anständig von ihm.«

Ellen hockte sich neben ihn. »Du kannst sicher für alle Ersatz bekommen. Das wird doch nicht schwierig sein, oder?«

»Es ist so schwer, auf diesem Gebiet weiterzukommen. Ich habe so lange gebraucht … und die Natur hat ihre eigenen Gesetze, sie braucht Zeit. Erst kürzlich las ich in der Zeitung von einem Eukalyptusbaum, der vor hundert Jahren von einem Mann – seinen Namen weiß ich nicht mehr – entdeckt wurde. Er beschrieb ihn genau, und der Baum erhielt den Namen *rameliana*, aber man fand nie wieder einen von dieser Art. Ganz sicher habe ich dir davon erzählt. Im Laufe der Zeit wurde er zu einem dieser geheimnisumwobenen Bäume. Mr. Cave fragte sich sogar neulich, ob der Baum überhaupt jemals existiert habe. Aber jetzt las ich in der Zeitung, daß eine Forschungsgruppe auf ein Exemplar gestoßen ist – in der Wüste, westlich von den Olgas.« Bei dem Gedanken nickte er. »Davon müßte man einen haben.«

Sie sah auf den Hinterkopf ihres Vaters, und sie wußte, daß sie nicht mit ihm reden konnte. Bäume hatten ihm immer eine Zuflucht gegeben, das sah sie. Ein richtiger Wald von interessanten, spitzfindigen Namen. Der Hals war gebräunt, etwas hager und gefurcht, nach all den Jahren, in denen Holland bei jedem Wetter die Pflanzungen gemäß seines großen Plans betreut hatte.

»Hast du was?« fragte er.

Unter anderem war sie entschlossen gewesen, ihm den Vorschlag zu machen, ob sie nicht alles stehen und liegen lassen und einen ihrer Ausflüge nach Sydney machen könnten, in dasselbe Hotel an derselben abgerundeten Ecke in Bondi. Vielleicht würde dem pflichtbewußten Mr. Cave, der in den Fußstapfen ihres Vaters folgte, ihn sogar noch übertraf, dann ein Licht aufgehen.

Ihr Vater hielt inne, in der Hand hatte er das Schild *E. sepulcralis*.

Um ihm zu sagen: »Mach dir keine Gedanken, mir geht es gut«, reckte Ellen sich und küßte seine rauhe Haut. Und indem sie das tat, überflutete sie ein Gefühl der Schwäche. Ihre Verzweiflung mündete in Traurigkeit für ihn.

Hätte er sich in dem Moment umgedreht und sie angesehen, wäre sie schluchzend mit bebenden Schultern zusammengebrochen. Mit gesenktem Kopf zündete er sich eine Zigarette an. Was hatte sie nur? Ihr war nicht gut.

Es war noch gar nicht so lange her, da hatte es ihr Spaß gemacht, in die riesigen Schuhe ihres Vater zu steigen und im Haus herumzustolpern.

Jetzt war sie die Tochter, die bald das Haus verlassen würde.

Um zu verhindern, daß die Katastrophe aus ihr herausbrach, atmete sie durch den Mund. Wenigstens konnte sie in ihrem Zimmer, weich in seiner Vertrautheit, eine Art Zuflucht finden, so wie die Bäume ihn umfingen.

Sie wollte gehen und griff in ihrer Befangenheit nach einer kleinen hölzernen Kiste auf dem Kaminsims, die sie noch nie gesehen hatte.

»Nimm sie«, hörte sie seine Stimme, »ich habe sie neulich wiedergefunden, sie gehörte deiner Mutter. Sie hat sie nie gesehen. Ich kam einmal an einem sagenhaft teuren Trödelladen, nicht weit von der Oxford Street, vorbei, der Verkäufer schmirgelte gerade einen Frauenkopf ab, und ich dachte, ich würde sie deiner Mutter schenken, ihr eine Freude machen. Ein ausgezeichnetes Beispiel Schweizer Mechanik, aber … jedenfalls, du wirst schon sehen, warum es nicht so passend war.«

Er rief ihr nach: »Nimm den Schlüssel, er hängt an der Schnur.«

Ellen trug die alte Kiste mit ausgestreckten Händen, wie eine Krankenschwester, die frische Handtücher bringt – das einzige Objekt im Haus, dessen Vergangenheit eine Verbindung zu ihrer Mutter herstellte.

In ihrem Zimmer fühlte sie sich auf allen Seiten beengt, nicht von den bunten Wänden, sondern von ihrem Vater, wie er über all den verzeichneten Namen der Eukalyptusbäume hockte, und von Mr. Cave, der sich mit sicherem Schritt dem Ziel näherte. Aber dann wurde sie wütend, nicht auf diese beiden, sondern auf den anderen, den hauptsächlich Unsichtbaren und Unzuverlässigen, der nach Alter und Gefühl und in jeder anderen Beziehung zu ihr paßte und der nach all den Geschichten beschlossen hatte, nicht mehr zu kommen, nicht zu helfen – sie zu verlassen.

Ellen wußte nicht mehr, was sie tun sollte, wohin sie gehen sollte.

Und Tränen stiegen in ihr hoch, aus dem warmen Quell nah an der Oberfläche, Ausdruck ihrer Gefühle und all dessen, was sie hilflos machte. Die Tränen traten ihr zuerst in den Mund. Sie hielt sie zurück. Sie stöhnte auf und schluckte sie hinunter. Und so stiegen sie ihr wieder in die Augen, die schon zum Überlaufen voll waren. Fast im selben Moment öffnete sie sich und spürte, wie sich ihr kompaktes, schwieriges Ich und all die Verwirrung in weiche Durchsichtigkeit auflöste und im Vergessen einen Weg bahnte. Außerdem hatte sie sonst nichts zu tun.

Gedankenverloren drehte sie den Schlüssel und zog die Kiste, die für ihre Mutter bestimmt war, auf.

Die Enzyklopädie der Wunder hat viele Eintragungen zum

Stichwort Tränen und deren ungewöhnlichem Auftreten, fast so viele wie unter »Wasser zu Wein« und »Sprechen ohne Zunge«. Die weinenden Mosaiken: eine lange und hypnotische Geschichte. Tränen deuten auf eine Reinigung hin; die Verwandlung von Leiden in Ekstase ist eine religiöse Bewegung. Jesus weinte. Manche Heilige sind als die heiteren Weinenden in die Geschichte eingegangen. Ihre Tränen steigen zum Himmel, »auf Wegen, die uns verborgen sind«. Sonst strömen Tränen auf eine Zukunft, ein Ergebnis zu. Männer und Frauen fühlen sich unweigerlich zu Flüssen hingezogen. Tränen bewirken Auflösung und Ohnmacht: während sich das Gesicht einer weinenden Frau in Tränen auflöst, spürt der Mann seine Ohnmacht – Ohnmacht, weil er nichts ausrichten kann und ungeduldig wird, die Ohnmacht der Worte. Die Tränen fließen, wenn Worte sinnlos sind. Männer – um das Thema auf eine allgemeine Überflutungsebene zu heben – erwarten und wünschen sich jedoch eine Frau weinend, und stellen sie sich häufig so vor. Groß ist die Zahl der zornigen und unzufriedenen Frauen. Indem Männer weniger weinen, wenn sie überhaupt weinen, erhalten sie sich den Nutzen der Worte, um andere rumzukriegen.

Mehr noch als die aufgezeichneten Tränenwunder werden weinende Frauen in der Kunst verehrt. Auf der Leinwand werden in Tränen aufgelöste Frauen dargestellt, mit Gesichtern, die zerfließen, oder Frauen, über deren glattes Gesicht eine einzelne, glitzernde Träne rollt und unser Auge anzieht, und andere, die kurz davor sind, in Tränen auszubrechen – die Augen feucht, der Mund leicht geöffnet, den Blick von einem Brief hebend oder den Betrachter aus dem Brautgemach heraus ansehend.

Ellen wollte ihren Tränen schon freien Lauf lassen, als der polierte Deckel der Spieluhr aufsprang. Auf rostigen Scharnieren hervortretend und sich aufrichtend, wie eine Mumie aus dem Grab, erschien eine Figur mit strohblondem Haar, wie das ihrer Mutter, nur daß dies eine Milchmagd mit roten Wangen und der angemessen strammen Büste war, die einen Eimer aus Porzellan in der Hand hielt.

Bloß eine kiefernbestandene Alpenlandschaft – wie die in Deutschland, der Schweiz oder in Österreich – konnte, in Antwort auf das Erhabene, solch zweifelhaften Kitsch produzieren.

Undeutliche Töne eines Glockenspiels drangen aus der Kiste. Und während Ellen zusah und die eigenen Tränen zurückhielt, fing die Milchmagd mechanisch an, in den Eimer zu weinen. Mit Gewißheit verbarg sich dahinter eine Geschichte. Ein vorbeiziehender Mann hatte sich wahrscheinlich auf einer der baumlosen Almen, wie man sie nennt, an ihr vergriffen. Seither ist die Milchmagd durch viele Hände gegangen.

Ellen legte sich aufs Bett und betrachtete die Traurigkeit der rosigen Blonden. Ellen sah, daß sie ungefähr in ihrem Alter war. Immer wenn der Tränenfluß nachließ, zog Ellen das Uhrwerk wieder auf. So überließ sie es der mechanischen Figur, das Weinen für sie zu erledigen.

Der Weinende Buchsbaum (*E. patellaris*) hat seinen Standort an Bachläufen oder auf niedrigen Hügeln in einem ungewöhnlich ausgedehnten Gebiet: im Westen des Nordterritoriums, bis hin zu einer Stelle in der Nähe von Port Hedland im Westen Australiens. Er hat eine graue, faserige Rinde; die herabhängenden dünnen Äste geben ihm den trauernden Anblick (das trifft auf viele Eukalyptusbäume zu). Ein anderer, kleinerer Baum, der zu trauern scheint, *E. sepulcralis*, ist nach den Gräbern auf Friedhöfen benannt.

32
Ligulata

Es hat wenig Sinn, hier das ungenaue Abbild, das Träume liefern, zu beschreiben.

Es stimmt, daß Ellen früh erwachte und sich daran erinnerte, daß sie von ihm geträumt hatte. Und das verlieh ihm auf der Stelle eine tiefere, nachdrücklichere Gegenwart, als wenn sie das Bett mit ihm geteilt hätte und die Wärme ihres eigenen Körpers, und auf jeden Fall tiefer, als ihm selber bewußt sein konnte. Für Ellen wurde er durch den Traum weniger fremd und fremder zugleich.

Das Problem ist ja: Wer kann über den Ursprung eines Traumes und darüber, was er bedeuten mag und was nicht, eine sichere Aussage machen?

Hier spielen viele Variablen hinein. Es ist möglich, daß ein Traum nichts Bestimmtes darstellt, so wie manche Bilder und Situationen, die am hellichten Tage an uns vorbeiziehen, keinerlei Bedeutung oder Wirkung haben. Nicht alle Träume haben eine Bedeutung. Auch Träume müssen sich einmal ausruhen! Viele Träume, vielleicht sogar die meisten, sind die Erinnerung an etwas willkürlich Herausgegriffenes, eine entspannte Wiederholung einer Situation, die sich an jenem Morgen abgespielt hat, weiter nichts. Der Auslöser aus dem fernen Unbewußten hat möglicherweise keinerlei psychologische Bedeutung. Der Auslöser war vielleicht so willkürlich wie der Sturzgummibaum, der an jenem schicksalsschweren Donnerstag dem jungen Sheldrake eher zufällig den Weg verstellte, als er in dem roten Lastwagen seines Vaters von der unbefestigten Straße am Fluß mit viel zu hoher Geschwindigkeit abbog (der Eukalyptus hieß *dealbata*).

Ellen ihrerseits hieß die Intimität von Träumen willkommen: Sie sah, wie darin ihre seltsamen Gefühle noch seltsamer gemacht wurden. Wenigstens dort konnten sie und er in konzentriertem Einssein schweben: Ellen erwachte warm und naß, in dankbarem Erstaunen. In diesen Träumen wurden ihre Gefühle für ihn möglicherweise übertrieben. Gleich nach dem Aufwachen notierte sie sie in ihrem Tagebuch.

Unter einem zarten Exemplar des *E. nelsonii* hatte Ellen still einer Geschichte, wenn man sie so nennen konnte, über einen Mann aus Melbourne gelauscht, der von Geburt an blind war und häufig von Dingen wie dem Meer und Musikinstrumenten träumte, und von einer Ziege, die immer wieder unter einem Pferd hindurchlief – alles Dinge, die er, man braucht es kaum zu sagen, nie gesehen haben konnte. Darunter war auch eine Version seines eigenen Gesichts, die ziemlich zutreffend war.

Schilderungen von Träumen spielen im Erzählen von Geschichten eine zweifelhafte Rolle. Denn diese Träume sind ausgedacht. Eine Geschichte kann man erfinden. Wie kann man aber einen Traum erfinden? Wenn er nicht aus freien Stücken aus dem Unbewußten aufsteigt, erscheint er unecht, weil er nur etwas »Traumähnliches« darstellt, und das mag der Grund dafür sein, daß die Wiedergabe von Träumen in einer Geschichte seltsam sinnlos erscheint. Um nicht zu ermüden, blättert man am besten gleich weiter.

»Kopf hoch, Mädchen«, sagte der Vater und faßte sie bei der Schulter. Sie goß den Tee aus der alten braunen Teekanne ein. »Ist doch keine Katastrophe.«

Er betrachtete sie eingehend.

Ellen war noch im Morgenmantel. Dann tat er etwas, was er seit ihrer Kinderzeit nicht mehr getan hatte. Er umfaßte ihre Taille und zog sie sanft zu sich auf den Schoß, wo sie umfangen war von seinem Alter, den Barthaaren und dem Tabak und seiner festen Gradlinigkeit, die sich in seinen kleinen Bewegungen zeigte. »Wird schon alles wieder gut …« Er strich ihr übers Haar.

Ellen beschloß, sich nicht zu wehren und nicht zu weinen. Sie schwankte zwischen den beiden und konnte gerade an sich halten. Holland bemerkte das, aber er sagte nichts.

Einen Ellbogen auf den Tisch gestützt, blieb Ellen länger auf seinem Schoß sitzen, als sie beabsichtigt hatte.

Beide hörten das Knirschen von Schritten auf dem Kies der Auffahrt. Jeden Moment würde Mr. Cave über die hölzerne Veranda gestapft kommen. Ellen hörte, wie ihr Vater seufzte.

Je näher Mr. Cave daran war, seinen Preis zu gewinnen, desto lauter war seine Stimme geworden, und seine Bewegungen hatten eine abrupte Ungezwungenheit angenommen. Jetzt kam er zur Haustür herein, er gehörte praktisch schon zur Familie.

»Die Brücke ist eingestürzt«, meldete er.

Holland sah auf.

»Wovon sprechen Sie?«

»Die, die seit Menschengedenken hier ist, die kleine Fußgängerbrücke. Der Fluß spielt verrückt und hat sie weggerissen.«

»Wie schade«, murmelte Ellen.

Ihr Vater sagte: »Nie benutzt … schon ziemlich marode … eine verrückte Idee …«

Die selbstgemachte Brücke war immer etwas Gleichbleibendes inmitten des Schimmerns und Strömens nahe der Flußbiegung gewesen, wo Ellen einst ins Wasser geschaut hatte und die Füße hatte baumeln lassen.

»Und dann«, Mr. Cave machte ein geheimnisvolles Gesicht, »raten Sie mal, was ich an dem Maiden-Eukalyptus gefunden habe. Im Stamm ist ein Nagel.«

Mit einer Geste, wie sie gestrenge Ehemänner nach erfolgreicher Detektivarbeit gern machen, hielt er Ellens Kleid in die Höhe, das jetzt getrocknet war und einen zarten Rhabarberton oder die Farbe einer langen Scheibe Schinken (mit kleinen blauen Knöpfen) angenommen hatte.

Auf Holland hatte das eine größere Wirkung als die Nachricht von der Brücke. Er war verblüfft.

»Da gibt es wilde Frauen zwischen den Bäumen«, grinste Mr. Cave. Die beiden Männer blickten unverwandt auf das Kleid.

Ganz plötzlich wollte Ellen nicht mehr dabeisein. Und während sie auf der Stelle stehenblieb und mit dem Hüftknochen immer wieder an den Tisch stieß, wurde sie plötzlich von einer komplexen, fließenden Schwäche überwältigt. Alle ihre Gelenke wurden weich, die Knochen, das Blut, das Gewebe. Auch ihre Augen und ihr Hals waren befallen; eine müde Mattigkeit. Sie konnte nicht einmal mehr richtig hören.

Von jenseits dieses Flusses hörte sie ihren Vater sich räuspern, aber er war noch in der Küche und zog sich das Jackett an, um mit Mr. Cave loszugehen. Ellen sah seinen verwirrten Blick. Sie fragte sich, ob sie zu Mr. Cave unhöflich gewesen war.

In dem leeren Haus zog Ellen sich aus und ging wieder zu Bett, wo Holland sie am frühen Nachmittag fand. Das war so ungewöhnlich, daß ihr Vater sich neben sie setzte, ihr die Hand auf die Stirn legte und Fragen stellte, die sie kaum mit einer Bewegung des Kopfes beantwortete. Schon bei der geringsten Andeutung von Essen schloß sie die Augen.

Der Arzt in der Stadt war ein alter Junggeselle. Zu jeder Tageszeit trug er ein Leinenjackett mit Essensflecken, und wie es für alle Landärzte typisch ist, so daß es kaum der Erwähnung bedarf, wirkte er erschöpft und geistesabwesend. Fast war es, als gehörte er nicht richtig in die Stadt. In Sydney war er am St. Vincent-Krankenhaus Chirurg gewesen und hatte einen Rover gefahren. Dann mußte entweder dort oder in seinem Privatleben etwas geschehen sein. Nie wurde davon gesprochen, und er kehrte nicht ein einziges Mal nach Sydney zurück. Er hatte immer noch Alpträume. Manchmal konnte man ihn von der Straße aus hören, doch am nächsten Morgen, wenn er seine Besuche machte, zeigte er ein überaus sorgfältig zurechtgelegtes Lächeln. Er war höflich und nickte immer ermutigend. Er wurde oft zum Essen eingeladen, und wie viele Gläser er auch getrunken haben mochte – wenn er seine Chirurgenärmel hochrollte und den Braten tranchierte, tat er das mit einer Präzision, die alle am Tisch faszinierte.

Jetzt saß er an Ellens Bett und sprach über dies und jenes. Er maß Fieber und bat sie, die Zunge herauszustrecken.

Als er neu in der Stadt war, so erzählte er, sei alles so wie heute gewesen. Nach dem Krieg gab es vielleicht ein paar Witwen mehr, aber das war auch schon alles. Eine von ihnen, Mrs. Jessie Cork, hatte einen Traum. Er handelte von dem Haus, das er sich bauen ließ. Eines Morgens kam sie früh im Morgenmantel zu dem Hotel und klopfte an seine Tür. In ihrem Traum hatte Jessie Cork gesehen, daß er das Haus an einer anderen Stelle bauen sollte. Die andere Seite des Hügels sei ein glücklicher Ort, und deswegen habe sie ihm umgehend davon erzählen müssen. »So kann es einem gehen mit Träumen«, sagte der Arzt zu Ellen und fügte hinzu: »Schlafen Sie denn nachts gut?« Das erste, was ein Arzt lernt, ist, seine Zunge zu hüten. Nach einer kurzen Verzögerung wurde sein Haus fertig. Kurz darauf, als er zu einem Notfall gerufen worden war, brach ein Feuer aus, und das Haus mit all seinem Hab und Gut brannte ab.

Wenn es ihr morgen nicht besser ginge, sagte der Arzt zu Holland, würde er wieder nach ihr sehen.

Da Ellen nichts Besonderes fehlte, beschloß sie, im Bett zu bleiben.

33
Abbreviata

Dies stand neulich unter der Überschrift KEINE ZWEITE CHANCE in der Zeitung von Santiago:

> Ein chilenischer Polizist, der im letzten Jahr knapp dem Tode entronnen war, als die Kugel aus der Pistole eines Verbrechers an einem Kugelschreiber in seiner Brusttasche abprallte, fand jetzt seinen Tod, als ein Baum auf seinen Streifenwagen fiel. Hector Zapata Cuevas wurde von einem riesigen Eukalyptusbaum erschlagen, der bei einem Unwetter auf den Wagen stürzte. – Reuter

Andererseits, so sagte er beiläufig, haben Eukalyptusbäume zahlreiche Beiträge zum Fortschritt und Wohlergehen der menschlichen Rasse geleistet. Insgesamt ist der Einfluß der Eukalyptusbäume positiv. Ganz abgesehen von den vielen Schwellen für Eisenbahnlinien, mit denen verschlafene Kontinente erschlossen wurden, und den Telegrafenmasten (*E. diversicolor*), die eine wichtige Rolle bei der Übertragung dringender geschäftlicher Angelegenheiten sowie ganz persönlicher Botschaften spielen, gibt es eine lange Liste von Gegenständen wie Wagenachsen aus Eisenrindenbaum, Pfähle für Brücken und Molen, die noch stehen, sowie Bretter für graue Schafscherschuppen (in denen die Wolle gemacht wurde, aus der die Kleidung gemacht wurde, mit der …); außerdem wird ihr Holz für Kanzeln verwendet, von denen des Herrn Wort in der Neuen Welt verbreitet wurde – übertroffen nur von der Nachfrage nach Billardtischen; Anrichten wurden, ob man es glaubt oder nicht, aus Dscharrah hergestellt, zur Aufbewahrung von australischem Sherry und Brandy mit ihren betäubenden Eigenschaften; das gleiche gemaserte Holz wurde für Hunderte von Klavierdeckeln gewählt – und somit die verschiedensten Genüsse gefördert; kräftige geschnitzte Beine und Kopfenden bildeten das Gestell für Matratzen und Kissen und haben bei der Fortpflanzung ganzer Stämme von kreativen, toleranten Menschen mitgewirkt – diese Beine könnten einem ein paar Geheimnisse erzählen, sagte er lächelnd. Ganze Wälder von Dscharrah im westlichen Australien wurden mit Nut-und-Feder-Verbindung zu Ballsaalböden verarbeitet und hatten Geschichten mit einem Anfang, einem Mittelteil und einem Ende erlebt; andere Wälder werden auch heute noch zur Feinpapierherstellung abgeholzt (für die Druckerzeugnisse künstlerischer, philosophischer und medizinischer Art); Fahnenmasten und Krücken wurden aus gradfaserigen Eukalyptushölzern gefertigt; Honig wird von diesen Bäumen gewonnen; als ein Mr. Ramel aus Victoria um 1860 *Eukalyptuszigarren*, hergestellt aus den Blättern des Gummibaums, patentieren ließ, versetzte er damit die Herren in Havanna in Angst und Schrecken; und wo schon die Rede von Patenten ist: über manche ist noch zu entscheiden, denn es gibt verschiedene Eukalyptusöle, von denen auf eindrucksvollen Flaschen und Gläsern behauptet wird – schwarz auf weiß –, daß sie eine beachtliche Anzahl von ernsten Beschwerden lindern oder heilen können, angefangen von einer gewöhnlichen Erkältung bis hin zu …

34
Illaguens

Tag für Tag lag Ellen im Bett und wurde immer matter. Sie lag bewegungslos und stieß jeden bildhaften Gedanken, besonders solche von der nahen Zukunft, aus ihrem Inneren und fing an, auf einer Woge reiner Hilflosigkeit zu treiben, die Kissen und Laken so weich wie eine Wolke. Und jedesmal hob eine Krähe ihr klagendes Krächzen an, ein Klang, mit dem sie aufgewachsen war, den sie folglich nicht mehr wahrnahm, doch jetzt störte er sie auf gröbste Weise und bohrte ihr ins Bewußtsein, daß sie sich in einem Trockengebiet der Erde befand.

So verlor Ellen das Gefühl für die Zeit, verlor viele Tage.

Als wäre sie schon tot, schlich Mr. Cave im Haus umher und sprach in lautem Flüsterton, den Hut in den Händen sozusagen. Aus Respekt und allgemeiner Verwirrung zögerte er die Benennung der letzten Bäume endlos hinaus. Außerdem konnte Holland nur eine Stunde oder zwei mit ihm verbringen, weil er seine einzige Tochter nicht allein lassen wollte. Nie war Ellen so blaß gewesen, eine blasse, gesprenkelte Schönheit, in den Kissen ruhend.

Obwohl sie am liebsten entschwebt wäre, kehrte Ellen immer wieder zu ihm zurück, zu seiner Art zu sprechen, und wie sie mit ihm herumspaziert war, von einem Eukalyptusbaum zum anderen.

»Diese Bäume«, hatte er ganz am Anfang gesagt, »könnte man mit Namensschildern versehen, wie man es im Zoo oder in Botanischen Gärten macht. Aus zwei Schritten Abstand kann man sie lesen! Sie halten jeder Witterung stand!« Er war vor einem schlanken Spindelgummibaum (*E. perriniana*) stehengeblieben, der mit dem Lachsgummibaum beim Tor eine gerade Linie bildete. »Was meinen Sie?«

»Dann macht man etwas Ernstes aus einer Sache, die vielleicht nicht ernst ist«, hatte Ellen, zu hastig, erwidert.

Jetzt lag sie in ihrem Zimmer und verfolgte das Voranschreiten des breiten Streifen Tageslichts, der an der Decke anfing, sich dann an den blauen Wänden hinunterhangelte, über den Boden kroch und dort ihre Schuhe, dunkel und unförmig, hinter sich ließ, und am späten Nachmittag die andere tapezierte Wand hinaufkletterte, bis er in Grautöne zerfloß und verblaßte. Selbst hier, in ihr Zimmer, drängte sich ein Eukalyptusbaum hinein: durch die Fenster, die sich zur Veranda hin öffneten, warfen die Blätter des Fuchsieneukalyptus ein schimmerndes Spitzenmuster auf ihre Decke und bebten über den Bürsten und den kleinen Gläsern und Dosen auf ihrer Kommode.

Die Anfänge der Geschichten in ihrer althergebrachten Art hatten sie so ruhig gemacht. Das war seine Art. »Es war einmal eine alte Frau, die am Fuße eines dunklen Berges lebte«; »Die Qualität von Wundern ist im Laufe der Jahre zurückgegangen …«; »Am späten Abend des elften …«; »Es war einmal ein Mann, der …«. Die altertümliche Folge der Wörter brachte Ellen insgeheim zum Lächeln und ließ sie zu den Bäumen zurückkehren, doch dann wurde sie nachdenklich und legte die Stirn allmählich in Falten – noch eine Version des Tages, der in Abend und Nacht überging.

Ellen lag bewegungslos da und versuchte zu enträtseln, ob

den Geschichten eine Form innewohnte; sie folgte sogar den Konturen des Geländes und betrachtete die Geschichten gewissermaßen aus der Luft, als könnte das ein verborgenes Muster freigeben.

Viele handelten von Töchtern; oder von Frauen, die einen Mann brauchten. Eine Frau findet einen Mann, und dann passiert ein Unglück. Es ist nicht von Dauer. Auf jeden Fall waren es mehr Geschichten über Frauen als über Männer, das war klar. Dazu brauchte sie nicht nachzuzählen. Eine Tochter konnte niemals wirklich eine Frau werden. Väter spielten in der Welt der Geschichten eine starke, aber passive Rolle. Viele seiner Geschichten handelten von einem Vater oder davon, daß er seine Tochter völlig vergessen hatte. Das war traurig. Warum hatte er ihr diese Geschichten erzählt? Die Frauen, das erkannte sie auf Anhieb, schienen nach etwas zu suchen oder auf etwas zu warten, etwas fast Undefinierbares, nicht Alltägliches, eine Lösung an einem anderen Ort oder mit einem anderen Mann. Es waren Frauen, die dem Gedanken der Hoffnung folgten. Das war ihr *größter Gehorsam*. Ellen konnte nicht umhin, Respekt für sie zu empfinden. All diese Frauen bewegten sich mit einer gewissen Leichtigkeit und folgten ihren Vorstellungen von wahrhaftigen Gefühlen. Insgesamt mochte Ellen die Frauen, die in seinen Geschichten vorkamen. Unter dem Spindelgummibaum steckte er die Hände in die Taschen und wandte sich zu ihr um. »Vor der Küste bei Victoria«, sagte er und legte eine Hand schützend vor die Augen, »lebte die Frau eines Leuchtturmwärters, die dem Drachensteigenlassen verfiel. Sie war jung und hatte keine Kinder. Wochenlang sah sie keine anderen Menschen. Ihre Vorräte wie Mehl, Tee und Zucker wurden von einem kleinen dunklen Boot in einem Korb zu dem Fenster des Leuchtturms hinaufgezogen. Ihr Mann war viel älter als sie und redete wenig. Sie ließ den Drachen von den Felsen am Fuße des Leuchtturms fliegen, wo sie am glücklichsten war. Eines Tages sah der Mann von oben auf sie herunter und schrie sie an, und sie erschrak dermaßen, daß sie den Drachen, der die Form eines unglücklichen Frauengesichts hatte, losließ. Er flog hoch und verfing sich schließlich am Mast eines vorbeiziehenden Schiffes. Der Kapitän war ein junger Mann, der sich einen Bart wachsen ließ. Es war die erste Fahrt, bei der er das Kommando führte …

Worüber lachen Sie?« Auch er fing an zu lachen. Das war der Tag, an dem er ihr die Hand auf die Hüfte legte.

Während Ellen dahinschwand, wurden ihre Umrisse brüchig und zuzeiten merkwürdig in die Länge gestreckt, bis zu einer Meile lang, und vom Bett aus sammelte sie die Geschichten, die ihn natürlich aus allen Blickwinkeln miteinschlossen. Nie sagte er etwas über ein Allgemeinwissen, außer daß er einmal meinte, es würde »wahrscheinlich überschätzt«. Eigentlich hatte er lediglich ein gutes Gedächtnis, fand er.

Und doch mußte er, um die Geschichten erzählen zu können, die Namen vieler Eukalyptusbäume kennen; erst als sie so still im Bett lag, begriff Ellen das. Der Victoria Spring Mallee hatte eine Ausbuchtung in dem Zaun am südlichen Rand bewirkt; *E. prominens*, laut seiner Auskunft. »In einer kleinen Stadt – ich weiß nicht mehr genau, wo –, die für ihren Wildrosenhonig und ihre kleinen Frauen mit schwarzen Augenbrauen bekannt war, hatten die Schlüssellöcher die Form von Herzen …« Eine Geschichte folgte auf die andere, während sie sich zwischen den Bäumen bewegten – diesen unangenehmen und nicht sehr hilfreichen Bäumen. In der Sparkle Street in Blacktown (die Bezirksbürgermeister der Vororte von Sydney stellen gern ihre Fähigkeiten in der Erfindung solcher Namen unter Beweis) tätowierte ein Vater seine drei Töchter. Der einen hatte er eine Distel auftätowiert, der anderen eine Rose, und der ältesten ein kleines Telefon … *E. melanoleuca*. In einer anderen Stadt lebte ein Handelsreisender, der einen Eiergroßhandel betrieb. Er hatte eine dünne Frau geheiratet, die ihm lauter sommersprossige Kinder gebar und bei dem kleinsten Streit mit Tellern warf.

Es war nicht immer nötig, eine Geschichte zu erzählen, obwohl Ellen es lieber mochte. Wegen seiner dicken Blätter wird der Graugummibaum aus dem südlichen Queensland Lederjacke genannt. Das reichte als Anstoß, um zu erzählen, daß die Motorradfahrer, die auf ihren schweren Maschinen sitzen, als die heutige Entsprechung der mittelalterlichen Ritter auf ihren Pferden gelten müssen. Auch die Motorradfahrer wanken unter dem Gewicht ihrer Schutzkleidung, haben einen Helm mit Visier, und ihre Stiefel stecken in Steigbügeln. Ihre Maschinen, auf denen sie in Gruppen davonbrausen, sind stark und mit Leder und Ketten gerüstet; ein großes Motorrad ist die moderne Version eines kräftigen Pferdes mit all seiner Kraft und Wärme unter einem.

In dem Moment hätte Ellen ihn nach der kleinen Kerbe unter seinem Auge fragen können, nach der Geschichte der Narbe. Bestimmt war eine interessante Geschichte damit verknüpft, aber er war schon zum nächsten Baum übergegangen.

So besänftigend, so vage war dieses Durchsieben der Geschichten. Es geschah in einem halbbewußten Zustand, nur wenig unterhalb des helleren Wachzustands; ein Paddeln, gewissermaßen, im flachen Wasser ihres eigenen Flusses.

Hin und wieder kamen ihr Vater und andere in ihr Zimmer und warfen Schatten. Fast war sie dankbar, seine rauhe Hand um ihre zu spüren. Die Rauheit seiner Hand verstärkte noch das Gefühl ihrer eigenen Weichheit. Ihre Hand war wie ein kleiner Vogel in seiner.

Im Laufe des Vormittags ertönte Mr. Caves Stimme lauter als gewöhnlich und verkündete seinen Sieg. Anscheinend wollte er geradewegs in ihr Zimmer kommen, um zu feiern. Und was hätte er dann getan?

Ellen schloß die Augen und drehte sich zur Wand.

35
Rameliana

Anfang der zwanziger Jahre wurde ein Franzose aus Lyon von seinem Schwiegervater aus geschäftlichen Gründen nach Australien geschickt. Er ließ seine junge Frau und seine kaum sechs Monate alte Tochter zurück.

Ein langes und seltenes Abenteuer schien vor ihm zu liegen. Die wellenförmigen Konturen Australiens im Blau des südlichen Ozeans lockten ihn mit all ihrer geheimnisvollen Leere. Er kannte niemanden, der schon einmal dort gewesen war. Kuba und Tahiti, das wohl, aber nicht Australien. Er konnte nur auf einen russischen Emigranten, jetzt Tennistrainer, verweisen, den er in seinen gesellschaftlichen Kreisen kennengelernt hatte und der behauptete, er habe die riesige blasse Form des Kontinents vor sich schweben sehen, als er vor kurzem einen Herzinfarkt hatte.

Und jetzt sollte er selbst dorthin reisen!

In vielerlei Hinsicht war er der ideale Mann für diese Reise. Er war dünn und dunkeläugig und konnte die Finger nicht stillhalten. Seine übermäßige Neugier machte ihn zu einem Träumer, und wie viele Franzosen hatte er eine Affinität zu *le désert*, der Reinheit der Leere und so weiter, von der er in überschwenglichen Tönen schwärmte, was seinem Schwiegervater ein wenig peinlich war. Bei aller Leere, die an die Sahara erinnern mag, und der dünnen Besiedlung hat Australien, wie wir wissen, einen ziemlich dichten Baumbewuchs mit reichlich Schatten. Schließlich sieht man, wohin man den Blick auch wendet, Eukalyptusbäume sowie Akazien, selbst in den Gebieten, die man Wüsten nennt. Da er nicht wußte, was er zu erwarten hatte, packte er eine Wasserflasche und Kristalle zur Reinigung des Wassers ein.

Als er sich von seiner Frau verabschiedete, die weinte und dabei die Hand der gähnenden Tochter winkend bewegte, wiederholte der Schwiegervater seine Anweisungen.

Er sollte Aborigines in ihrem Urzustand photographieren, unter besonderer Beachtung ihrer Eßgewohnheiten sowie der Initiationsriten und Hochzeitszeremonien, die offenbar bis zur Steinzeit zurückreichten, und wenn er schon da war, sollte er so viele ihrer Mythen und Legenden zusammentragen, wie er konnte. Der Schwiegervater plante, am Stadtrand von Paris ein ethnologisches Museum zu eröffnen, wo die verschiedenen, von den Aborigines weitergegebenen Mythen in irgendeiner Ordnung neben Bildern aus ihrem täglichen Leben unter einem Dach gezeigt werden sollten.

Die Seefahrt verlief glatt, und der junge Franzose ging in Brisbane an Land. Kurz darauf machte er sich auf den Weg ins Landesinnere.

In den Briefen an seine Frau sprach er von Zahnschmerzen und seiner Einsamkeit und davon, wie schwierig es war, Eingeborene zu finden, die wie im Steinzeitalter lebten. Er erklärte ihr in einer für einen Franzosen angemessenen Art seine Liebe und schrieb kleine Nachrichten für seine Tochter an den Rand, obwohl die natürlich zu klein war, um zu lesen oder gar zu schreiben. Für seinen Schwiegervater übersetzte er ein paar Mythen und Legenden, einschließlich jener, die erklärte, wie die Krähe zu ihren schwarzen Federn gekommen war (denn ursprünglich war sie weiß gewesen), und fügte ein paar vage Notizen für ein Wörterbuch der Sprache der Aborigines bei.

Nach ungefähr sechs Monaten trafen die ersten belichteten Platten ein: je weiter er sich von der Küste entfernte, desto weniger Kleidungsstücke trugen die Aborigines, aber weil sie immer noch Röcke und Hosen trugen, taugten sie nicht für das Museum. Auf späteren Photographien waren felsige Landschaften und Schluchten mit scharfen Schatten abgebildet, sowie Pfade, die im Nirgendwo endeten, Bachläufe mit dunklen Vögeln, ein Felsbrocken, der von dem weißen Stamm eines Eukalyptusbaums gespalten worden war; in der nächsten Sendung hatte er sich mit Bildern von winzigen Ortschaften, gutmütigen Barmädchen und schmutzstarrenden Wasserlochgräbern, die Tee aus zerbeulten Blechbechern tranken, noch mehr vom eigentlichen Thema entfernt. Obwohl es dergleichen in Frankreich nicht gab, fühlte sich der Schwiegervater bemüßigt, den in seinem Auftrag Gesandten an seine Mission zu erinnern, auf der die Hoffnung für das geplante Museum ruhte.

Während die Frau des Franzosen wartete und immer stiller wurde, wuchs die Tochter zu einem jungen Mädchen heran; manchmal musterte sie ihr Gesicht im Spiegel und suchte nach Spuren ihres fernen Vaters.

Was nun die Ehefrau anging, so befürchtete sie, er würde sie nicht erkennen, wenn er zurückkehrte.

Schon nach einem Jahr hatte er aufgehört, Photographien zu schicken. Zur Erklärung hatte er gesagt, daß er sich auf schwierigem Terrain, in »einer ausgedehnten Wildnis von Sand und Hartholz«, bewege. Geraume Zeit verging, ohne daß Post eintraf. Die Briefe, die schließlich kamen, waren mit stumpfem

Bleistift auf schmuddeligem Papier geschrieben. Die Frau und ihr Vater wußten nicht, was sie davon halten sollten. Die Wüste schien ihn verschlungen zu haben.

Dann endlich – es waren mehr als fünfzehn Jahre vergangen – schrieb er, daß er nach Hause zurückkehren werde. Sein Gepäck habe er schon vorausgeschickt, wenig später werde er kommen.

In Frankreich war die Aufregung groß. Der alt gewordene Schwiegervater war zugegen, um das Auspacken der Überseekoffer zu überwachen. Da war der Photoapparat, das Stativ und das Tuch. Mit finsterer Miene bemerkte er die Kisten mit den unbenutzten Platten. In anderen Koffern fand er ein paar Bumerangs sowie ein echtes Woomera, ein Wurfholz, und ein auf Rinde gemaltes Bild. Sie packten Bekleidung und eine Pfeife aus, die seine Frau mit ins Schlafzimmer nahm. Sie holten eine Fliege und einen Rasierbecher aus den Koffern. Ein paar Bücher. Über allem lag eine feine Schicht roten Sandes, der auf den Teppich rieselte und darauf hindeutete, daß die Koffer lange Zeit in Aufbewahrung gewesen waren.

Während die Ehefrau darauf wartete, daß er erschien, plagte sie sich mit einigen leichten Krankheiten, als wären das die letzten Nachwehen eines heftigen Erdbebens. Die fünfzehn Jahre des Wartens waren schwer gewesen; sie hatte ihr Leben mehr als Witwe denn als Ehefrau verbracht. Und jetzt würde er als ein anderer zurückkehren, sogar seine Haut würde nicht die Glätte haben, an die sie sich erinnerte. Immer wieder betrachtete sie ihr Hochzeitsbild, um sich sein Aussehen einzuprägen. Und immer wieder überprüfte sie ihr eigenes Bild im Spiegel und probierte Schuhe und alte Kleider.

Auch die Tochter wartete begierig auf die Rückkehr ihres Vaters. Sie war eine gute Schülerin. Für sie war er ein Fremder, nah und fern zugleich, fast ohne Form und Gestalt, ein Geist.

Alle warteten auf ihre Art.

Wieder vergingen Monate und mehr.

Jahre später, als sie mit feinen Runzeln überzogen war (als hätte jemand ein Netz über ihr Gesicht gezogen) und ihre Tochter eine Stelle in Brüssel angenommen hatte, entdeckte sie, daß ihr Ehemann vor vielen Jahren in einem Ort in der Nähe von Cloncurry gestorben – und daß sie sehr reich war.

Er war von dem vorgegebenen Pfad abgewichen, hatte sich von seinen ursprünglichen Zielen entfernt.

In Australien war er ständig in Verlegenheit. Auf seinen Reisen ins Landesinnere und zurück zur Küste und den Städten lernte er Menschen kennen, die *Typen* waren, ein jeder war Vertreter eines Typs, schwierig und auf seiner Eigenheit beharrend.

Wo immer er ging, hatte er sein Wörterbuch in der Tasche. So viele Fremde hießen ihn in ihren Hütten und Zelten mit offenen Armen willkommen.

In Sydney lernte er in einer Unterkunft für Männer in der Nähe des Hafens einen bärtigen Mann kennen, der einen nachhaltigen Eindruck auf ihn machte. Hier war ein Mann, der einen Fehler begangen hatte, irgendwas mit einer Tochter – Genaueres sagte er nicht –, und sich nicht mehr ins Gesicht sehen konnte. Über dreißig Jahre lang hatte er mit Erfolg alle Spiegel gemieden. Meistens hielt er sich im Haus auf und weigerte sich sogar, seine Tochter zu sehen, weil er fürchtete, in ihr etwas von sich selbst zu erkennen. Es versteht sich von selbst, daß er nicht mehr genau wußte, wie er aussah. Seine Kleider waren außerordentlich sauber, aber sein Gesicht war von Falten durchzogen, die sich wie die Stangen eines Regenschirms bewegten, wenn er sprach. Auch wenn der Sinn seiner besessenen Unternehmung zweifelhaft war, nötigte einem der Schwierigkeitsgrad der zugrundeliegenden Philosophie Respekt ab.

Je mehr der junge Franzose von seiner Mission im Namen des ethnologischen Museums abgelenkt wurde, desto unbedeutender kam er sich vor. Es fiel ihm nicht schwer, die Schatten auf einer Photographie als chemischen Diebstahl zu betrachten.

Die Erde an sich, die Flora und Fauna, sie hatten mehr Substanz.

Was ihm widerfuhr, wurde auch zu einer Legende. Im zweiten Jahr, als er allein im Landesinneren im Westen von Queensland unterwegs war, stieß er sich den Fuß an einem Felsvorsprung. Der Fels funkelte, und als er ähnliche Felsen in der Nähe entdeckte, entfuhr ihm etwas auf französisch. Er traute seinen Augen kaum. An dieser Stelle gibt es jetzt eine riesige Silbermine, die nachts beleuchtet wird, weil sie rund um die Uhr in Betrieb ist. Solche zufälligen Entdeckungen waren damals in der Neuen Welt noch möglich.

Sein überraschender Tod ein paar Tage, bevor er die Rückreise nach Frankreich antreten wollte, war genauso zufällig.

In all der Zeit hatte seine Witwe mit ihrem eigenen kleinen Silberschatz gelebt, einem Photo von ihm, kleiner als ihre Hand, auf der er neben ihrem in Serge gekleideten Vater steht, der ihn überragt; erst dann – das fiel Ellen jetzt ein – hatte er sich von dem Baum gelöst und sich ihr zugewandt, die Hand schützend über den Augen.

36
Baileyana

Obwohl Ellens Blick schon so oft auf den verschiedenen Flächen in ihrem Zimmer geruht hatte, wurde sie es nie müde, sich umzusehen. Alles war gedämpft und weich, ein Trost. Der Anblick abgetragener Vertrautheit hatte etwas Beruhigendes, so schien es.

Dennoch wälzte und warf Ellen sich herum, im Hellen wie im Dunkeln, von einem Ende ihres Ichs bis zum anderen.

Sie war ruhig und erregt zugleich; sie litt unter extremer Mattigkeit und war im nächsten Moment rastlos. Es muß einen handfesten medizinischen Ausdruck für dieses Auf und Ab und das konträre Hin- und Herschlingern geben.

Obwohl sie im Bett blieb, war sie nicht ausgeruht. Obwohl sie die Sonne und die Wärme und die vielen schwachen Laute der Welt draußen begrüßte, stellte sie sich plötzlich, in ihre Kissen gelehnt, einen Baum vor und empfand Haß auf die Bäume, auf alle Bäume ihres Vaters. Nie wieder wollte sie einen Zweig hängender, ockerfarbener Blätter sehen. Sie konnte sich der Welt nicht mehr zeigen. Wie sollte sie hier weiterleben?

In dieser Stimmung ging Ellen ihre Kleider durch und probierte alle Schuhe an. In Gedanken war sie wieder in den fast leeren Läden in Sydney, wo dünne Frauen in Schwarz, die Nase in die Luft gereckt, bedienten. Dann hatte sie plötzlich den verrückten Wunsch, all ihre guten Kleider wegzugeben, auch das beigefarbene Kleid mit den weißen Knöpfen und ihre roten Schuhe. In der Nacht wachte sie auf und sprach oder hatte doch den Mund weit geöffnet, während sie den Tag über schweigend im Bett liegen blieb. Das Fieber stieg, sie wurde immer schwächer. Es überstieg einfach ihre Kräfte, den fortschreitenden Verfall aufzuhalten, der wie eine körperliche Bewegung sein konnte, zum Beispiel das langsame Gleiten von der Bettkante, ins Nichts. Eine große Gleichgültigkeit ergriff sie.

Sie hatte einen schrecklichen Traum von einem Mann, der in einem Eimer ertrank. (Was konnte das nur bedeuten?)

Bis zum Beginn ihrer Krankheit hatte ihr Vater aus einem unausgesprochenen Taktgefühl ihr Zimmer nie betreten, und jetzt saß er manchmal stundenlang auf der Bettkante oder steckte den Kopf zur Tür herein, um zu sehen, wie es ihr ging.

An manchen Nachmittagen schlug sie die Augen auf, und es saßen mehrere Männer an ihrem Bett und beobachteten sie.

Der alte Arzt mit seinem Leinenjackett kam regelmäßig. Ellen fand, daß sein Gesicht, vom Morgenlicht mamoriert, unglücklich und fehl am Platze wirkte. Er maß ihre Temperatur und stellte immer dieselben Fragen, dann tippte er sich mit dem Fingernagel an die Zähne. Eine gute Stunde und mehr blieb er sitzen. Ellen mochte es, wenn er anfing zu summen.

Ha! Um sie aufzuheitern, fragte ihr Vater, und seine Stimme umschmeichelte sie: »Einem Mann ist es wohl noch gestattet, hier zu rauchen, oder?« Und bevor sie ein Nicken zustande bringen oder gar ein von der Erinnerung geprägtes Lächeln andeuten konnte, loderte das Streichholz schon auf – ein zutiefst geologisches Geräusch.

Inzwischen war Mr. Cave mit seinem braunen Koffer, seinem Hut und seinen Haarbürsten in eins der leeren Zimmer eingezogen. Er war den ganzen Tag im Haus, sein Räuspern war überall zu hören. Da er sich mehr oder weniger als Familienmitglied betrachtete, sah er sich dazu berechtigt. Er hatte Geduld.

Dennoch stellte er sich allmählich die Frage, ob dieses Drama mit ihm zu tun hatte. Schließlich war es gar nicht so einfach, fünfhundert Bäume zu benennen. (Dutzende waren aus den dunkelsten Ecken Australiens hierher verpflanzt worden.) Und während die Zahl der erfolgreich abgehakten Namen anwuchs, nahm die dunkle Gruppe der ungewissen Namen an Gewicht und Größe mächtig zu, wie ein Bücherregal, das im Begriff ist umzustürzen. Er fühlte das. War er erst über die Hälfte hinaus, wäre sein Mißerfolg um so peinlicher! Und Ellens Zukunft hing von seinem Erfolg oder Scheitern ab; natürlich war sie angespannt. Das konnte sich auf ihre Gesundheit auswirken.

Am letzten Tag war er ins Stolpern geraten. Als er mit Holland die kiesbedeckte Auffahrt emporschritt und jeden Baum, zur Rechten und zur Linken, benannte – ein Herrscher, der seine treuen Untertanen zählte –, sah er die Haustür vor sich, die den Sieg und gleichzeitig Besitz, Wärme und Zugang bedeutete: vielleicht lag es daran. Denn Mr. Cave schweifte ab. Der Name eines hybriden Fadenrindenbaums lag ihm schon auf der Zunge, doch im letzten Moment erkannte er an den Blättern seinen Irrtum – bis zum heutigen Tag weiß er nicht, warum – und benannte den Baum, der dafür bekannt ist, daß er fünfzehn Populärnamen hat, korrekt als *E. dealbata*. Holland sah, wie knapp Mr. Cave dem Scheitern entronnen war.

In der Küche, auf einem Keks kauend, fragte Mr. Cave, ob Ellens Krankheit mit ihm zu tun haben könnte. Holland antwortete in scharfem Ton: »Das glaube ich nicht. Nichts ist eins.«

Also wartete Mr. Cave und war bemüht, hilfsbereit zu sein.

Daß er zum Beispiel an ihre Tür klopfte und Tee auf einem Tablett brachte, konnte als Zeichen seiner guten Absichten gewertet werden.

Es ist nicht normal, daß ein Körper in horizontaler Lage verharrt; nach einer gewissen Zeit wird das mit Sorge zur Kenntnis genommen. Im Falle von Tod und Begräbnis (zur Ruhe gebettet) wird die Horizontale als die natürliche Lage betrachtet, und das ist sicherlich auch der Grund, warum die kalkulierte Falschheit eines aufrechten Todes, wie Tod durch Erhängen, Kreuzigung, Verbrennen auf dem Scheiterhaufen und so weiter, einen so unauslöschlichen Schock auslöst.

Die Nachricht von Ellens andauernder Bettlägerigkeit führte zu einer Prozession besorgter Bürger, die der Kranken einen Besuch abstatteten, selbstgemachte Marmelade, im Wasserbad gekochte Früchtebrote und Blumen brachten, sowie jede Menge gutgemeinter Ratschläge und Hausrezepte. Nur wenige von ihnen waren schon einmal in dem dunklen Wohnhaus gewesen.

Jeden Morgen kam der Arzt, aber er konnte der Krankheit keinen Namen geben.

Die Schwestern Sprunt nutzten die Gelegenheit, sahen sich in Ellens Zimmer um und warfen einen Blick ins Wohnzimmer, und die Metzgerfrau fing an, Holland in der Küche herumzukommandieren, bis er ihr sagte, sie solle verschwinden. Aber sonst wußte Holland nicht, was er tun sollte. Die Postmeisterin schickte einen nicht abreißenden Strom von Karten, und Mrs. Brain aus dem Hotel brachte zwei Flaschen Adelaide-Starkbier vorbei. Jemand hatte einen Kalender dagelassen – noch ein Bild von einem Geistergummibaum mit weidenden Schafen und dem üblichen durchhängenden Zaun.

In der Stadt galt die einzige Frage, die man Holland stellte, seiner Tochter. Frauen bewunderten Ellen; da gab es keinen Neid. Sie wollten, daß sie gesund würde. Eine solche Schönheit in der Nähe zu haben, warf auch ein wenig Glanz auf sie.

In Mr. Caves Augen bedeutete eine Frau, die bei Tageslicht im Bett lag, Geheimnis und Verwirrung.

Manchmal saßen Holland und er zusammen am Bett. Ellen machte keinerlei Anstalten zu sprechen und drehte sich etwas zur Seite, wenn Mr. Cave mit einem ganz besonderen Eukalyptusöl, von dem es hieß, es könne jede erdenkliche Krankheit heilen, auf sie zutrat.

Das einzige, was Mr. Cave anbieten konnte, war Geduld – eine Form von Gutmütigkeit.

Eines Morgens wuchs ein Schweigen zu zwei unbehaglichen Stunden oder mehr an. Holland war nirgends zu sehen, also nahm Mr. Cave die weinende Milchmagd vom Nachttisch. Er nickte gedankenvoll. »Aus dem guten alten Österreich …«

Mit ungeschickten, aber hartnäckigen Fingern versuchte er, den Schlüssel zu drehen. »Nicht …«, flüsterte Ellen.

Dann war ein lautes Knacken zu hören: der Mann hatte das Uhrwerk zerbrochen. Und Ellen weinte.

Danach ging es mit Ellen rasch bergab. Niemand konnte etwas dagegen tun. Sie war ein Seidenband, das aus großer Höhe herabschwebte zur Erde, wo es zur Ruhe kommen würde, vielleicht für immer. In ihrer Schwäche spürte Ellen eine gefährliche Zufriedenheit.

Sie büßte ihre Schönheit ein.

Der Arzt überlegte, ob er einen angesehenen Kollegen zu Rate ziehen sollte, falls der nicht nach Amerika ausgewandert war.

Die Metzgerfrau kam wieder zum Haus, diesmal mit anderen

Frauen, und bedrängte Holland im Beisein von Mr. Cave, er möge die Patientin unverzüglich nach Sydney schicken. Darauf schüttelte Ellen heftig den Kopf und schloß die Augen.

Es war eine von den Krankheiten, die keinen Namen haben. Nur eine Geschichte konnte sie wieder ins Leben zurückholen.

37
Approximans

Ein Stuhl wurde neben das Bett gestellt, so daß Männer sich dort hinsetzen und ihre Geschichte erzählen konnten.

Der Vorteil dieser Anordnung war, daß man von dem Stuhl des Geschichtenerzählers den Blick ungehindert über Ellens gesprenkeltes Gesicht schweifen lassen konnte, was unter normalen Umständen bewirkte, daß jeder noch so starke Mann zu stottern und mit den Füßen zu scharren begann.

Der Arzt, der zu alt war, um viel mit weiblicher Schönheit anfangen zu können, erzählte Ellen von den ungewöhnlichen Fällen in seiner Laufbahn als Chirurg. Es war, als spräche er mit sich selbst, und Ellens Aufmerksamkeit erschlaffte. Nachdem er gegangen war, wäre Ellen beinahe hingefallen, als sie aufstand, um die Flügelfenster zu schließen. Normalerweise warf sie auf dem Weg zurück ins Bett einen Blick in den Spiegel, fuhr sich vielleicht mit der Bürste durch die Haare, aber diesmal legte sie sich sofort wieder hin und drehte sich zur Wand.

Die jungen Männer aus der Umgebung setzten sich, zweifellos auf Geheiß ihrer Mütter, auf den Stuhl und gaben ein paar Anekdoten über das Schweineschießen zum Besten und über Schlangen von unglaublicher Länge und Wildheit, mit denen sie es zu tun gehabt hatten. Übertreibungen sind beim Erzählvorgang ein nützliches Mittel. Trevor Traill erzählte wenigstens von den Abenteuern seines Großonkels, der so weit im Landesinneren zur Welt kam, daß er an seinem sechzehnten Geburtstag in die Handelsmarine eintrat und um die Welt segelte. Die Familie war versammelt, als er zurückkehrte. Das erste, was er tat – so wurde die Geschichte in der Familie erzählt –, als er mit wankenden Schritten an Land trat: er kniete nieder und *küßte ein Schwein*.

Dem anständigen Lehrer erging es nicht anders. Er kam auf Zehenspitzen herein und las ihr aus einem britischen Geschichtsbuch vor, und als er fragte, ob sie morgen mehr daraus hören wolle, schien es, als nickte sie schwach.

Mr. Cave hatte bemerkt, daß Ellen jedesmal mit einer kleinen Bewegung aufmerkte, wenn ein Mann sich auf den Stuhl setzte und mit einer Geschichte begann; ihre Haltung sagte ihm, daß sie zuhörte. Auch er würde sich etwas einfallen lassen müssen. Wenn eine Geschichte, die er ihr erzählte, sie wieder ins Leben zurückholen konnte, wären ihre Probleme, worin sie auch bestanden, gelöst. Er kramte in seinem Gedächtnis. Es ist immer leichter, eine Geschichte in der ersten Person zu erzählen. Es fällt einem leichter. Der Erzähler fühlt sich zur Offenheit ermuntert, als enthüllte das »Ich« eine bestimmte innere Wahrheit. Mr. Cave nahm den Platz an ihrem Bett am späten Vormittag ein. Er schien seine Gedanken zu ordnen, dann rückte er sich auf dem Stuhl zurecht.

»Ich weiß eine Geschichte. Sie handelt von meiner Verlobten.«

Ellen regte sich. Die Linien und Falten (aus dem Augenwinkel gesehen), und die tadellos frisierten Haare ergaben eine Kombination, die seine Worte ungewöhnlich direkt machten.

»Ich hätte einmal beinahe geheiratet. Es ist schon eine Weile her, in Adelaide. Sie hieß Marjorie.

Sie hatte einen kleinen Mund und krauses Haar. Sie hatte eine Schwäche für Kaschmirpullover, warum, weiß ich nicht. Mußte ihr immer einen mitbringen, wenn ich auf Reisen war. Vater Beamter. Bei der Kulturbehörde, wenn ich mich nicht irre. Ist schon Jahre her. Marjorie machte sich über mein Studium der Eukalyptusbäume lustig und wollte immer, daß ich mir einen Schnurrbart wachsen lasse.« Mr. Cave mußte lachen. »Sie konnte einen ganz schön von oben herab behandeln! Ich war mal anderer Meinung als sie, weiß nicht mehr, worum es ging, und sie hat mir eine gelangt.

Aber sonst verstanden wir uns ganz gut. Ein paar Jahre lang sahen wir uns mehrmals in der Woche.

Eines Tages sagte sie: ›Ich bin fast vierzig, ich bin gern mit dir zusammen. Aber meine Verwandten finden, ich sollte verheiratet sein. Gib mir bis Dienstag deine Antwort. Sonst muß ich mir einen anderen suchen.‹

Oder so ähnlich.

Da stand ich nun. An dem Dienstag hatten wir uns zum Essen verabredet, beim Chinesen, wenn mich nicht alles täuscht, in der Hindley Street. Wir sprachen über dies und jenes. Die meiste Zeit habe ich geredet. Sie guckte dauernd auf die Uhr, konnte nicht richtig stillsitzen. Einmal dachte ich, sie würde aus dem Lokal rennen. Ich wartete bis kurz vor Mitternacht und gab ihr dann meine Antwort. Sie war erleichtert, dann wurde sie aus irgendeinem Grund wütend auf mich. Im nächsten Moment fing sie an, die Einladungen zu planen und so weiter.

Ich weiß noch, daß ich dachte, ihr Gesicht sei weicher geworden. Hübsch; das wollte ich ihr sagen.«

Ellen starrte nicht mehr an die Wand.

»Dann passierte was Komisches.« Mr. Cave hatte die Arme

verschränkt. »Eigentlich war nichts weiter dran. Ein Kollege hatte mich darauf gebracht. Marjorie und ich trafen uns jetzt jeden Tag. Gab ja allerhand zu besprechen. Ich ging mit ihr in eine Pfandleihe, wo sie ein ganzes Bonbonglas voller Eheringe hatten.«

Die Geschichte war bisher glatt gelaufen, mit angemessenen Pausen dazwischen. Ellen hatte die Augen geöffnet und blickte an die Decke.

Mr. Cave hustete. »Marjorie hatte die Hand in dem Glas und holte die Ringe heraus, als wären sie Bonbons. Ich fand, sie sahen alle gleich aus. Anscheinend wußte sie genau, was sie wollte. Ihre Hand steckte in dem Glas, als sie plötzlich nachdenklich wurde. ›Nein!‹ Sie schob das Glas weg. *›Ich will achtzehn Karat!‹* Ich hatte keine Ahnung, was sie meinte. Dann stürzte sie aus dem Laden, ich stand da mit einer Handvoll Eheringe. Ist inzwischen ein paar Jahre her.«

Ellen hatte den Mund leicht geöffnet, sie sah ihn nicht an.

»Das«, sagte Mr. Cave und rieb sich die Hände, »ist mehr oder weniger die einzige Geschichte, die mir je passiert ist.«

Holland, der bis zum Ende zugehört hatte, lachte. »*Achtzehn Karat*? Warum nicht vierundzwanzig?«

Er sah, daß Ellen sich wieder zur Wand gedreht hatte, und wurde still.

»Ich glaube, sie braucht ein bißchen Ruhe«, sagte Holland mit einem Zucken im Gesicht. »Besser, Sie gehen jetzt.«

38
Crebra

Der Schmalblättrige Rote Eisenrindenbaum – na, wenn das keine Ansammlung von sachlichen Attributen ist! Dieser Eukalyptus hat einen geraden Stamm und eine tief gefurchte Rinde, wie ein Acker mit dunkelgrauem Lehmboden, der nach dem Pflügen ausgetrocknet ist. Die Blätter sind bemerkenswert schmal. Was nicht beschrieben wird, ist ihre »Trauerhaltung«: die herabhängenden Blätter geben dem Baum einen Schimmer von wahrhaftiger Melancholie.

Dieser Ausdruck anhaltender Trauer wäre von geringer Bedeutung, wenn der Schmalblättrige Rote Eisenrindenbaum nicht einer der verbreitetsten Eukalyptusbäume der Welt wäre; in den bewaldeten Gebieten im Osten Australiens, bis nach Queensland hinauf, ist er sehr häufig. Der botanische Name machte das deutlich: *crebra* kommt aus dem Lateinischen und bedeutet »häufig«, »in rascher Folge«.

Man stelle sich die Wirkung einer derart flächendeckenden Darbietung von Melancholie auf die allgemeine Stimmung vor. Es ist nur zu offensichtlich, daß sie die langen Gesichter der Australier mit den übermäßig gestreckten Kinnladen durchdrungen hat und sich dort ausprägt. Aber auch in Worten, die man in kaum wahrnehmbaren Mundbewegungen formt, wodurch übertriebene Gefühle herausgefiltert werden, findet sie ihren Ausdruck. Sie hat unsere alltäglichen Geschichten mit einem Ockerbraun eingefärbt, desgleichen die Art und den Ort des Erzählens, und unsere Mythen und Legenden, wenn man sie so nennen kann, so wie die der Norweger von Schnee und Eis geformt worden sind.

Eukalyptusbäume kann man als eine tagtägliche Mahnung an die Trauer zwischen Vätern und Töchtern betrachten, und an den unbewegten Stoizismus der Natur (der natürlich kein Stoizismus ist), an die Dürre und den schmelzenden Asphalt in den Städten. Jedes der nach unten weisenden Blätter deutet eine weitere Geschichte von harten Schicksalsschlägen an, eine trockene Bemerkung oder einen Witz, mit dem man die Fliegen fortwedelt.

Nur eine kleine Anzahl anderer Eukalyptusbäume, deren blasse und stattliche Schönheit auf Geschirrtüchern, Briefmarken und Kalendern Berühmtheit erlangt haben, rücken den allgemeinen Eindruck von Melancholie zurecht, der von dem *E. crebra* und anderen Eisenrindenbäumen geweckt wird. Sie verleihen einer Wiese, einer Felswand oder einem Fußweg in der Stadt ein lichtes Aussehen: Man denke an die beiden Lachsgummibäume, die zwischen der Universität und dem Friedhof in Melbourne auf einer Verkehrsinsel stehen! Man braucht nur ein paar. Sie geben auf erhabene Art Zeugnis von dem, was lebt und sich ausbreitet: Sie bedeuten Dauer und Fortsetzung.

Dazu gibt es ganz in der Nähe eine Parallele. Vielleicht kann man, ohne daß es eine Übertreibung wäre, sagen, daß der furchteinflößende Instinkt des Mannes, alles zu messen, der häufig als Pessimismus mißverstanden wird, in dem sich entfaltenden Optimismus der Frau, der nichts weniger als das Leben selbst ist, ein Gegengewicht erhält; ihr immerwährender Trumpf.

Im kleinen zeigt sich das in der Verehrung, die Frauen Blumen bezeugen, und die am konzentriertesten da ist, wo eine Frau aufblickt und, indem sie ihre natürliche Affinität zu Blumen erkennt, einen Strauß entgegennimmt.

39
Confluens

Am siebzehnten Tag lag Ellen immer noch in ihrem Zimmer. Niemand hatte eine Geschichte erzählt, die sie ins Leben zurückholen konnte.

Mr. Caves Geschichte hatte alles höchstens noch schlimmer gemacht.

Seiner Ansicht nach hatte er Ellen gemäß den Regeln zur Frau gewonnen, und der Vater hatte ihm dabei die ganze Zeit über die Schultern geschaut. Es war zweifellos eine beeindruckende Gedächtnisleistung und ein Beweis von Beharrlichkeit; schließlich war es eine so schwierige Prüfung, daß Holland sich nicht hatte vorstellen können, daß jemand sie bestand. Wenn Mr. Cave noch einmal von vorn anfangen müßte, könnte es durchaus sein, daß er es nicht schaffte. Und jetzt war er angesichts des gänzlich unerwarteten Ausgangs zu verwirrt und zu ehrenhaft, um zu protestieren.

»Ich mache mich rar«, hörte Ellen ihn sagen, und er ging hinaus, dorthin, wo er sich am wohlsten fühlte und sich am besten auskannte – zu den Eukalyptusbäumen in all ihrer wahrhaft bemerkenswerten Vielfalt.

Da war wenig, was Holland tun konnte. Er blieb zurück und betrachtete seine Fingerknöchel, die noch nie besonders interessant waren und ihm jetzt dicker als sonst erschienen. Das reichte, um ihm ein grimmiges Lachen zu entlocken, bei dem seine Schultern zuckten. Ellen fragte sich, was wohl in ihrer Situation so lustig sein konnte.

Man konnte nur abwarten. Die Zeit würde, wie immer, die Antwort bringen, der Meinung war Holland. Alle Dinge werden durch die Zeit verarbeitet. Mehr konnte er auch Mr. Cave nicht sagen, ein Mann, den er inzwischen mochte oder doch zumindest respektierte. Aber kaum hatte er angehoben: »Die Zeit ...«, da ließ er es auch schon.

Es gab manches, was er Ellen sagen wollte, doch das waren undeutliche, schwierige Dinge. Außerdem war er anders als seine Tochter.

Ellen mochte es, wenn er sich auf den Stuhl setzte. Am Abend leuchtete seine Zigarette in der Dunkelheit, und das Haus ächzte und zog sich in der Kühle zusammen, während er in einem unbestimmten, kreisenden Murmeln wieder die traurige Geschichte von ihrer Mutter erzählte, denn auch sie hatte sich allmählich in Blässe aufgelöst und war schließlich dahingeschwunden.

Je mehr Ellen zuhörte, desto weniger verstand sie ihren Vater ... Ihr wurde bewußt, daß sie ihn besser kannte als alle anderen, und doch kannte sie ihn nicht wirklich. Obwohl sie den Fremden kaum kannte – und es gab Grund genug, das Wort »fremd« in dem Zusammenhang mit ihm zu benutzen –, wußte Ellen, daß sie ihn besser kannte als ihren Vater.

Bei dieser Erkenntnis lag sie mit offenen Augen da und sah dabei das klare Bild des Mannes aus verschiedenen Blickwinkeln, in der Nähe von Bäumen. Und die ganze Zeit konzentrierte sie sich auf den glühenden Punkt der Zigarette in der Dunkelheit, obwohl auch der schwächer wurde. Als er erloschen war, war auch der Fremde fort – fortgegangen von dem

Besitz, fort aus ihrer Nähe. Es war lächerlich, war von Anfang an lächerlich gewesen, und sie begann vor Zorn zu blinzeln.

Immer noch sah sie sein Gesicht und hörte seine Stimme, obwohl sie ihn eigentlich aus ihrem Gedächtnis verbannen wollte. Sie erwartete nicht, ihn je wiederzusehen. Sie wollte überhaupt niemanden sehen.

Blaß und abwesend zog sich Ellen noch weiter in die Tiefe der Laken und Kissen zurück, und die Schönheitsflecken, die sich in das Gedächtnis eingraben und Männer betäuben und zum Stammeln bringen konnten – diese legendären Male traten jetzt hervor und schienen im Mißklang mit ihrem Gesicht und den anderen Teilen ihres Körpers wie dem Hals und ihren schlanken Händen zu stehen, als gäbe es ihrer zu viele und als wären sie zu dunkel.

Den Frauen aus der Stadt und von den umliegenden Farmen war klar, daß der Vater alles falsch machte; er hatte keine Ahnung, was in seiner Tochter vor sich ging. Und er richtete sich zu sehr nach dem Arzt, der nur an Flüssiges dachte. Aber wenn jemand mit verhaltener Stimme sagte, es sei höchste Zeit, daß Ellen in die nächste halbwegs vernünftige Stadt kam oder über die Berge nach Sydney gebracht wurde, dann schüttelte Ellen, das Gesicht zur Wand, mit Bestimmtheit den Kopf. »*Ich bin nicht…*«

Es war die ungewöhnlichste Krankheit, die Holland je bei seiner Tochter beobachtet hatte; es war gar keine richtige Krankheit. Zum Beispiel hatte sie sich nicht einmal übergeben. Wenn es ein Leiden war, dann eine Art Schlafkrankheit oder so etwas wie ein halber Sprachverlust. Tag für Tag lag sie mehr oder weniger bewegungslos da und sprach kaum. Es war ja schön und gut, daß Leute vorbeikamen und Geschichten erzählten. Er hatte sich auch ein paar davon angehört, und als er bemerkte, daß seine Tochter eingeschlafen war, lächelte er. Aber was für ein enttäuschter, schwerer Schlaf!

Holland öffnete die Flügelfenster von Ellens Zimmer, die zur Veranda gingen. Eine Weile stand er da, ohne etwas zu sagen. Normalerweise redete er mit Ellen.

Auf halbem Weg zur nächsten Weide stand ein vertrauter Baum: mit seinem trauernden Ausdruck, den melancholisch zitternden, herabhängenden Blättern und seiner Verkleidung aus spröder Eisenrinde schien er resigniert auf das Schlimmste zu warten – auf das Ende –, wie eine Hyäne in Afrika.

Als Ellen den Kopf hob, um ihren Vater anzusehen, nahm der Anblick des Baumes auch sie gefangen.

»Geht's besser?« fragte er und drehte sich um. »Gut«, sagte er – bevor sie antworten konnte.

Jetzt suchte er mit übertriebenen Bewegungen in den Taschen seines abgetragenen Jacketts nach Streichhölzern, die er, hätte Ellen gern gesagt, schon in der anderen Hand hielt.

»Mr. Cave ist immer noch hier, weißt du«, sagte er endlich. »Seiner Ansicht nach gibt es keinen Grund, warum er abreisen sollte, nicht im entferntesten. Er ist ein sehr geduldiger Mensch, und sehr gründlich.« Ihr Vater blies den Rauch aus. »Wenn wir genügend Bargeld hätten, könnten wir ihn als Gärtner anstellen. Er kennt sich wirklich gut aus mit den Eukalyptusbäumen.«

Zu einem anderen Zeitpunkt hätte Ellen vielleicht gelacht.

»Er kann ja nicht ewig hier rumstehen und Däumchen drehen«, fügte er hinzu.

In dem Schweigen, das folgte, spürte Holland ein Näherkommen von etwas, ein Langsamerwerden und sich Zusammenfügen: fast reichte es aus, um die allgemeine Unbehaglichkeit zu verdrängen. Das kleine hellblaue Zimmer, die Welt seiner Tochter, existierte im Gleichgewicht mit der parkähnlichen Anordnung der Bäume und dem wogenden hellbraunen Gras draußen. Auch Ellen spürte es beinahe. Was immer es sein mochte, es war womöglich aus Ellen herausgeströmt. Zumindest war die ungefähre Vorstellung, die sie von sich hatte, zurückgewichen, ihr Widerstand verflogen: Wasser, wenn es ein Schwemmgebiet in alle Richtungen überflutet. Sie konnte wohl kaum den Rest ihres Lebens im Bett verbringen, nicht ihre besten Jahre.

Als ihr Vater ein wenig später Tee auf einem Tablett zu ihr brachte und die Flügelfenster schließen wollte, sagte Ellen: »Ich spreche morgen früh mit Mr. Cave, sag ihm das bitte.«

Sie drehte sich zur Wand und hielt ihre beiden warmen Brüste in den Händen. So erstaunt war sie letztlich über die Unbeugsamkeit ihres Vaters, daß sie sich nicht vorstellen konnte, mit ihm zu sprechen – was sollte sie auch sagen? Er sah dünner aus in seinem alten Jackett, fand sie, und das unterstrich noch seine Starrköpfigkeit. Dann tat er ihr plötzlich leid, ihr Vater, seine Starrköpfigkeit, und so schloß sie die Augen in der Dunkelheit.

»Sie wundern sich vielleicht ...«

Ellen glaubte, sie träumte.

Wenn sie die Augen öffnete, würde seine Stimme verschwinden.

Seine Stimme war plötzlich da gewesen, ohne Ankündigung, ohne ein »Guten Abend«, einfach so.

»Schlafen Sie?«

Sie lag mit geöffneten Augen da, das Gesicht zur Wand. Die

Stimme war ganz nah. Jetzt bemerkte sie jeden vertrauten Kratzer und jeden Fleck. Sich vorzustellen, daß er einfach in ihr Zimmer wanderte! Die Überraschung war körperlich spürbar, ein Aufbranden. Wo war er gewesen? Und warum? Eigentlich sollte er nicht in ihre Nähe kommen. Es war mitten in der Nacht, und er war in ihrem Zimmer.

Er mußte durch die Verandafenster hereingekommen sein.

Sie wollte, daß er ging, daß er blieb.

Schon war sie im Begriff, das zu sagen und ihn fortzuschicken, und bewegte sich, drehte sich aber nicht um.

»Warum sind Sie hier?«

Obwohl es dunkel war, strebten die Winkel des Zimmers auf ihn zu, und er zeigte eine beeindruckende Furchtlosigkeit.

»Ich mache das Licht an«, sagte Ellen.

Wenn sie sah, daß er lächelte, würde sie ihn bitten zu gehen. Aber sie hatte ihn nie zuvor ohne Sonnenschein und Baum, in ihrem Zimmer gesehen.

Aber das war sofort vergessen, als das Licht auf ihn und seine alte Lederjacke fiel. Er war blaß und streckte ihr einen kläglichen Strauß gelber Blüten von einem der Bäume entgegen. Sie veranschaulichten deutlich, woher der Eukalyptus seinen Namen hatte: die »wohlbedeckten« Fortpflanzungsorgane.

»Sie sind hübsch«, sagte Ellen. »Sie sind schön.«

Es machte kaum etwas, daß sie von dem pessimistischen Baum, dem *E. crebra*, ganz in der Nähe stammten. In ihrer Hand wurden die Blumen eins mit ihr, in einer fließenden Bewegung, hinein und hinaus; Ellen spürte in der Wärme Festigkeit, wie ein erstes Wiederkehren ihrer Gesundheit.

Während er sie betrachtete, stahl sich eine geheimnisvolle Überlegenheit über die Frau im Bett, und verging wieder: Eine flüchtige Erinnerung.

Ellen fuhr sich mit der Hand über das Gesicht. Sie fragte sich, wie sie aussah.

»Wie ich aussehe«, sagte sie, glitt unter die Decken und zog sie über sich.

Jetzt, da er wieder da war und sogar in ihrem Zimmer – sein Kopf über ihr und zu ihr geneigt –, legte sie sich zurecht, um seine Stimme zu hören. Aber fast im selben Moment traf sie die alte, abgetragene Hoffnungslosigkeit, die Erinnerung an ihre Lage, an ihren geduldigen Vater und Mr. Cave, die in den anderen Zimmern warteten. Morgen früh war nicht weit, und das war das Ende.

»Ich muß Ihnen was erzählen.«

Erst die Blumen, dann eine von seinen Geschichten – als ob das, was er sagte, zu einer Lösung führen konnte. Ellen wandte den Kopf zur Wand. Was konnte er sagen? Er hatte nicht genug getan. Mr. Cave hatte mehr getan, viel mehr. In den Augen ihres Vaters hatte er all das getan, was erforderlich war. In seiner Art war Mr. Cave ein bemerkenswerter Mann, hatte ihr Vater gesagt. Es war zu spät.

»Rücken Sie mal ein bißchen«, flüsterte er.

Er schenkte dem Stuhl für die Geschichtenerzähler, der genau zu dem Zweck neben dem Bett stand, keine Beachtung, zog die Stiefel aus und legte sich neben sie.

»Es hat keinen Zweck ...«, sagte Ellen langsam.

Einen Moment lang betrachtete er einen Fleck an der gegenüberliegenden Wand. Wenn ihr Vater das tat, sah es immer so aus, als suchte er eine Stelle, an der er einen seiner Landwirtschaftskalender aufhängen konnte.

»Die wichtigsten Ereignisse in meinem Leben«, begann er, »trugen sich in Parks, Gärten und lichten Wäldern zu ...«

Ellen hatte immer angenommen, daß die Geschichten, die er

an den verschiedensten Stellen auf dem Besitz erzählt hatte, eigens für sie aus dem Stegreif erfunden worden waren, was ihr merkwürdig besitzergreifendes Interesse erklärte, während sie zuhörte. Keine der Geschichten stützte sich auf das, was man sonst so zu hören bekam: »Ich dies« und »ich das«, was in der Summe »Ich bin« ergibt. Und jetzt, da es nötig war, *die* Geschichte überhaupt zu erzählen, eine Geschichte mit dem ganz speziellen Zweck, sie zu retten – irgendwie – denn wie sollte das jetzt noch möglich sein? –, fing er mit persönlichen Erinnerungen an, wie alle anderen auch. Das würde sie nicht retten. Er hatte offensichtlich keine Ahnung, in welcher Lage sie sich befand.

Andererseits könnte dies einige der vielen Fragen, die sie ihm über ihn selbst hatte stellen wollen, beantworten.

Außerdem gestattete es ihr in ihren Kissen und dem warmen Bett, sein Gesicht aus einem besonderen Blickwinkel zu mustern, sein Kinn in Bewegung, während er die Worte sorgfältig wählte, vergleichbar mit der Art, wie ihr Vater gedankenverloren ein Steak kaute, besonders in letzter Zeit. Plötzlich wollte sie ihn in die Nase zwicken, oder wenigstens ins Ohr. Um Augen und Mund hatten sich freundliche Linien gebildet. Sein Kiefer war fast zu kräftig, als wäre er einmal gebrochen gewesen.

Zum Glück war auch ihm unwohl dabei, sich selbst in den Mittelpunkt einer Erzählung zu stellen, und, indem er den Satz der Eröffnung als Erklärung oder als Hinweis stehenließ, fuhr er ohne das aufdringliche »Ich« fort und sprach von einem Jungen, der mit einem schwierigen Stiefvater aufwuchs, weil seine Mutter, eine große Reiterin, mit einem anderen Mann, einem amerikanischen Ingenieur, der sich auf Staudämme in Südostasien spezialisiert hatte, durchgebrannt war.

Sein Stiefvater hinkte, weil er einmal beim Reiten gestürzt war. Sein linkes Bein war so krumm wie ein junger Gummibaum. Das hinderte ihn nicht daran, den ganzen Winter über schwimmen zu gehen, und deshalb lebte er in einer Wohnung in einem feuchten Mietshaus, unweit von Bondi.

Er war ein unglücklicher Mann, etwas schwerhörig. Er stritt sich oft mit dem Jungen und schlug ihn, während sie da am Meer wohnten – ein Stiefvater in Schwarz mit klaren, wäßrigen Augen, der am Stock oder mit einer Krücke ging, wie aus einem Märchen, fuhr der Fremde neben ihr fort.

Der Junge wuchs also zwischen unberechenbaren Armbewegungen und mit viel Geschrei auf, und immer war da das weiße Licht von Bondi. Kein Wunder, daß er sich der Botanik zuwandte, die still, geordnet und grün war; die Geologie wäre noch stiller gewesen, fest und unverrückbar.

Eines Nachts zog eine Frau bei seinem Stiefvater ein; ihm sagte man, er könne nicht länger bleiben. Er wartete nicht auf den Morgen. Und kurz darauf brach er sein Studium ab.

Er war so lange aus Sydney fort, daß seine Freunde glaubten, er wäre gestorben. Gelegentlich war er sich selbst nicht sicher, ob er noch lebendig war. Er fing in den leichten Ländern oberhalb des Äquators an und endete in den schwierigen Ländern unterhalb des Äquators. Vieles sah er zum ersten Mal und würde es auch nie wiedersehen. So vieles widerfuhr ihm, das ihm sonst nicht widerfahren wäre. Es war, wie er gehofft hatte; er wollte Erfahrungen machen. Er glaubte, daß sie seinem Leben Struktur verliehen. Aber es war zu bewußt. Ja, daran konnte kein Zweifel sein. Das Reisen mit dem Zug: ein Leben, das horizontal unterteilt ist in vorbeihastende, regelmäßige Abschnitte, bestehend aus, so ist das eben, grauem

Eisenrindenholz und Talgholz von Eukalyptusbäumen, die im Norden von New South Wales gefällt werden. Zweimal verirrte er sich in Wäldern, in Borneo und irgendwo in Polen. Er war dabei, als ein Elefantenbaby zur Welt kam. Das war in einem Teakwald. In Kew Gardens schob er eine Schubkarre herum. Wußte sie eigentlich, daß es in Kew Gardens nur zwei Eukalyptusbäume gab? Dort arbeitete auch die verständnisvolle Frau des weltweit wichtigsten Experten für Orchideen, die ein Tuch um den Kopf geschlungen trug.

An diesem Punkt zog der Mann neben ihr die Stirn kraus, bevor er den Blick senkte. »Dieser Mann hatte ein volles und abwechslungsreiches Leben ...«

Das war nicht Ellens Vorstellung von Erfahrung; sie war an Erfahrung als solcher gar nicht interessiert. Doch wie immer hatte das regelmäßige Auf und Ab seiner Stimme eine besänftigende Wirkung auf sie, und darauf konzentrierte sie sich.

Nach einer Reihe von Jahren kehrte er wieder nach Sydney zurück.

Am zweiten Tag eines Besuchs in Bondi rettete er einen Mann vor dem Ertrinken. Der Retter selbst geriet in Not. Am Strand lag er erschöpft neben dem Geretteten, der algenbedeckt und blau im Gesicht war. Ein kleiner Menschenauflauf bildete sich um sie herum.

Ellen hörte genau zu und sah den Strand vor Augen, den sie gut kannte; all dies würde sie nicht retten.

Mr. Lonsdale, der vor dem Ertrinken Bewahrte, war ein stiller Mann, fuhr der Fremde fort. »Ich hätte nicht so weit rausschwimmen dürfen ...«, sagte er und spuckte Meerwasser. Er war Ende sechzig und trug eine Uhr. »Ich will keine Unannehmlichkeiten verursachen.«

Mr. Lonsdale hatte ein kleines Unternehmen, und nachdem

er einige Fragen gestellt hatte, lud er seinen Retter am folgenden Tag in seine Fabrik in Redfern ein. Seit Jahren wurden dort Buchstaben des Alphabets und Zahlen in unterschiedlichen Größen und Farben aus einem besonders widerstandsfähigen Kunststoff hergestellt. Die wurden dann in den Namenszügen über Geschäften, auf Gebrauchtwagenmärkten oder in Kindergärten benutzt. Das Unternehmen stellte außerdem Hinweisschilder wie »Eingang« oder »Einbahnstraße« her, und bei diesem ersten Rundgang wurde dem Besucher auch eine kleine Bestellung von Mahnungen in Kunststofflettern – HÜTET EUCH VOR DER SÜNDE! und so weiter – gezeigt, die zur Auslieferung an einige kirchliche Gemeinden auf den Fidschi-Inseln bereitlagen. Aber alles an dem staubigen Büro und den Produktionshallen, wo einst Pantoffeln gefertigt worden waren, erweckte den Eindruck, daß Mr. Lonsdale die Begeisterung verloren hatte; und so war es auch, denn nachdem er dem jungen Mann alles gezeigt hatte, bot er ihm an, in das Geschäft einzutreten.

Die Umstände hatten ein starkes Vertrauen entstehen lassen. Es war, als hätten sich ihre Glieder ineinander verschlungen. Der ältere Mann war ständig dem Ertrinken nah. Er hatte keine Familie, die ihn retten konnte. Seine Wangen waren eingefallen, das war sehr auffällig. Oft gingen sie zusammen zu Pferderennen, Rosehill, Randwick. Sie brauchten nicht immer zu reden.

Gleich zu Beginn sah der Neue eine Möglichkeit, das Produktangebot der Firma zu erweitern. Für ihn lag die Zukunft in Aluminium. In dessen Leichtigkeit und Dauerhaftigkeit, in seiner Neutralität; ein Ding, das seine Form verändern kann.

Hier machte der Geschichtenerzähler eine Pause.

Bei dem Wort *Aluminium* allein wäre Ellen normalerweise in tiefen Schlaf gefallen, so wie es bei den anderen Männer geschehen war, die neben ihrem Bett Platz genommen hatten; aber sie lag ganz still, hellwach. Sie wartete darauf, daß er fortfuhr. Den Blick nach oben gerichtet, beiläufig, als gehörte sie ihm, fuhr er mit den Händen unter die Bettdecke und fand eine ihrer kleinen Hände, die schützend auf ihrer Brust lag.

»Oh!« Das war ihre Reaktion. »Sie sind aber kalt.« Er war wie ein Eisblock mit Armen, dieser Mann neben ihr.

Er bereitete sich auf etwas vor; er hielt ihre Hand, und sie spürte, wie ihre Wärme langsam seine Kälte besiegte. Das waren Ellens Gedanken, rasch aufeinander folgend, und die Schönheit eilte in ihr Gesicht zurück.

Nach einigen Experimenten, der Erforschung von Prägeverfahren und dem Ausprobieren von verschiedenen Schriften, wurde ein Teil der Fabrik zur Verarbeitung des neuen Materials, Aluminium, umgerüstet, erzählte er weiter und hielt immer noch Ellens Hand, und bald darauf gingen ein paar Aufträge für die Sitznumerierung in Sportstadien und Konzertsälen ein. Aber die Wachstumschancen der Zukunft lagen mehr in der Identifizierung und Benennung von Dingen. Mit der Zunahme von Bildung und Freizeit ist auch das Interesse an Fakten gewachsen und fast zu einer Obsession geworden. Wir fühlen uns nicht wohl, wenn wir einem Ding, das wir gesehen haben, nicht einen Namen zuordnen können. Man kann kaum sagen, daß ein Ding existiert, wenn es keinen Namen hat, und sei er auch nur eine Annäherung.

Es muß einen etwas seltsam anmuten, sagte er, daß dieser Mann, dessen Neigungen ihn zu einem Naturalisten machten – schließlich hatte er Botanik studiert und Jahre in verschiedenen Wäldern wie auch in Kew Gardens zugebracht – sich als Missionar für die wunderbaren Anwendungsmöglichkeiten von Aluminium betätigte! Aber das eine konnte dem anderen nützlich sein. Namensschilder mit Wörtern, die auf farbiges Aluminium geprägt werden, sind im Freien sehr haltbar; leicht zu lesen, viel billiger als Messing.

Es war nicht schwer, die Botanischen Gärten in Sydney zu überzeugen, und jetzt kann man dort bei jedem Wetter die Namen in Weiß auf braunem Grund am Fuß eines jeden Strauches und Baumes lesen. Und es dauerte nicht lange, bis ein stetiger Strom von Aufträgen aus anderen Gärten in anderen Staaten, von Zoologischen Gärten und Nationalparks eintraf. Mr. Lonsdale, der über das fremde Material in seiner Fabrik zu scherzen pflegte, war natürlich sehr zufrieden. Er war gut, ein guter Mensch – sie spürte, daß er wieder nickte.

In dem Moment hörte Ellen etwas und dachte, es wären die Schritte ihres Vaters vor der Tür, und hastig sah sie den angeblich Fremden neben sich an; doch der hatte entweder nichts gehört oder es kümmerte ihn nicht, denn er sprach mit normaler Stimme weiter – vielleicht wurde sie sogar ein wenig lauter. Da ihre Aufmerksamkeit zum Teil auf die Tür gerichtet war, hörte sie die nächsten Worte nicht richtig.

Ein großer Auftrag von einem neuen Kunden in New South Wales ging ein, hatte er gesagt. Und als die Bestellung fertig war, beschloß er, sie persönlich auszuliefern. So konnte er den neuen Kunden kennenlernen. Er würde die Nacht dort verbringen müssen.

»Fahren Sie gern mit dem Zug?« Er drückte Ellens Hand, um ihrer Aufmerksamkeit sicher zu sein. »Sehr beruhigend. So ähnlich muß es sein, wenn einem abends im Bett vorgelesen wird. Es muß an all den Schwellen liegen.«

Wie auch immer – er nahm die Geschichte mit der gleichen Stimmlage wieder auf –, der Unternehmer aus Zufall sitzt also bequem im Zug, dessen Waggons übrigens auf der ganzen Länge des Zuges mit einem sich verjüngenden Streifen Aluminiums beschlagen waren. Im Gepäckwaggon stand die Holzkiste, in der die kleinen bedruckten Aluminiumschilder verpackt waren, eine ganze Welt, enthalten in Worten auf flachem Metall und sorgfältig verstaut, um Beschädigung zu vermeiden. Der Zug setzte sich in Bewegung, und er nahm noch einmal die Bestellung heraus und ging die lange Liste der Namen durch, die der Grundbesitzer mit der Hand aufgeschrieben hatte, manche in Großbuchstaben, manche kleingeschrieben; insgesamt waren es über fünfhundert Namen. Er wußte, daß er müde und unordentlich aussah, aber das war ihm gleichgültig.

Als er die Augen öffnete, saßen ihm zwei Frauen gegenüber, beide grauhaarig, und starrten ihn an. Sie trugen seltsame, altmodische Kleider und sahen aus wie Hexen; er bot ihnen einen Apfel, Käse und Kekse an, und sie aßen alles, so daß ihm nichts blieb.

»Die Schwestern Sprunt«, murmelte Ellen, immer noch abgelenkt.

Als sie sich dem Ziel näherten, tippte ihn die ältere aufs Knie: »Auf einem Besitz außerhalb unserer Stadt lebt eine junge Frau mit ihrem Vater, die schönste Frau, die Sie je zu Gesicht bekommen werden.«

Die andere fügte hinzu: »Der Vater trägt den Schlüssel zu ihrem Zimmer um den Hals, wie ein Kerkermeister.«

»Fangen Sie am Fluß an«, sagte die ältere der Schwestern, »gehen Sie nicht zum Haus. Irgendwo zwischen den Bäumen wird sie sein.«

Und danach verschwanden sie.

Auf dem Bahnsteig hatte er alle Hände voll zu tun, einen Wagen für die schwere Kiste zu organisieren, so daß er sich nicht noch um die Tochter von irgendwem kümmern konnte, und sei sie noch so schön. Die Lieferung würde mehr Zeit in Anspruch nehmen, als er veranschlagt hatte. Er begann schon daran zu zweifeln, ob seine Reise eine so gute Idee gewesen war. Am Tor zu dem Besitz traf er auf einen Chinesen, der freundlich nickend an ihm vorbeieilte. Aber an der Tür erwartete ihn der Besitzer und hieß ihn willkommen. »Wir haben die Schilder auf der Veranda zusammen ausgepackt.«

Selbst in diesem Moment konnte Ellen nicht anders, als an ihren Vater und Mr. Cave draußen im Flur zu denken, und an die Hoffnungslosigkeit ihrer Lage, obwohl er neben ihr im Bett lag und ihre Hand hielt.

»Ich weiß noch, daß du mit dem Teetablett herauskamst und *sehr* unglücklich aussahst. Ich würde sogar sagen, schlecht gelaunt, und das mag der Grund sein, warum dein Vater mich nicht vorgestellt hat. Außerdem waren wir mit den Stapeln von Metallschildern beschäftigt. Wir mußten die Namen, die ich gedruckt hatte, auf der Liste abhaken.«

Jetzt sah Ellen ihn an, dann sah sie zur Tür und wieder zu ihm. Als sie sich aufsetzte, fiel das Nachthemd von einer glatten Schulter.

Nichts gegen seine Reisen durch die Weltgeschichte, aber nie hatte er jemanden von solcher Schönheit gesehen.

Er berührte ihre Wange. »Weißt du, was ich eben gesagt habe? Was es bedeutet?«

Ganz sachlich und ohne sich zu bemühen, die Stimme zu senken, umfaßte er ihre Taille. »Es war kein einziger Fehler dabei.«

Immer noch wußte Ellen nicht, was sie sagen sollte. Vor allem anderen war ihr wieder bewußt, wie wohl sie sich miteinander fühlten. Sie spürte die Kraft seiner Hand; er war entschlossen.

Er mußte es noch einmal sagen: »Alle Bäume waren benannt, jeder einzelne. Eine schwierige Aufgabe, aber nicht unmöglich. Und jetzt bin ich hier. Ich könnte dich über die Schulter werfen und mit dir zwischen den Bäumen verschwinden, so etwas in der Art.«

Er sagte noch mehr. Es ging darum, sich zu entscheiden und gemeinsam zu gehen, *E. confluens*.

Ellen hielt inne. Das war ihr Vater, der auf der anderen Seite der Tür hin und her ging. Davor hatte sie ihn mit Mr. Cave sprechen hören.

Auf der Veranda betrachtete er nachdenklich die Umrisse der Formen vor sich, halbrund und dabei fedrig, dunkler gegen den Himmel. Es waren natürlich einige der vielen verschiedenen Baumarten, die durch ihre unterschiedlichen Namen beschrieben wurden. Wuchsen die Pflanzen auch nachts? Ein Wald ist Sprache; angehäufte Jahre.

Zur Stadt hinunter bellte ein Hund, sehr schwach.

Hinter sich hörte er, wie Ellen beim Anziehen vor sich hin summte. Er war ein Mann, der an dem Punkt interessiert war, an dem, das fühlte er, seine Geschichte noch einmal begann.